大秦之道

DAQIN ZHI DAO

阿莹·著

人民文学出版社

图书在版编目（CIP）数据

大秦之道/阿莹著. —北京：人民文学出版社，2016（2019.11重印）
ISBN 978-7-02-011871-7

Ⅰ.①大… Ⅱ.①阿… Ⅲ.①散文集—中国—当代 Ⅳ.①I267

中国版本图书馆 CIP 数据核字(2016)第 169582 号

责任编辑　宋　强
装帧设计　哲　峰　崔　凯

出版发行　人民文学出版社
社　　址　北京市朝内大街 166 号
邮政编码　100705
网　　址　http://www.rw-cn.com

印　　刷　三河市中晟雅豪印务有限公司
经　　销　全国新华书店等

字　　数　246 千字
开　　本　640 毫米×960 毫米　1/16
印　　张　20.5
版　　次　2016 年 8 月北京第 1 版
印　　次　2019 年 11 月第 3 次印刷

书　　号　978-7-02-011871-7
定　　价　65.00 元

如有印装质量问题，请与本社图书销售中心调换。电话：010-65233595

序一 | Preface

大道朝天 文章礼乐

李敬泽

我在榆林一座剧场看过《米脂婆姨绥德汉》。

那个剧场是我所喜欢的,是童年时上世纪七十年代的影院风格,破旧简陋,但是有人气。观众进进出出,不衫不履,嗑瓜子、扇扇子,烟瘾犯了站起来大摇大摆走到大堂抽烟,活生生的百味杂陈的人间。

但大幕启处,是热血男儿,是柔肠百转的女子,是蓝格莹莹的天和莽莽苍苍的地,是悲欢离合,是响遏行云低若游丝的歌。

这样的戏正是人间的戏,戏里人深爱人间,于人于事于物都有情有义。他们走在这俗世里就如远远地走在黄土高坡上,心里是有劲儿的,踏实而敞亮。他们是英雄儿女是俗世男女,也能随时从戏里走出来,走进台下人群。

这是难得的境界。

这戏的作者是阿莹先生。后来我认识了他。

阿莹先生属于上世纪七十年代末投身文学的那一代人。那一代人中,很多人随着时势之变放弃了文学的志向。他们没有错,对文学来说,读的人无论如何应该比写的人多。写作和创造,这注定是少数人的事。而阿莹先生属于坚持下来的少数。"坚持"一词其实也不确切,他不是坚持——顺便说一句,我也不喜欢一个在这种情况下常用的词:"坚守","坚守"就有一种自我悲剧感。但爱文学的人何须坚持或坚守,比如阿莹先生,以文学的方式与自我相处、与世界相对,这于他不是一件苦事,不过是"悠然见南山"、"相看两不厌"罢了。

在这三十多年里,阿莹先生一直在写,小说、报告文学、戏剧和散文,特别是戏剧和散文,卓然有成。

同时这三十多年里,他也由一个工人一路走来,经历很多事、做了很多事,成为一个高级干部。

谈论阿莹先生的创作,其实都免不了要在做文和做事之间下笔,但这其中的关系似乎又很难说清,大抵也就是止于"在繁忙的工作之余挤出时间写作"云云。

现在,我试着说一说。

三十多年来,阿莹先生的写作从未中断,但从另一方面看,他对中国文学在这三十多年间的种种潮流、风尚似乎不甚在意。即以他后来专注的散文为例,他写乡土,写亲情,写历史文化,写艺术和人生,放在同类题材的书写谱系中,都有一种大道朝天,我自独行之感。他的写作没有"为赋新词"的纠结,没有寻常文人或知识分子的强装和弄险,而是脚下一条路,坦然走过去。读他的文章,你不会惊艳和称奇,你会触动、感动,感到沉静、沉着。

"做文",包含着一层人工胜天然的意思,要做,常常就不免强做,语不惊人死不休。这当然很好,但事情还有另一面,就是,惊人之语常常不免强行扭曲事物。这在诗歌中或许是题中应有之义,但在散文中,就有可能变成辞胜于意,变成了对世界与人生的不负责、不诚恳。

所以,我有时很怕除了写散文什么也不干的散文家,因为他只对他的文章负责,对他们来说,做文最重要,而潮流和风尚就是判卷子的老师,不得不时时窥伺风色、揣摩众意,文章就难免浮浪。但如果,散文家在写文章的同时还做着事,不管是大事还是小事,不管是摆个小摊还是负一方重任,他们都会知道,事自有事理,不可轻亵,写文章当然要把话说漂亮,所谓言而无文,行之不远;但把话说漂亮并非为文的目的,为文是为了体人情、明事理。他们的文字是对自己负责、对世界负责的，也许不那么眩目妖娆，但于人心、于世界都更贴切、更亲近。

"修辞立其诚"，这个"诚"字是真诚，也是诚恳。诗歌的写作与世界的关系可能首先是艺术的，而散文的写作与世界的关系肯定首先是伦理的，是一个人恳切地说自己的所知、所感。李白是好诗人，李白却不一定是好的散文家。当然，如果活到现在，李白也尽可在网上发帖子，天马行空，呼风唤雨。

所以，像阿莹先生这样，一边做事，一边为文，对事负责，也对文负责，也就正可以不看潮流，不观风向，只写自己眼前心底的文字。

这部书名为《大秦之道》，起自《石鼓山之谜》，结于《古貌之变》，五十篇文章，一以贯之，是一个人的路。阿莹先生在陕西这片土地上一路行去，寻幽探胜，抚今仿古。一边走着，有所见、有所感、有所思，行诸笔底，蔚为大观，一个人的路竟被他走成了"大秦之道"，大道朝天，所通者古今之变、文明之理。

新时期以来，写历史、写文化已成为散文巨流，不仅是发思古之幽情，也不仅是重启私家著史、文人论史的传统，更重要的是，对历史、对传统文化的态度和看法，在中国依然是一个尖锐迫切的现代性难题，百多年来聚讼纷纭，大概还会争论下去。时至今日，"自我吊打"仍然多见，"翻案文章""修正史学"也比比皆是；但另一方面，随着国人自信的增强，也有越来越多的人，能如钱穆先生所言，对历史怀着同情的理解，对传统存着温情礼敬之心。《大秦之道》，便是如此。

所谓"同情"，不是以后知之明看当局者迷，而是设身处地，怀着一份体贴的善意，忧古人之所忧，乐古人之所乐，从中领会出先人在他们的条件之下的所以然。由此而生理解，理解先人的艰辛与开创，理解他们的局限与宏阔，由理解而生礼敬之心，在簸荡纷乱的世界上，认同祖国与家园。

这一部书便是温情礼敬之书。

阿莹先生是陕西生人，他写这一切时，心中先存着桑梓之念，这是吾土吾民，是生我养我之地，先人的血在我身上流着，所以，放眼望去，观一切皆有情。

文人论古，常见之病是飞扬跋扈、任性好辩，役古人如奴仆，视万物如刍狗。此病难治，因为病在无情，于古人不亲，并不认他是我的先人。而《大秦之道》为有情之文。于古人先贤有情，于山水有情，于时光有情，于一粥一饭有情，于残碑剩瓦有情……

因为有情，所以有义；因为有义，于这世间担着义务和责任，所以阿莹先生行于大秦之道，便如同老农面对田园生计，目光清明，不任情、不滥情，一切只是珍惜、端正。情中应有理在，他的文是通情达理之文。阿莹先生博雅强记，于乡邦文献多所留意，又曾管过文物、旅游，纵三千年、横八百里，披襟当风，指点今古，这书里有的不仅是知识，更有见识，知识容易见识难，因为这见识断不能靠抄书得来。

情与理，这是散文的根本命题。所谓通情达理，做到很难。古人认为，情动于中，但还要约之以礼。这个"礼"，窃以为就是"理"，就是行于世间的正当和由此而来的表达与书写的得宜。比如阿莹先生的文章，于世间深切用情，但他的看人看物、看山看水、看书看字，其蔼然、肃然，其细腻与脱略、放达与执着，都浸润着诚挚、礼敬。这是性情，也是修炼。情之深浅合度、情之远近得宜，此情与彼情的联类、掩映、平衡等等，自有疾徐轻重的节奏和韵律，这或许就是情达于礼和理和乐的地方。

阿莹先生爱乐，此书中暗自有乐，有大秦之道上的古风。

——终究是写了《米脂婆姨绥德汉》的人。

2016年2月13日改定

（作者系中国作家协会副主席、著名文学评论家）

序二 Preface

一部深耕着三秦大地的厚重之书

李星

无论对于著者阿莹本人,还是对于陕西乃至整个中国散文界,由人民文学出版社出版的散文集《大秦之道》都有着重要的价值和意义。

这是一部主题散文集,在《汲古》、《仰止》、《雅鉴》、《游思》等四辑五十余篇,主要是近四五年所撰写的散文中,他以一个人之力,实现了对三秦大地的历史和文化,人文胜迹和先贤遗址,文明创造的一次大面积巡视和考察,以开阔的历史视野,深邃的人文眼光和丰富的考古、艺术知识,从一个个人和物的个案中,或发现着为时光遮蔽着的历史隐秘,或重现着它们巨大的思想文化意义,或在蛛丝马迹中寻绎和复原着那些非凡人物的伟大业绩和人生命运轨迹……其历史文化含量之重和寄情之深,与那些文人雅士"到此一游"的海量的游记散文划出了明显的界限,进入了历史文化散文的新层次。它是作者对三秦大地丰富的历史和文化的一次深耕,也是他献给三秦大地和它的伟大的人民的一曲深情的颂歌。诗人艾青说过:"为什么我的眼里含满泪水,只因为对这片大地爱得太深!"从本书阿莹的散文中,我所感受到的正是这种赤热的情怀,这颗祖国、家乡、大地儿子的赤子之爱。

阿莹的历史文化散文是有执着的民族文化自信的散文,也是有自己坚定人民立场和崇高信仰的散文。《石峁城之古》、《石鼓山之谜》、《法门寺之佛》、《地宫艺术之光》等肯定的不仅是古代劳动人民的智慧创造,而且歌颂了在中华文明遭遇浩劫的战乱年代那些为保护中华历史文化和文明创造的仁人志士所付出的巨大牺牲,艰苦卓绝的巨大贡献。《法门寺之佛》中,明代乡绅重修寺塔碑文中一处"伟大的遗漏",抗日爱国将军一个"伟大的谎言","文革浩劫"中为护寺住庙法师"自焚"的一次"伟大的涅槃",感人至深,惊心动魄。在数百年历史风雨中,这些"伟大"事件的真相或已湮没,或隐而不彰,但阿莹却通过自己的散文,将他们的牺牲和贡献艺术化、情节化了,使其刀雕斧凿一样突显出来,彰显于地宫宝库重见天日之时。在有名的法门寺塔和地宫之旁,为这些无愧于民族脊梁的人物立起了一座文字之碑、文学之碑。作为中国宗教文明一个伟大象征和见证者的法门寺塔不倒,这座抵抗邪恶、张扬正义、弘扬着伟大爱国主义精神的文字碑就将永远为人们所铭记。而作者阿莹也会因人不分穷富,时不分远近,超越宗教信仰的对民族大义、人间正气的书写和坚守赢得人们的尊敬。

从《法门寺之佛》一文中,我们就可以看出,为了增强散文的可读性,阿莹对自己早有创作实践，并颇有不凡收获的戏剧文学中借鉴而来的情节性、场景性因素。如《乐游原之下》从武惠妃墓的盗案，引出韩休墓的被盗，又由韩休与《五牛图》作者韩滉之父子关系，联想到盗墓者电脑中所录存之韩休墓中失名的风景壁画，并推测画的作者或许正是墓主人的儿子韩滉！若果真如此，它揭开的不仅是一桩画坛的趣闻，而且还会改写中国山水画的绘画史！在作者以丰富绘画艺术知识对韩休墓风景壁画的鉴赏中，我们看到的不仅是一个艺术家的情怀了。正是这些侦破式盗宝、卖宝事件，使《乐游原之下》一文，有着侦破小说般的艺术魅力，异曲而同工的，还有如《仙游寺之秘》、《上官婉儿之殇》、《药王山之神》等篇目。

　　阿莹的历史文化散文，还是以人为历史主角的散文。《大秦之道》中的许多篇幅，虽然写器、写物、写事、写遗迹，但在阅读之后我却常为与它们相联系，甚至共命运的许多伟大人物而感动。如《草堂之雾》、《诗人之梦》、《玉华宫之路》、《上官婉儿之殇》等。《草堂之雾》之价值不仅在对鸠摩罗什这个为佛教中国化作出伟大贡献的译经大师而赞叹，更在于对这位历来面目模糊的番僧的人生履历的清晰呈现：龟兹随母之走遍西域名山古寺，是他青年人生的第一阶段，滞留西凉的十七年应该是他汉化并坚定人生志向的更为关键的几十年，而草堂寺的译经盛场则是他结实收获的生命季节。我曾经读过一个诗人写的圣僧鸠摩罗什的长诗，却将西凉这一段忽略了，并且缺失了草堂寺中后秦皇帝安排十个美女陪侍的主要情节……曾经以为果然是史料缺失，而阿莹的文章却似乎轻而易举的将这些史料钩沉出来，让圣僧降落于凡尘。令我不仅惭愧于自己的孤陋寡闻，还感叹于这位圣僧实际上被那些诗人想象的活得更为潇洒。

　　《玉华宫之路》更是一篇因其对唐太宗、唐高宗两代皇帝与唐玄奘关系的独具慧目的透视而令人受到极大的心灵震撼的散文力作。在部分正史和人们印象中，玄奘与几代皇帝的关系似乎永远如新婚蜜月般的美满，曾经有小说家就写过如此的玄奘传。阿莹却以现有史料为依据，揭开了这两位各有不同抱负的伟大男人之间关系的另一层真相：唐太宗对玄奘的器重固然有一个开国英主的胸襟气度与爱才之乐，但并不排斥有用这个传奇大师的声望来增加其从父兄手中抢来的皇帝的神圣性；而玄奘与他的结交也有其使佛法得以弘扬，而且上升为国教的目的。这是人间皇帝与宗教领袖之间的特殊利益关系，《通往玉华宫之路》通过作者自己在交通发达的今天，也依然遥远曲折的瞻仰之路，以穿越式的联想复活了当年玄奘的通向玉华宫之路：

"玄奘当年一定是乘着御车慢腾腾进入这道门阙的，当时的心情也一定郁闷难耐。这位庄严博学的大德，在唐太宗给他营造的（长安城南村慈恩寺）的曼妙氛围里，可能编织过一个藏于心底的大秘密，就是通过佛养滋润将唐太宗度为中国的阿育王，至少可以借助皇权推动弘法扬佛，否则他何必天天不厌其烦地伴随左右呢？然而，玄奘法师毕竟是一位出家僧人，他显然高估了自己与皇室的关系，竟然试图改变佛教的社会地位。文献记载他几次向唐太宗表奏，要把佛教置于道教和儒教之上，僧侣免受刑律的管辖。谁都知道李唐王朝一直将道教祖师李耳奉为祖先，这些懵懂的提议显然使圣皇感到了难堪。但唐太宗毕竟是个雄才大略的政治家，他后来下旨让玄奘将《道德经》译成梵文……以示警戒"。

得意弟子、著译的得力助手辩机因与唐公主奸情败露，被唐太宗公开腰斩于午门的惨烈，终于惊醒了懵懂、痴执的圣僧，明白了自己伴君如伴虎的处境，遂萌生离京去故乡河南嵩山少林寺修行之请求，然而这一无异于自贬离京的愿望也遭到太宗之子唐高宗李治的断然拒绝。阿莹从高宗御批中挑出"切复陈情"四个字，浓缩了皇室对这个年过六十的高僧大德的绝情。如果说封建宫廷对失宠后妃们的处理是"打入冷宫",而玉华宫对玄奘来说,完全无异于后妃们的"冷宫"。相比于国都慈恩寺的十二年,唐玄奘在玉华宫四年的心境可想而知!一次意外小腿的骨折(不是今天许多老人因严重骨质疏松造成的胯骨骨折)竟然能使他一命归西,就说明当时的他已经多么衰弱!

据报载,阿莹的散文《法门寺之佛》中三个伟大的护宝之举,已被敏感的艺术家改编为舞台剧,并颇受欢迎。那么仅从《玉华宫之路》所透露的一代大师唐玄奘从慈恩寺之走向玉华宫的路,就包涵了帝王与圣僧之间多么惊心动魄的命运故事,多么丰富深刻的社会历史内容!

书中《好古之吏》中对清代陕西巡抚毕沅保护三秦重要古迹之举的描述,令人在记住这位文化官员的同时,也联想到阿莹先生从未夸耀的文化政绩,却让人看到他散文中的职业视野。看到从政经历对于一个要搞创作的人来说,可能带来的观察、驾驭复杂社会历史题材的好处。如今从阿莹这些历史文化散文中,我还看到了一个有着文化发展和建设的全局工作经验的作家大异于一般舞文弄墨者的思想和高度。与一般领导不同的是,阿莹从青年时代起,无论岗位、职务如何变化,他对文学的热爱和痴迷,却始终如一,这使他观察、处理任何历史和现实的文化现象时,始终有着对人情感、精神的关怀和眷顾。正是这些原因,我从《大秦之道》中既读到了历史,理解了文化,更看到一个个具体生动的人。《大秦之道》——一个深爱着家乡故土的老秦人创作的,并值得更多的阅读和思考的,兼具思想性和艺术性、知识性和趣味性的厚重之书!

(作者系著名文学评论家)

目录 | Catalog

壹 / **汲古篇** / 01

石鼓山之谜 / 03
法门寺之佛 / 11
石峁城之古 / 19
地宫艺术之光 / 25
大秦之道 / 31
城郭之祭 / 37
乐游原之下 / 43
仙游寺之秘 / 53
华清池之鉴 / 61
苍凉之景 / 65
汉唐之桥 / 71

大雁之塔　　　　　　／ 75
天坛之土　　　　　　／ 81
碑林之石　　　　　　／ 87
关中书院之声　　　　／ 97

贰　仰止篇　　　　／ 101

黄帝之陵　　　　　　／ 103
司马道之上　　　　　／ 109
汉中之雄　　　　　　／ 115
定军山之魂　　　　　／ 121
下马之丘　　　　　　／ 127
草堂之雾　　　　　　／ 131
万邦之城　　　　　　／ 137
诗人之梦　　　　　　／ 143
玉华宫之路　　　　　／ 149
上官婉儿之殇　　　　／ 155
药王山之神　　　　　／ 161
柳公权之墨　　　　　／ 167

九嶷山之侧　　　　　　／ 173

东湖之畔　　　　　　　／ 177

横渠之学　　　　　　　／ 181

好古之吏　　　　　　　／ 187

高山之巅　　　　　　　／ 193

叁　**雅鉴篇**　　　　　／ 203

磁州之碗　　　　　　　／ 205

古琴之韵　　　　　　　／ 209

陶管之遗　　　　　　　／ 213

古埙之律　　　　　　　／ 217

瓦当之图　　　　　　　／ 221

饮酒之器　　　　　　　／ 225

箭镞之锐　　　　　　　／ 229

杂技之俑　　　　　　　／ 233

绳纹之妙　　　　　　　／ 237

节约之初　　　　　　　／ 241

管辖之义　　　　　　　／ 245

| 肆 / | 游思篇 | / 249 |

文安驿之春 / 251
棣花镇之迷 / 257
三秦之歌 / 263
九成宫之叹 / 271
钟山寺之记 / 277
甘泉宫之考 / 283
古貌之变 / 293

后记 / 305
再版后记 / 309

壹

汲古篇

沿巍巍秦岭山脉向西走，到了宝鸡城外，会遇见一座突兀的山丘远远迎上来。小小山丘，圆圆的，鼓鼓的，就像一面硕大的鼓，敦敦实实地安放在塬坡下，一半露出来，向四面八方的过客袒露着憨厚的笑脸；一半埋在泥土里，竭力想将山里的秘密隐藏起来。

[壹] 汲古篇

石鼓山之谜

一

唐人刘禹锡道：山不在高，有仙则名。

沿巍巍秦岭山脉向西走，到了宝鸡城外，会遇见一座突兀的山丘远远迎上来。小小山丘，圆圆的，鼓鼓的，就像一面硕大的鼓，敦敦实实地安放在塬坡下，一半露出来，向四面八方的过客袒露着憨厚的笑脸，一半埋在泥土里，竭力想将山里的秘密隐藏起来。唯有那旁边滔滔不绝的渭河水在默默地向东流去，滋润着八百里桑田，又悄悄把难堪的蹉跎带往悠远。这座远看近看毫无特色的黄土小山，似乎随着岁月的流逝愈发神奇，愈发让人向往了。

这座山丘，有一个令人鞠躬再三的名字：石鼓山。

小小石鼓山所以闻名遐迩，实在是这座其貌不扬的山丘隐藏着中华文明绕不过去的典故，也驱使着各个朝代的文人墨客，跋山涉水来到山前洒洒祭拜，想了却涌动的探幽之情。似乎许多来山上寻秘的人，侧耳细声细语的流水，便会大呼小叫惊人发现，又随手记到笔记里，期盼哪一天妙笔生花，写出惊世文章来。还有些文人喜欢取山上一掬黄土，烧成一尊土陶放在案几上，满屋便书香四溢了；如若找到山上一星半点的碎石，放置画家多宝阁，便会生发莫大的灵气，笔下便涓涓不息畅游起来，从此线条形象美不胜收。也有好书法者到这山上悠悠踱步，回到陋室提笔悬腕，便有如高人点化，墨迹所至竟透出仙风道骨来。

当然，这石鼓山不仅貌似石鼓，更因出土石鼓而名。那是初唐一个雨雾日开的上午，几个到渭河边踏青的学子，顺着牧羊老人的指引，发现了农人耕作时出土的几枚圆石头，倾力扶正上下端详，顿时呼吸急促起来。由于久埋田野的缘故，那石鼓粘满厚厚泥土，恰逢春雨冲洗，石鼓上竟然凹现出行行籀文。细细辨识，尽透远古的信息，字字隽永，笔笔苍劲，竟是秦人歌颂先祖的古文。于是大家仔细收拢，竟有整整十面石鼓，人们雀跃着搬进了渭河边的凤翔孔庙。

谁也没想到，这竟是一个惊世之举，后来这种字体也被称为"大篆"。长安的文人墨客闻讯奔走相告，称之发现了"石鼓文"，为一睹石鼓而举杯相贺，韩愈为之书《石鼓歌》而颂之，也许那《陋室铭》就是阅读石鼓后的启发呢。更有白髯绅士认为石鼓写满天书乃是神物，需请仙神坐堂佑护，于是乡民们集资修建了一座石鼓寺，一时间香火旺盛，附田三千多亩。随后李氏王朝攀达荣华，国富民强，开疆拓土，留传颂诗就达五万余首，盛唐神话由此演绎开来。然而唐末战乱，十面石鼓流落民间,有好金石者从外地赶来想抛钱收藏,却使尽解数不知所踪。

这个重大的变故终于在北宋时传到了汴京,喜好书法的宋徽宗看到昔日的十张拓片夜不能寐,急令陕西知府逐户收寻十面石鼓送进宫来,于是那散落乡野的石鼓被运到开封。真是妙趣横生,当时费尽周折只找到九面,知府便依拓片新做一面充数,却被朝廷一眼识破,后来终在一屠夫家发现了第十面石鼓,可怜已被掏了窠臼作了磨刀石,却也

石鼓山今貌

只好就此上贡。从此，那石鼓在宫里一字排开，古风荡漾，煞是儒雅。宋徽宗见到石鼓爱不释手，天天要到石鼓前徘徊，令人惊异的是他的书法从此神助一般，更加遒劲秀丽，潇洒流畅，形成了被后人称道的"瘦金体"，这让宋皇颇为欣慰，敕命为石鼓凹字填金装饰。

从此那石鼓便在皇宫里供奉起来，而坎坷的命运也随之又起。不久金国攻入开封，将汴京宝贝洗劫一空，见到十面石鼓，虽不识籀文，却知价值连城，便遣扈从装车北上，押往黑龙江畔的上京阿城。可谁也没想到，那些个石鼓重逾千斤，压得车辕吱吱作响，一遇颠簸就需一群人推拽，行走几月才到古燕赵交界，也不知谁出的主意，愣将那石鼓上的金泥抠下，扔掉了沉重的石鼓，携金轻车赶路，也省去了将士们鞍马劳苦。

可怜那十面石鼓东倒西歪丢遗荒野，经历着风霜雨雪，可能从此就再难见天日了。然而世间奇巧，终有一位喜好金石的宝鸡人路遇此物，知是稀世珍宝，便将那些石鼓悉数运到燕京孔庙暂住，期待有朝一日运回宝鸡镇山佑民。可这一住就是一百多年，元代成宗帝闻听石鼓是为神物，便遣人运进京城国子监供奉。后来清代乾隆帝喜爱石鼓成癖，又担心宝贝损毁散失，便复制了一套放置热河文庙，以方便自己观赏。可惜的是十面石鼓经历了颠沛流离，文人敲拓，已是字迹斑驳了，当初的七百一十八个字，只依稀可辨三百八十六字了。然而石鼓命运依旧多舛，抗日期间，为避战乱，曾一度装车出城，迂回折返于长江两岸，临近解放又差点上船运往台湾，那一路上的风雨飘摇令人瞠目。

新中国成立后，石鼓成了国家博物馆的镇馆之宝，从此十面石鼓再不准拓印。待时间跨进二十一世纪，为呼唤石鼓山的神佑，也隐含宝鸡人护宝有功，国家特许宝鸡拓造了十面石鼓，置放于石鼓山之上。为此宝鸡人专门修造了一座石鼓阁，那古色古香的六角塔楼飞檐斗拱，仪态万方，巍然耸立于石鼓山上，抚慰沧海桑田，静观世间万象，那气势之伟岸，令所有瞻仰者不禁垂手肃然，也把坎坷的历史风卷残云般收入阁楼珍藏。

从此国泰民安，丰衣足食矣。

二

然而，当地百姓对整日厮守的石鼓山尚缺敬畏，只对山上黄土一往情深。若是括眼张望，梯田垄垄，麦菽层层，即使天象再旱，地里庄稼依旧长势茂盛，即使天降暴雨，山上麦菽依然不会倒伏。所以把日子在石鼓山演绎下去，是当地人最朴素的愿望。人们耕作，人们垒房，人们砌灶，终于在二〇一二年深秋，一群乡民想在山腰平出小块空地盖间瓦房，锄头铁锨刚刚挥舞片刻，只听"咕咚"一声，面前豁然惊现一眼洞口，人们哗啦一下拥上去，惊心窥探，土洞里叠叠绿光忽隐忽现，有人猛地一声呼喊，出宝贝了！于是十里八乡的人都赶过来，石鼓山又热闹得像赶集一般，为的就是能一睹宝贝风采。

仔细清理方看清楚，这次重现天日的一窝青铜器，是陪葬在一座西周墓里。这里的人都知道"盛世吉金"的道理，青铜器古时称金，历朝都将出土青铜器视为祥瑞之兆。那年汉武帝发现了一件青铜大鼎，就执意将年号改为"元鼎"，可见发现青铜器对世人的影响了。待考古队把龛里的青铜礼器一一取出来，居然有三十九件，件件可称国之重器。最为震惊的是，发现了一尊长方形的铜"禁"。这个禁有些像乡下的小炕桌，是把酒推盏摆放饮具的，而取名为"禁"也有节制饮酒之意。传说商纣王酗酒成瘾丢了社稷，周人吸取教训，便把喝酒的桌几称为禁了,意在提醒少饮不失风度。然而周人把这方铜禁做得精美绝伦,上下左右,满是流畅的纹饰,饕餮率领瑞兽,夔龙游戏云端,精巧图形汇聚在斯,烘托着远古的神秘。专家马上搜索查证,自有记载以来出土的铜禁只有四件,此为之最也!第二天,这件惊世国宝便把全世界的眼光都吸引过来了,人们对曾出土过石鼓的山丘,还藏有这么多的青铜重器感到莫大的欣慰,石鼓山的百姓更是心里自得,一鼓作气栽了上千棵松柏安神。

当然故事并没有完,考古队将出土青铜器铭文又做分析,判断石鼓山是当时跟周公纵横天下的姜姓武士封邑,因此山上应该还有西周遗存,便动用洛阳铲将石鼓山齐齐探查。这次考古队的运气来了,刚好时隔一年,就在那群农民的"发现地"三十多米远的地方,又发现几座西周古墓。探方已知这些墓葬均无墓道,官阶似乎较低,经验估计不会有太大价值。谁知当土层剥到周代,一墓两龛又惊现两堆拥挤的

石鼓山牺尊

青铜器，连见多识广的考古人都惊叫起来。第二天北京、西安的专家又齐聚石鼓山，小心翼翼地将宝贝一件一件取出来，真让人眼花缭乱啊。有一只四耳簋，上面布满密密的乳钉，称奇的是每个乳钉竟有半寸长，形态雍容地与二十八个牛头拥挤在一起，有人戏言执牛耳侧闻，仿佛能听到牛鼻呼呼的喘气声，这应是先人性崇拜的痕迹。

于是有考古人燃香烟三支祭拜山神，呼唤国之重器能够一现再现。果然，第二天又出土了两个牺尊可真叫绝，一大一小，式样一样。但绝不可用四不像来命名，羊的头，鹿的角，马的身，鸡的腿，腹部还伸出一对小翅膀。更觉神妙的是，脊上纹饰还是龙凤呈祥，这种图案连考古专家也挠腮惊叹。我于是请教一位博学的国学大师，他提醒先人创造了龙形，周人崇拜凤雏，龙飞凤舞大吉也。我立刻想到宝鸡的凤翔与凤县的起源，想到凤鸣岐山的典故，心里便只剩下佩服了。但后来悬疑接踵而至，考古人竟然从这个墓葬出土了五十件青铜礼器，令人费解的是竟然有十五只铜鼎，不是天子方为九鼎之尊吗？怎么一介武夫敢用十五鼎，那可是大逆不道啊。唯一的解释是，这些青铜器应是姜姓武士征伐的战利品，到了周代末期孔夫子都哀叹礼崩乐坏，远离朝廷的诸侯将相们都摆起谱来，一墓十五鼎的怪事也就不足为奇了。联想今日中国，自上而下，整饬纲纪，也不啻为一个恰当的铜鉴呢。如若政令不通奢靡盛行，中国的崛起就只能停留在蓝图上。

可谓前车之鉴，后世之师，扫弊图强，人民福音！

而石鼓山金石齐聚，天下无双矣，且每件重器都藏着一串故事，每方图案都隐喻一段传说，宝鸡人笃认这就是民族复兴的瑞兆。怪不得宝鸡人要把藏有周原万件青铜器的博物馆建到石鼓山上，那紫红的笑脸真就像一面铜镜，吸纳着太阳的光亮，映照着田野八荒。如今神佑的宝鸡人，对石鼓山那是一个崇拜呢，迎春花刚开就要到山上来植树。

秋雨刚过,就要到山上去收获,也就是图个吉祥呢。不但那些胸怀鸿鹄之志的文人骚客喜欢到山上来搜罗灵感,就连那些孩子要考学的家长,也喜欢到山上烧一炷香助兴,怎一个灵字了得。甚至深居五洲庙宇的高僧大德也感念不已,终于相约要在甲午年十月,齐聚到宝鸡石鼓阁下,为中华复兴祈福播祥。而今的石鼓山天下敬仰,而今的宝鸡人意气风发,正采撷秦岭石木,瓢取渭河清水,重修盛唐的石鼓寺,以期弘扬这里的金石文脉,传承厚重的历史交响。

小小石鼓山,多么神奇的山啊!

2014 年 4 月 11 日于新城

发表于 2014 年 8 月 7 日《人民日报》

入选《2014 中国散文排行榜》

法门寺之佛

诸佛子等,谁能护法,当发大愿,令得久住。

——摘自《妙法莲华经》

我已经记不清最早是哪一年踏进过那个青砖铺地的古禅院的,只记得那座被杂乱的土坯农舍包裹的塔寺,没有巍峨辉煌的大雄宝殿,也没有多少青衣布衫的僧侣,就是那座被奉为圣物的古塔,也可以毫无顾忌地依偎在塔下吃食玩耍,还可以随意拉住小沙弥聊聊禅院里的念经生涯。

几乎毫无例外,每次小沙弥都会煞有介事地告诉你,塔下藏有一座地宫,却没人敢进去探秘,因为地宫里游动着几十条口吐红信的青蛇,

法门寺旧塔

大家一听便毛骨悚然,匆匆咽下几口干馍就离开了破窗烂垣的大院。走出好久了,回望那座耸立在斜阳里的古塔,依然会隐隐感觉藏在塔下的青蛇蠢蠢欲动。后来我常常担忧,整日里与青蛇为邻是需要胆量的,我不禁对生活在寺里的和尚们和寺外的百姓们报以敬佩,也把疑虑投向古风荡漾的十三层塔刹。

后来,在一个风雨交加的晚上,那座古塔突然从中劈裂塌下一半来,而另一半却岿然屹立,恰似一把宝剑直刺云天。很快便有消息传来,人们在重修宝塔时发现了藏满宝物的地宫,于是全世界的目光一下子聚焦过来，这的确是一个难以用言词形容的二十世纪的伟大发现，二千四百九十九件国宝级文物整齐亮相，尤其那传承有序的真身佛指舍利让亿万信徒激动得泪流满面，也给我们的世界带来迷人的遐想，从此这个古老而又残破的寺院又焕发出久违的精彩来。

经过仔细清理，人们惊异地发现，那唐代迎送佛指舍利的仪式，竟然在地下默默地继续了一千多年。那是唐高宗等八位皇帝率领的一支支流光溢彩的迎请佛指的队伍，人们捧着一个个盛着艺术瑰宝的箱函，涌向供奉"护国真身佛指舍利"的永久圣地，最后由唐末的僖宗下旨永久封存地宫。于是这座深藏不露的地宫完全按佛教密宗的仪轨布置起来，里边有被奉为佛界圣物的金银礼器，有如今已难见真容的秘瓷茶具，还有来自古罗马精美的琉璃器皿，更有皇妃们供奉的锦绣衣裙，统统都详实刻碑立册，放置在古塔下神秘的地宫里，然后长长甬道遍撒铜钱，地宫门便被两块青石结结实实地封闭起来。

而正是那道"圣明"的封塔御旨，让这些国宝得以在一千多年后完美地呈现给二十世纪以后的人们。然而，也就是从地宫封闭的那一刻起，各种各样的眼神便也瞄上了那里，磨难和危机也就悄然而生了。

那座高高耸立的法门寺古塔目睹了周原的麦青秋黄，也见证了渭河两岸的风烟沧桑。可能今天的人们已经很少有人知晓，这里在东汉时建造的阿育王塔早已查无形貌，当年唐高宗在法门寺修造的竟是四层四角的木塔，以后历代皇帝顶礼膜拜的也就是那座古柏木塔。可惜木质结构还是没能经受住数百年来的风雨磨砺，明嘉靖年间发生的关中大地震，使那座已经腐朽的木塔在地裂声中松垮扭曲，终于没能挺过淫雨肆虐的寒暑塌落成墟。只是没想到关中人会有这样的胸襟，当地百姓们刚刚安顿好生活，两位乡绅党万良和杨禹臣便召集族人集资重修法门寺宝塔。如今已不知究竟是谁设计了这座八棱十三层的青砖宝塔,当时的期盼可能就是屹立在庙庑中间,永久守护佛门的袅袅香火。

可是重建宝塔着实不易,两位乡绅身先士卒,不但献出了全家多年的积蓄,还想方设法出门招募,这里我无意去追索有位苦行僧自残肩胛穿上铁链沿街乞捐,也无法全面展示当年重建的艰繁,唯让我特别感兴趣的是,明代的重建是在唐塔原址上进行的,因此地基必须要处理得更为坚实才能承重砖塔。所以,文物专家屡屡推断,修塔的工匠们当时一定发现了藏埋塔下的地宫,那地宫的入口和拱顶必然会剥露到人们面前了,而且当时距离皇家最后的礼佛大典仅仅过去了七百多年,那两位乡绅如果想揭开古塔下的秘密易如反掌。但是后来我们发现,那些供养在地宫里的宝物从来没有被扰动过,依旧是严格的密宗格局,这足以证明万历年间重建砖塔时,地宫没人敢揭也没人进去,想想这该是多大的慈悲胸怀啊!

而更加耐人寻味的是,那明代勒刻的有关重建宝塔的四通石碑和众多砖刻,洋洋洒洒二三千字,记载了重修宝塔的艰辛和过程,连谁捐过几升麦谷几块方砖都记载得清晰详实,却没有关于地宫的只言片语。我在那几通明碑前沉默良久,忽然明白了,当时人们一定知道地宫的供奉物价值连城,但没有一个乡人工匠动过邪念,而且为了避免以后有人搜寻盗掘,有意在重建宝塔的碑文中"遗漏"了发现塔下地宫的情形,使得以后的岁月历经多少次狼烟四起、兵燹

佛指舍利银函

匪患而没有招致黑手，为后代留下了人类文明的顶级珍品，也让现代人能够直观地感受到大唐的魅力。

这绝对是一个伟大的"遗漏"！

但是，当时间跌跌撞撞地扑进二十世纪，地宫珍宝圣物又经历了两次惊心动魄的危机，那惊险程度让所有的知情者倒吸一口气呢。那是上世纪三十年代末，中华大地烽火连天，日寇飞机已经多次深入到法门寺上空盘旋。然而，就是在这个动荡的年代，一位将军来到陕西赈灾，他姓朱字子桥，对积淀着传统文化的古刹一往情深，即使在颠沛流离的岁月，依然走到哪里都要进寺拜佛，终于他走进了古风浓郁的扶风县。但是，当他把目光久久停留在法门寺斑驳的山门上，这座盛唐时曾经七千僧侣的佛门圣地，此时此刻只剩一座歪扭的青砖古塔和一个残垣断壁的二进院落了，而且寻遍古刹角落竟无一僧人值守香火，这让走南闯北的将军不禁怆然泪下。他挺身而出号召各界人士慷慨解囊，修复颓败的佛像和塔刹。但这又谈何容易啊？手头的资金拮据，只有麾下三千将士。于是朱将军调来一个连负责寺院的维修，一群身上沾满硝烟的士兵开始了修复渭河北岸古刹的"战略工程"。

这些在前线听惯了枪炮声的战士们，又听到沉稳悠扬的晨钟暮鼓，心灵便像接受了和平与慈善的洗礼，他们砌好了残墙，补好了漏房，又搬开塔边石板灌下灰浆，试图以此阻止古塔继续倾斜。然而，几天以后在塔基忙碌的士兵忽然一阵惊呼，原来他们发现了一个石砌的洞口，犹如张开的幽深喉咙，可窥一条石板铺就的阶梯缓缓伸向漆黑的塔底。有胆大的想下去看看，战战兢兢走到一半听到脚下哗哗乱响，便吓得连滚带爬回到地面。朱子桥闻讯后当即赶到塔下，他手持电筒深入塔底细细观察，就见迎面一道石门，从那门缝里朝里窥望，隐约可见影影绰绰的黄斑，似有硕大的佛案支在里面。他顿时明白了，那年唐僖宗敬奉的几千件绝世珍宝和那护国真身舍利就在这道石门的后面，只要撬开来就会是一个惊世的发现。但是，这位深明大义的将军果断地返回地面，他明白这些宝物足以让贪婪的冒险家发动一场战争了，而现在日本人就在黄河对岸觊觎徘徊，随时可能踏进关中决战。况且在这兵荒马乱之时，要保住老祖宗留下的这些宝物，需要大量的军警夙夜护卫，国难当头我们的战士更应该坚守在抗日的战场上！

朱子桥毫不犹豫地做出了一个决定，立即封存地宫，宝塔维修只补裂缝，不再向地下延伸。为了避免不测，朱子桥请来一尊石佛压在地宫口的石板上，还搞了一个简单的安奉仪式，与参与维修的官兵面对佛陀发下毒誓，今生今世绝不把地宫秘密透露给任何人，声声誓言久久撞击着古老禅院的垣壁。同时朱子桥又专意让部下放出谎来：法门寺塔下地宫游动着一层青蛇，揭开石板就会有青蛇飞出咬人，任谁听了都会心悸胆寒。以至在以后很长的时间里，宝塔下隐藏青蛇的传言在周原上不胫而走；以至多年后法门寺宝塔又迎来一次重修，当地百姓依然担忧塔基下会窜出红信抖动的青蛇伤人。这大概称得上是最为灵验的护宝咒语了，神奇地把邪恶挡在了法门寺的残墙之外。

这绝对是一个伟大的"谎言"。

但这个恐怖的谎言，并没能在三十年后的"文化大革命"中挡住红卫兵"挺进"的步伐。在那个视一切传统文化为"四旧"的年月，挖开法门寺塔下地宫，把里边所谓的礼佛器物扔出来砸毁了，无疑会成为当时最具"革命性"的举动。于是在一个阳光昏懒的日子，一群"小将"手持镢头铁锨集聚到法门寺。他们首先捣毁了大雄宝殿的佛像，又撕烂了藏经阁里的佛典，最后把目光投向正阴郁地注视着他们的青砖宝塔。他们当然不知道地宫口在哪里，一群人扩散在塔基周围，抡起各种工具开始了"声势浩大"的掘地行动。当时凋残的法门寺只剩下两位僧人了，有位良卿法师是为住持，他想上前告诫激情万丈的"小将"们，挖掘地宫将会吞下恶果，给黎民百姓带来灾难。

但那些造反的"小将"们哪里听得进这般忠告，他们挥镢刨地的劲头更足了，破"四旧"的声浪直逼岌岌可危的塔刹，这是一个多么令人沮丧和难堪的时刻啊！当时，能不能说是千钧一发，我今天已难以考证了。且听突然有人尖叫起来，只见良卿法师把一团被褥抱到大殿后门，自己端坐其上，默言心语，然后淡定地把两瓶液体从头浇下，"小将"们马上闻到了煤油气味，但大家不知道这位一身青衣的老和尚究竟想干什么。忽然，老和尚点燃了一根火柴，只听"轰"地一声，火苗四窜，立刻燃遍了法师全身，也染红了法门寺的角落和上空，整个世界在那一刻似乎都停止了呼吸。

至今让目睹者难忘而又叹服的是，良卿法师在熊熊烈火中竟然双手合十神态安详，直到火焰把他烧成炭人，依然保持着坐禅涅槃的姿势，传说当时真有鹏鸟飞天直上云霄呢。"小将"们哪里见过这般情形，不知谁惊呼一声，一伙人撒腿跑出了法门寺山门。毫无疑问是良卿法师驱走了地宫珍宝的又一次劫难，难以想象如果那些"小将"们当时掘开地宫，用镢头砸烂那些精美绝伦的"封建残余"，捣碎凝结着信徒梦想的真身佛指舍利，多少辉煌和秘密将会随着"小将"们的亢奋而毁于一旦，会给今天留下多少扼腕长叹的遗憾。但这一切的一切，都让良卿法师用肉身化解了，他用生命捍卫了国家宝藏和佛界尊严。

这绝对是一个伟大的"涅槃"。

当中华大地终于迎来改革开放，人心思变，百业待兴，国家重修法门寺宝塔，使得那些稀世国宝和真身舍利轰然面世。那位佛学造诣深厚的赵朴初先生闻讯赶到塔下，感叹有生之年能瞻拜到真身舍利欣慰无比，惊呼这将是盛世来临的吉兆。而那些稀世珍宝更叫人们大开眼界，有位毕生研究古瓷的老专家只用手摸了一下秘瓷果盘，就激动的泪如雨下，连呼此生足矣。随后人们投入巨资对法门寺进行扩建，按佛法僧三界进行规划，形成了一个恢宏的佛教文化景区，此乃佛门祥瑞国之幸事矣。

　　如今，我们已经可以平心静气地回首往昔了，我站在修葺一新的宝塔下，望着古香古色的珍宝馆，突然眼前豁然开朗，其实法门寺这个唐朝皇家的外道场，从封闭地宫的那一刻起就不断会有黑手企图染指，连做梦都想把国宝盗掘出来据为己有，但是古寺经历了一千多年的风雨砥砺，凋敝到只剩下一塔一院，荒凉到没有一个僧侣，地宫依然能够安然无恙，这归根结底是这里的百姓护宝之心古已风行，那几近天真的"遗漏"和"谎言"，黎民百姓绝对心知肚明，只是良心驱使不愿揭穿罢了。所以，法门寺能有今天的辉煌，绝对是有真"佛"在佑护，而这个真"佛"，就是世代劳作在这片土地上的百姓，那乡绅那将军那法师正是他们虔诚的代表！

　　正是他们守护了中华文明生生不息！

2015 年 1 月 17 日于新城
发表于 2015 年第 5 期《人民文学》

石峁城之古

在叠压着层层矿藏的陕北神木县土地上，竟然不可思议地隐匿着一座史前的古城。

那要追溯到上世纪的三十年代，有位金发碧眼的老外在北平的古玩市场遇到一位陕北榆林人。老外对年轻人身背的褡裢产生了兴趣，几番寻问之后，果然从中掏出了几件叮当作响的玉器，有长长弯弯的玉刀，有宽宽厚厚的玉铲，有半黑半白的玉璜。老外的眼睛顿时睁大了，不动声色地打量着玉器的纹饰，这些玉器极可能是远古的遗物，但榆林人并不知晓这些玉器的价值，没扯几个回合便易手了。如今这些古玉都静静地陈列在大英博物馆里，期间经历了怎样的坎坷来到日不落国度，似乎已经难寻其踪了。那年月国破家亡民不聊生，几乎没人注意这种每天都在北平发生的交易。

后来又过了四十多年，忽然在香港的古玩市场，陆续出现了一批风格相似的古玉，其工艺似乎与早年北平露面的基本相近，有把玉刀很薄，只有一二毫米；有件玉璜很规矩，圆弧如切削过。但厚厚的包浆告诉人们这些玉器来自一个遥远的年代，这自然地引起了收藏家们的骚动，也引起了中国警方的关注。然而一路追踪下来，发现这些玉器均来自陕西北部的一个角落，一片荒芜的只生野草和砾石的地方。这可是一个被历史压抑着的讯息，那时候神木县几乎就是不毛之地，人们对地上的庄稼已经失去信心，对地下的矿藏还没有认识，只知道这个被称为石峁的地方是历史上兵家纷争之地，苍茫浩瀚，无边无垠，沙砾上各个朝代构筑的长城，若蚕一般卧在那里，似乎历届王朝都在这里留下了深深浅浅的刀痕。

石峁遗址全景

然而新世纪以来，考古人发现这些所谓的古长城遗址，依丘而走，曲折迂回，似乎还隐藏着什么秘密。于是，在一个阳光明媚的早晨，有位名叫杨力平的年青人沿着"长城"遗迹迈出了艰实的脚步，这一步是注定要写进历史的。放眼望去，这片丘陵似乎是未开垦的处女地，远远近近都罩着一层淡淡的绿色，就连那微微隆起的残垣也长满了青草。年青人沿着废墟一步一步地朝前走，他要搜寻一个缠绕已久的悬疑，悠悠风烟似裹携着滚滚的煤沫，不断地从丘壑深处刮过来，形成了不断跳跃的漩涡。但年青人没有丝毫退缩，步伐坚定地朝前迈动。三四个小时过去了，他竟然转回到出发的原点。天哪，这道长长的废墟呈现为回字形，像是一座古城的残圮。

年轻人压抑着内心的激动，又走进了附近百姓的窑洞，没曾想石峁人径直把他领进废墟中央，指着一块凸起的高台废墟，告诉他那是"皇城台"，是古人祭天拜神的圣地。转而又告诉他一个撩人的传说。古时候这座城池分为内城和外城，分别住着两位女王，很长时间俩人相安无事，百姓安居乐业。但是终于有一天两位女王被人挑唆厮杀起来，战斗持续了数月，一方的体力消耗殆尽，另一方的粮草也几近枯竭，最后人们藏匿了积累的美玉四散逃窜了，从此这座古城就荒凉成圮了。呵呵，会有这般神奇？年轻人激动万分，他们随后用科学仪器，对古城进行了年代测定，最后所有的数据都指向四千三百年，当属于史前龙山文化的晚期。顿时所有的考古人雀跃起来了，就在那千年城垣下打开了西凤酒，你一口我一口，直喝到一醉方休。随后考古人郑重宣布了一个震惊中外的讯息——在陕北的丘壑丛中发现了一座四平方公里的石峁古城。

这条貌不惊人的讯息顿时震惊了当今考古界，专家学者蜂拥到这里，只为一睹史前的繁荣，更有一大堆耸人听闻的字眼刹那间扑向媒体头条,"石破天惊"般博住了世人的眼球。以前我还以为中国远古的历史应该集中在黄河流域的平原地带,那里草木茂盛,水流丰沛,便于人类生活和繁衍。而这片纵横交错的沟壑,荒芜得不见一棵树干,更没有一块深耕农田,自古就是兵家喜欢蹂躏的搏杀之地。然而,史前人类就是在这么一个地方繁荣过的。

我沿着年青人走过的路线朝前迈步,步履很慢很慢似乎想丈量脚下城墙的长度。的确神奇啊,考古人稍一挖掘便是一脸震惊。这片丘陵间隆起的残垣还真如百姓传言,清晰地分为内外城郭,尤其令人震惊的是很快就在东边清理出城门、城墩、瓮城和马面。天哪,石峁古城呈现出的基本要素,横跨整个冷兵器时代,几乎没有发生任何实质性变化。我不由地想起了西安城墙,那是明朝人在唐朝长安皇城的基础上修造的,如今有好多人喜欢到城墙上转悠,是为了舒展身心,也是为了放飞梦想。可能很少有人会想到那城门内的瓮城是诱敌深入的堡垒,那凸出城墙的马面是抵御攻城者攀爬的防守工事。我注意到那石峁古城的马面间距四十多米,可知古人投掷武器的有效射程是二十多米,一旦敌兵来犯,两边马面上的将士箭矢齐发,必使攻城人倒于城下。而西安城墙的马面间距七八十米,可知明代箭矢的有效射程是三四十米,看来人类经历了三千多年才延伸了二十多米啊!

我走到已经清理出来的古城东门上,伸颈向西望去,一条隆起的垣圮缓缓地伸向了远方;再朝北望去,一条土路正遗憾地从残圮上压过,一堆又一堆马面像道路碾压出的赘物格外引人注目。年青的考古人忽然神秘地告诉我,这残墙里每隔几步还会有"纤木"镶嵌其中。是吗?这让闻讯赶来的建筑学家极为震惊,他们几乎不相信自己的眼睛。想不到四千多年前的远古人已经懂得了提高墙体强度的办法,今日建筑钢筋的原理也许就是从这儿发源的。这般奇妙啊,建筑师们面对城墙

石峁城壁画

鞠躬不已。而且，城门里的壁画也让美术家激动万分，考古人在东门瓮城墙上发现了已经剥落成碎片的壁画残迹。这一百多块残片当年是什么模样，如今已经难以描述了，但从残迹可知壁画是用矿物颜料涂抹的，有朱红，有墨黑，有浓绿，有橘黄，那断断续续的图案当然会让人放开畅想，也许是天神，也许是图腾，也许那横平竖直就是汉字和美术的滥觞，只待人们今后去一一推论了。

我慢慢地往残圮深处走进几步，眼睛时不时地朝那石缝里瞅，心里当然期望能发现一块古玉了。远古城墙里为什么会藏有那么多的古玉呢？是人们逃难时慌忙藏进去的吗？考古人笑笑回答，那古玉的确是镶嵌在城墙里的，似乎当初还小心包着草垫，应该放的很从容。我恍然明白了，中国人自古就崇拜玉器，以为可以驱邪降魔，那华夏文明几乎就是伴随着玉器的变化一路走来。所以古时所谓的玉墙玉门，不是用玉砌成一道墙一道门，是墙里门里镶嵌有玉，以期望能借此御敌降妖。所以，这绵延十多里的城垣在岁月的长河里，经历了风吹雨淋，便不时有古玉剥露出来，老百姓趋之若鹜也就不足为奇了。后来又有人偷偷去那城墙上取石箍窑，发现了成窝的美玉，还发现这些古玉可以换钱，便驱使人们蜂拥上岭爬圪掏挖开了，一有发现便藏玉回家等人来购。听说如今流失海外的石峁古玉已达四千多件，因此也就有了文章开头的故事。

显然，是年轻人的脚步为我们带来了持久的兴奋。

我忽然拍拍脑袋停住脚步，这处城垣是史前古城已经确定无疑，那么远古时期这里究竟生活着什么人呢？谁又是这座古城的主宰呢？我遥望那处突兀的皇城台，考古人却以为是"黄城台"之误？这里，似乎有太多的秘密在等待揭示。是啊，史载夏朝之前，黄帝打败蚩尤之后，其后裔就生活在这一地带，而且黄帝后来真正的陵寝距此也不过一二百里。所以这样规模的一个城池，不属于黄帝一族又会是谁的领地呢？我笃信这个推断，从此黄帝将不再是一个传说。

当然，毋庸置疑的是不管考古如何进展，中国的历史将会从石峁写起，华夏文明终于发现了可以与埃及金字塔相媲美的建筑！

2015 年 7 月 3 日于新城
发表于 2016 年第 1 期《中国作家·纪实》

[壹] 汲古篇

地宫艺术之光

那年那日,有人从临潼西杨村挖出了几个破碎的陶俑,一个震惊世界的发现从此悄悄拉开了帷幕。

我也以各种因由多次去过秦陵,每次去都感觉有金戈铁马呼啸而来,那冷锐的目光会穿透人的心脏发出咔咔声响,那钢铁般的铠甲会抵住雨点般的刀箭不留痕迹,那坚硬的额头会所向披靡横扫天下。我把这个感觉告诉秦俑博物馆的老馆长,这位自诩为"守陵人"的老专家点点头,尽管有汉以降,对始皇帝的开拓之举有过太多的贬损,但谁都得坦言承认,正是这只军队踏碎了许多人的黄粱美梦,斩断了许多负隅顽抗的短剑长枪,统一了战火蹂躏的华夏大地,迎来了明媚的

太平曙光。随后，一系列卓越的统一举措，使得四分五裂的疆土呼啦啦集合在了秦字大旗下。如今，我们常常会骄傲地告诉老外，欧洲人至今还在吵闹的"统一"事项，我们的老祖宗二千多年前一声号令就完成了，这不能不说是一个奇迹！而这个奇迹，首先应该归功于这支始终斗志昂扬的军队，正是他们的英勇才奠基了这个古老国家的版图。

守陵人进而赞叹道：这支军队几近完美，军容整齐，严阵以待。驭马者在前，搏击者在后，弯弓者在侧，一丝不苟地诠释着忠诚事迹，已经在地下默默坚守了二千多年，尽管色泽褪变了，面容烟熏了，却依旧忠贞不渝地坚守着神圣使命，从没有过一丝丝松懈，即使被一点点剥露到亮光下，依然表现出不衰的坚韧与顽强。

我知道这支军队是用陶土按真人大小烧制的，暗合了远古捏土造人的神话，其实这个"俑"字，就是像人的意思。尽管有的俑体尚有残缺，但眼神依然犀利刺人；尽管有的俑脸有点消瘦，但肩头的肌肉依然饱满藏拳。且让人们感到震撼的是已发掘出的二千将士，居然有二千种造型，绝没有一件是重复。我想，秦国"奖励耕战"闻名于世，这些兵俑可能就是摹仿立功将士轮廓塑造的，否则怎么会有这么栩栩如生的形象。而且那些将士们刚刚屹立到陵下时，脸庞是红的，眼睛是黑的，衣袖是绿的，裙襦是蓝的，只是岁月的风烟把鲜艳一点一点剥蚀了。我曾戴上手套去抚摸兵士前胸，直感觉铠甲后面的心脏在勃勃跳动，感觉手中刀剑会挥起来，这就是艺术的魅力啊！

我不由地闭上眼睛畅想，当初刚刚把这些全副武装的"将士"排列在地下时，该是一幅多么壮观的景象啊。尤其令人惊奇的是每个兵俑身上还留有制作者的名字，有的潇洒，龙飞凤舞；有的拘谨，一笔一划。当初"物勒其名，以考其诚"，却不想留下了雕塑者英名，若能仔细地研究这些姓名，一定会有震惊的发现，遗憾的是我们历来注重帝王的活动，却往往会不自觉地忽略艺术家的创造。所以我说，如今已无法考证那些雕塑家的身世了，但他们创造的作品在告诉未来，他们是大秦艺术的奠基者。而且组织设计这些绝世艺术品的，绝对是一位罗丹式的雕塑艺术大师。我悄悄对守陵人耳语，当它是唯一的时候便是艺术品，当它可以复制便沦为工艺品了，这些极具个性的雄健兵俑比西方的大卫们毫不逊色！遗憾的是守陵人对古代雕塑的认识依旧停留在"历史遗产"上，直让旁观者感叹唏嘘。

可谓：一兵一将一杯土，攀达艺术最高峰。

我注意到那兵俑的手心都是空的。守陵人小声告诉我，这些兵俑手上都有兵器，有的执戈，有的握剑，有的弯弓，有的驭马，现在只展出了小小部分。噢，我想那泱泱秦国把国力都倾注到兵器的研发上了，那富强的楚国似乎把礼器制作得精湛无比。终于，我们走进了展馆中间的"密室"，我看到几把从"将军"身边挖掘出来的铜剑，寒光闪闪，锋刃凛凛，尽管在地下掩埋了两千多年，当小心翼翼清理出来时，还微微有些弯曲，然而几周后居然神奇地平直了，拭去剑上尘土依然让人胆寒心悸。"守陵人"执意让我做个试验，我握住剑柄竟能刺破七层白纸，忽然感觉秦国的铜剑比那六国的似乎要长些的。果然，没费功夫我就搜寻到，楚吴的铜剑比之要短两三寸呢。记得那年秦王遇刺客来袭，因佩剑太长躲闪中拔不出来，差点误了君王性命。然而，在那冷兵器称雄的时代，两军对垒，你刺我挡，两寸足以定天下矣！我进而发现那些兵俑身下的箭镞，又怎一个奇字了得！这些箭镞都呈三棱状，比那六国的燕形箭头有着更凶猛的杀伤力。尤其惊奇那箭镞的弧度与今天子弹的弧形几乎一致，想想那时没有机床，没有微积分，古人怎么能在箭头上做出这般奇妙的抛物线呢？这不就是兵器的艺术吗？"守陵人"疑惑地看着我，怎么对兵器这样认识？

　　直曰：屡屡求教考古人，自设悬疑倒雾水。

　　慢慢走出兵俑展馆，外面是一片浓浓的绿荫，守陵人指着一棵参天古槐说道，那支军队护卫的这方皇家陵寝，不光是为了展现秦始皇的梦想，也是为了捍卫千古一帝的荣华。大秦帝王那年本来是去泰山问天的，没想到天之骄子梦碎齐鲁，也把博大的气魄带回这片黄土。当年这里曾经履盖着一片恢弘建筑的，当时秦国每灭一国，便在临潼以西复建一座降国的宫殿，一路过关斩将，灭掉的大小国度少有十多个了，可想当时那些宫殿多么巍峨壮观，由此可见秦王是真想把关中大地作为一个城市来建设的，气魄之大亘古不闻。当然，那可不是今天司空见惯的微缩景观，而是货真价实的"国家象征"，走在帝国的大道上，胜利者会有豪迈生发出来，失败者也会流连忘返，可惜经过多年兵燹，如今只见夯土不见城垣了。不过，建筑永远和艺术捆绑在一起的，那块偶然发现的直径六十公分的瓦当，就昭示着当年的豪迈和伟岸，上面的夔龙精美绝伦暂且不论，这瓦当一定是置于屋顶正中保护檩头的，而这般粗壮的房梁，所撑起的建筑该有多么巍峨，似把雄才大略诠释到登峰造极了。

犹如：披荆斩棘创新史，浩气长存始皇帝。

后来"守陵人"把我领进一处偌大的"工棚"，我进去环顾，竟是水禽栖息游弋的场所。呵呵，这当然不是我们见过的水生动物残骸，而是一个个惟妙惟肖的青铜尤物。有鸭，两两相依，互相示意；有鹅，伸长脖颈，眺望主人；有龟，慢慢爬行，送上寿福；有鹤，低头嚼鱼，摆尾乞怜……这的确是一个水禽乐园，显然这么多灵性齐聚到这儿是为了祛除主人的寂寞。不过，当主人的灵魂在这里休闲漫步养足精神，一定会转过身去寻找旁边那间大殿里的铜车马，去遨游四方一展宏图的……守陵人小心告诉我一个秘密，现在展出的那两乘马车，只是辅助皇帝出巡的安车和立车，皇帝的座驾一定还埋在哪片黄土坑里等待发掘呢。是这样啊？那已出土的两乘铜车马已经震惊世界，车辇华盖，骖马驻立，立车在前，安车在后，七八千部件，严丝合缝，一丝不苟，这样经典的艺术创造，似乎已经完全超越了人们的想象，即使放在今天也会让工艺家难堪的。

正是：铜车铜马铜铃铛，千古一帝属秦王！

我们告别那两舆铜车马，乘车前往始皇的陵丘，一路上那守陵人滔滔不绝。如今

已探明秦陵封土之下是一个九层高台，里面是高达十五米的泱泱地宫。饶有趣味的是这秦陵探明的陪葬坑已有六百多处，不但发掘出了负责饮食的衙门，还发现了乐府官署和军队指挥机构。显然大秦帝国的掌门人绝对相信人类有阴阳之分的，他竭力想把生前的奢侈搬到地下，地下俨然一座浩浩皇城。史载秦始皇甫一登基就开始了修造陵寝的工程，参加的工匠多达七十万人，往陵寝装进的珍宝车拉肩扛运了十多年。看来这位大秦皇帝绝对想把地面生活凝结在封土之下的，似乎在人类文明的发展史上，还没有哪位帝王能把陵寝修造得这般奢华。史载那年项羽率领楚军攻进长安城，烧毁了阿房宫，又掘开了始皇陵，且不知那地宫浸泡在江湖般的水银里是否挡住了复仇的脚步。后来有羊群顺着砸开的缝隙钻进坑道，牧羊娃手举火把进去寻找，一不小心把坑道点燃了，大火竟然烧了九十天才渐渐熄灭，以致我们今天看到的兵俑身上都有炭烧的痕迹，似已无法考证有多少艺术品在这个过程毁于一旦了。

呜呼：巍巍秦陵披风尘，空前绝后秦地宫！

不过，今日的守陵人似乎仍想承接先帝的"梦想"，居然规划将秦陵与兵俑馆连接起来，以展示大秦帝国的丰功伟绩。但我告诉守陵人，浩浩秦陵不仅仅是一处历史遗存，更是秦朝艺术成就集大成，我们要想办法把当时的艺术家从遗存后面推到台前，揭开那些艺术大师头上的面纱，让世界知晓中国古代艺术的伟大，而这似乎就是今日展览的一个缺憾啊！果然，绿荫丛中的帝陵后来愈发繁闹了，专家们纷纷从世界各地奔赴这里，只盼能为复现昔日帝王的气魄添上一笔，也悄悄为当地百姓谱写一段福音……

2015 年 6 月 29 日于新城
发表于 2016 年 7 月 21 日《陕西日报》

大秦之道

这是一条神奇而又孤寂的大道。

——作者题记

我那年踏春到了淳化的甘泉宫遗址，才知道声名远播的秦直道是从这里开始的。这片宏大的遗址北侧是林光宫，外边有一条深达二十多米的深沟，生长着茂密的荆棘荒草，或高或矮，簇簇拥拥，仿佛竭力想用绿把整条沟填实起来。呵呵，真真想不到二千多年的秦直道，由于经年久月雨水冲刷，大道竟冲成了大沟，使人立刻想起岁月如刀的词句来。

富县秦直道遗址

    这连绵不断的直道是大秦帝国最辉煌的战略杰作,那年秦始皇的爱将蒙恬在把匈奴赶到漠北之后,雄心勃勃地修筑了长城,又独具匠心地铺就了秦直道,从而把帝国带入了永恒的境界。至今在这片遗址里还有一座高耸的通天台,就是当年皇帝的检阅台。可想站立高台之上,钟鼓齐鸣,旌旗招展,万千兵士以藐视群雄的气势,开始了南风压倒北风的壮烈行程,直把胜利者的彪悍带到戍边的战场上。如今沿着这条雄浑的直道往前走,散落的古代瓦砾多的不可思议,诺大的遗址区就堆积了成片的瓦砾堆,绳纹的、布纹的、光面的碎瓦无声地昭示着曾经的壮丽。然而,这个曾经让司马迁痛斥的秦直道,从修筑那天起便把悬疑丢给了后人。

    似乎眼前这条"大沟"最终顺着蒙恬的指引,跃上了横卧陕北的子午岭脊背，执着地伸向了浩瀚的黄土沟壑，宛如一条巨蟒在岭上向北蜿蜒。所谓的"堑土堙谷"，就是遇山劈路，遇沟填土，生生地在山脊上筑成了一条通达大漠的古道，似乎也把将军的命运引向了悲壮之途。这条大道应是那个时代的顶级高速公路了，宽有三十多米，队伍可以排成三四十人的纵队向前推进，可以并列十乘战车向前飞驰。这个前所未有的驰道，把秦始皇"车同轨"的意愿推到了顶峰，亦把蒙恬的智慧发挥得淋漓尽致了。

我在那个把富字顶在脑门的县域找到了感觉，那里的古道忽隐忽现，沿途的遗迹尤如蒙上厚尘的珍宝相偎相依。富县人竟准备在遗址边垒起一座气势高远的古风阙楼，秦韵悠长，棱角沧桑。而令人惊奇的是走过阙楼脚架，竟然会看到一座残存的古驿站，一层又一层的土窑洞，似大张着的喉咙，渴望着久违的喧闹，连那土崖上的野枣树和喇叭花也争先恐后从窑洞里涌出来，迎接着从远方赶来的寻古之人。不过，当年洪流般的队伍在直道上源源挺进，只为给前方输送胜利的梦想，沿途的驿站也只能为兵马停下歇息，烧火吃饭，补充睡眠，估计一般士兵是难以享受这些窑洞的，也难知晓蒙恬在哪孔窑洞有过酌饮。但如今的寻古者似乎已不再关心这个了，只渴望能在这里找到来自金戈铁马时代的马蹬、箭头和剑戟，尽管已经锈迹斑斑，却依然能够让人想到那个时代的豪爽和血腥。

绝想不到窑群的旁边还有个恐怖的杀人坑，这也许是当年战场杀戮的掩埋地，尽管那些累累白骨已经被岁月腐蚀了，已经看不到完整的骨骼，但是驻足细听，却仿佛有二千多年前的哀嚎萦绕耳畔，隐约还有来自遥远的呼唤声声如泣。正想着，有句古诗便动了几字传进脑海：可怜秦道无名骨，犹是春闺梦里人。且未吟诵出口就有泪水涌出来了，尚难知这坑里是否真藏有蒙恬的刀下冤魂？然而，古道边的农人却坦荡异常，没有一丝怯意，扛着锄头，唱着信天游，晃晃悠悠地从崖畔上冒出来，盘算着今年小麦的收成，也早把苦涩的历史演化成浪漫了。

后来那巨蟒般的直道从山岭上下来，又一头扎进了浩瀚的毛乌素沙漠，黄沙把那巨蟒搅得昏天黑地，然后又轻抚着路边的毛头柳和骆驼草爬进了茫茫戈壁滩。而今厚厚的沙石已经把秦直道悄然吞没了，但是古道边的烽火台隐约可望，那些远古的通讯设施早已失去了作用，今天也只剩下文化涵义了。孰不知这些烽火台大都与直道相伴的，那时古道修到哪儿，烽火台必然要建到哪儿的。当年驻守的伶仃战士，一旦发现前方烽烟突起，便会立即点燃手中烟火，一站一站把前线的紧急传递到大帐后营。所以，烽火台可觅，秦直道尚在，只是在等待我们择时发掘了。毫无疑问，这条大道与长城一样耗资巨大，留下的悲惨故事也绝不会比长城少。

但细细思忖，那长城是为防御来犯而建，秦直道是为进攻敌扰而修，两大工程互为补充，为华夏文明创下了卓越功勋。然而，悲怆却随之而来，那蒙恬本是一位战功赫赫的骁将，自从秉持皇上的旨意，主持了这两大工程便非议不绝了。尤为遗憾的是大道还在修筑，在此督工的太子扶苏就被矫诏赐死了，肩负重任的蒙恬也难逃厄运，很快被赐死于阳周古城的一间茅屋里，巍巍长城肃立，漫漫直道凄然，都在为无罪而亡的将军祈祷。

也许是担忧逝者的魂灵骚扰路客，后人把他俩都安葬在远离直道的绥德城了。我们沿着高速路往东行驶，很快会遇到那两座著名的墓丘，一个在山畔，一个居城中，抬首相望，悲从中来，古道至伟，何罪之有啊。司马迁似乎跟随汉武帝从始点走到终端，用笔记录了这条大道的恢宏，人们可以从那寥寥笔迹中了解大道的轮廓，也会看到太史令一句甚似一句的感怀。真可怜那蒙恬的墓丘如今就倦缩在绥德一所校园里，似与朗朗的读书声相伴，虽平添了些许文雅，但每每夜晚有晓风吹过，总感觉那墓里会发出悲怆的呼号，其声也悲，其韵也凉，即使欢乐的秧歌和唢呐也难以摆脱那种令人难以释怀的苦涩，似在为当年的秦国重臣演奏着永远的咏叹。

今天我们可以平和地回味历史了，不难发现正是绵延一千八百多里的秦直道与长城的巧妙结合，方使得大秦疆土日渐清晰。那秦直道最早发威是始于汉代的，那汉武帝长期驻守在甘泉宫里，运筹帷幄，决胜千里。那卫青敢于率领汉家军马，长驱直入匈奴腹地，就是凭借了直道的快捷；那霍去病勇猛顽强，直把捷报插遍阴山南北，也应有秦直道的功劳。当然事物都有两面性，后来匈奴几次越过长城，兵临长安城下，也是借助于这条大道的；尤其那郝连勃勃能从统万城一路杀过渭河，横扫关中，登基称帝，依然是凭借了秦直道的宽敞和通达。如此瞭望这条绝世的古道，似乎蒙恬将军当年的功力清晰了，但那个秦直道与长城的交汇点至关重要，却还是有些朦胧。

秦直道文化层

我想那个点应该在榆林城外的镇北台附近的，那是在秦代长城基础上修筑的关隘，雄踞高崖，俯瞰直道，昭示着泱泱帝国的豪迈。那条从子午岭下来的巨蟒后来就越过镇北台，向前突进了二百多里，在包头郊外的麻池古城停下来，缓缓地仰起了高傲的头颅。显然，我国北方边界的最终走向是有赖于秦直道的，正是秦直道把大汉疆界推到了漠北，后来的历代王朝也正是凭借着蒙恬的遗产，才把大国的疆域稳固下来。

所以，司马迁《史记》里的责难多少带有个人的情绪，当我们今天在平坦快捷的高速路上飞驰，是否应该告慰九泉之下的将军，多亏那条亘古大道，才托起了我们的大国家园。

2015 年 7 月 29 日于新城
发表于 2016 年第 2 期《中国作家·纪实》

城郭之祭

在西安生活着很多痴迷汉朝的人,他们时常穿着汉服招摇过市,时常又集聚在一起吟诵汉赋,还有些人对汉朝的嗜好深入骨髓里了,常常会跑进那片花团锦簇的汉长安城里,喊几声秦腔,唱几句民谣,撒一串泪水,直闹得人心里酸酸的,才三步一回头,慢慢离开这片魂牵梦萦的地方。

他们,就是曾经生活在遗址区里的百姓们。

这些已经搬离的老百姓别看没有什么文凭,但汉朝的故事知道得比教授还多。那天他们带我去看整理出来的遗址,一进入那片弥漫着历史气息的土地,忽然见到一大片婀娜多姿的虞美人,那花儿亭亭玉立

未央宫遗址前殿全景

头鬟相磨,宛如一张张娇美的笑脸,用妩媚把喜好觅古的人簇拥起来,真似坠入了甜腻的温柔之乡。顺着花径指引,我们看到平坦坦的花地凸起一处高台,倔强地弓起头来雄视四方。一条木质的廊道将人们带到土台顶部,上面已铺好一层厚实的木板,原来这就是汉长安城遗址未央宫前殿。但那巍峨挺阔的殿堂早已不见踪影了,只剩下人们精心清理出来的一方方土台,昭示着这里曾经的辉煌,当然也还可以从许多汉赋中一窥昔日的壮丽巍峨。我想,脚下这块厚厚的土基,是一定见证过宏大世面的,那年汉武帝为大将军卫青饯行,旌旗蔽野,号角震天，二十万雄师誓将匈奴赶到阴山以北；为年青的勇士霍去病壮行，刀光剑影，英姿飒爽，只四百铁骑就敢直插敌营，把大汉威名远播漠北；也是在这座大殿里，汉武帝为平定西南大小藩国，决策在长安城西南引沣河之水，围堰一个三万亩的水面，谓之昆明湖，专事训练汉家水军，从此把大汉的管辖范围扩展到西南海疆。

但遗址人告诉我当年汉武帝征西有成，还是要归功于一个持汉节出使西域的汉中人。在这未央宫门前，汉武帝曾为张骞出使西域举行过壮行仪式，但这个仪式远没有征伐大漠隆重，出行的队伍也只有一百多随从，二百多匹战马，汉武帝期望能够联络遥远的月氏国，共同对付匈奴经久的骚扰。但这个简单的仪式还是被史家记下来了，十三年后当张骞再返长安，只剩下一名随从，汉节也稀疏得鬃毛难觅，但他带回了西域的风物别情。

遗址人自信地告诉我，那时班师回朝的各路英雄，是一定会受赏于前殿廊下的，也一定会在庆功宴上喝得酒酣耳热，即使宫女侍卫碎步匆匆，也搬之不及珍藏的美酒。盛大的伎乐也一定从殿里排到殿外，歌舞升平，香艳十里。那年月好大喜功，值得畅饮的壮举实在是太多了，只是不知道这厚厚的土台是否还散发着当年渗入地下的酒香，不知道宽宽的廊道能否听到当年羯鼓的回响。饶有趣味的是，张骞后来随军出征接应不力，官爵被剥，但汉武帝惦念西域的地理风物，依旧会唤来张骞商讨对策，显出了一代天骄的胸怀与胆略。后来，张骞再次出使西域，执意把友谊的种籽播撒到草原戈壁，从此沿着这条曲曲折折的道路，胡菜胡瓜胡糖涌入长安，繁荣了长安城里的东市和西市。后来的史家便把张骞出使西域誉为"凿空"，西方人千年之后才从这次壮举中发现了丝绸之路的奥秘。

我们从那前殿土台下来，南走好一阵儿，一条高高的土棱横在面前，若不是遗址人介绍，绝想不到这会是汉长安城的南城墙，跃上高高的废墟，抬眼四望，尽是现代的水泥建筑，高高低低地拥堵住人们的视线。然而，遗址人又指着远处说，那南城墙外还有处"社稷"遗址的，后来这个词演绎成国家的代称了。其实在汉代，就是祭土神和五谷的殿堂，隋唐以后其功能又被天坛和地坛取代了。再远处还有"辟雍"和"明堂"遗址，那是祭祖先和祭五帝的地方，如今已被压在沉重的水泥板下了。想那张骞出征之前，是一定要赶到这几处地方祭拜的，祭天地祭祖宗祭平安，从此便把国家社稷和宗族教谕深藏心里，不论旷野遇险，还是路途苍茫，长安明月便挂在心境中央不离不弃了。

然而，那位遗址人告诉我一个刚刚过去的秘密，绝对的令人匪夷所思，那张骞的壮举二千多年后，几被人淡化得视为平庸了，有人居然在丝绸之路的申遗报告中，将起点长安变成了"起始段"，这三个极具创意的方块字不动声色地模糊了汉长安城的作用，也让裸露的未央宫一脸无奈。似乎丝绸之路从哪儿起步竟成了一堆乱麻，从哪儿抽出丝来都顺理成章。其实，历史就是由一系列的标志性事件来演进的，黄金商道无疑是张骞从长安起步的。但是这个尴尬的呼唤并没有多少人注意，终于从北京传来一个宏大的声音，于是在迪拜召开的世界申遗大会上，专家们一致要求把丝绸之路的起点改为"长安"，使得这个由国人自己酿造的混浊最终在丝绸之路的另一端澄清了！

但这片土地曾经的主人至今仍耿耿于怀，他指北边那片花海竟是当年后宫的所在地。我想，那成千上万的嫔妃们怜爱的笑脸是不是会顺着花径爬上来，也在为还原历史而欢欣呢？这当然是一个幼稚的猜想，但我从遗址人滔滔不绝的叙述中感觉对汉长安城最为关注的不仅仅是考古人，还有千百年来在这片土地上繁衍生息的百姓们。其实汉长安城早在东汉就成了百姓们的居住地了，已经形成了七个偌大的村落。

遗憾的是为了凸显汉长安城的壮阔，一排排错落的民居在推土机的轰鸣声中荡然无存了。遗址人向我形象地介绍着那个刻骨铭心的无奈，屋檐倒了，坟地平了，田园消失了，很多人对这个过程有着痛楚的记忆，他们如今居住在远远近近的安置房里，却常常会在进城途中，神差鬼使地绕道这里，踩着破碎的童年记忆，漫无目的地呼吸一点曾经熟悉的气息，走着走着眼泪便情不自禁地落下来，落到苦涩的嘴里。是啊，祖先在这里，根脉在这里，一千多年的村落在这里！我忍不住替他们抱怨，汉长安城的确不是孤立的宫苑，是城与郭的联合体，我们可不能只关注皇家的宫殿、别院和风物，那气韵生动的民居同样存储着丰厚的历史信息，如果当初把这七个村落的祠堂、照壁、木桥和村规小心存下来，不是可以更完整地记述汉长安城的沧桑脉络吗？

汉长安城城墙遗址

终于，那遗址人把我领到一棵茂盛的榆树前说，这是他们村子唯一的纪念了，现在消失了的七个村落尚存七棵老树，村人们常常会不约而同集聚到平坦的"村落"里，围拢在古朴的树冠下，抚摸着树上的枝杈和皱裂，向孩子们讲述已经"粉碎"的家事和村史。而且，在清明那天很多人会来到老树下，用粉笔绕着老树画个圈，然后点燃一叠叠麻纸，再点燃三支香烟敬到树下，以寄托并不遥远的思念。是的，那皇家的明堂和辟雍不见了，而老百姓心中的明堂和辟雍还在，就是这七棵枝繁叶茂的老树啊，他们在这里祭天祭祖，也祭奠永远逝去的村落……

2015 年 4 月 23 日于新城
发表于 2016 年第 6 期《人民文学》

乐游原之下

乐游原上清秋节，咸阳古道音尘绝。

——李白《忆秦娥·箫声咽》

一

谁也不会想到乐游原厚厚的黄土下会发生这般奇诡的穿越。

那唐朝人绝对想不到玄宗皇帝当年宠爱的武惠妃，自从躺进一尊精美的石椁后，不见天日地经历了一千三百多年，终于寂静被打破了，有人凿破墓道钻了进来，一趟又一趟把墓室里的宝物偷了出去。后来，连重达二十八吨的石椁也被一群人抬出了安息地，大概乘坐一辆轰轰作响的车辆，辗转十多日，到了昔日曾经荒蛮的海边，又上了一条轰轰颠簸的渔船，又经历了十多天，到了一个唐朝人绝对陌生的海岸。

这是一条被称作"美利坚合众国"的海防线，沉重的石椁从此被藏匿起来，锁进一处幽深的仓库，漆黑得与墓穴没有两样。当然，隔三差五也会有人来察看石椁的纹饰，嘴里会发出叽里咕噜的声音。

也许是为了满足虚荣，也许是为了炫耀财富，石椁终于被主人作为当年最成功的收藏，被放置到扑扑闪闪的镁光灯前，羞羞答答地向外界披露了石椁的艺术价值。但这位曾经当过警察的收藏家，刻意回避了这尊皇家石椁的发掘地在中国西安，当然也回避了这是开元年间武惠妃的石椁。皇妃的石椁居然会漂洋过海来到异国他乡，成了一个白皮肤蓝眼睛的囊中之物，这着实吸引了收藏大腕们的眼球，大家惊呼这般美艳的石椁一定隐藏着令人放开畅想的故事。

而武惠妃绝没想过，在她身后一千三百多年后，居然还会成为人们热议的焦点，又一次"成功"地吸引了舆论的目光。据说这位声名远播的宠妃，是武则天的亲侄女，从小在后宫长大，姿色美艳，能歌善舞，唐玄宗甫一登基便纳其为妃，后来更是礼为皇后，地位着实显赫。但她没有后来的杨贵妃纯情超然，史传为争取儿子的尊位，竟构陷太子三兄弟于非命。不过，在今天看来惠妃似乎良心未泯，作孽以后整日烧香拜佛，驱鬼做法，惶恐不安，却最终也未能摆脱魔魇的缠绕，年纪轻轻就遁入黄泉了。但唐玄宗似乎没有深究其恶，反而追赠她为"贞顺皇后"，那座高大的土丘也就尊为敬陵了。

至今也不知道敬陵何时被盗洞穿透，只知道那位收藏家发现中国警方抓捕了他的合伙人，扣押了贮存了许多秘密的计算机，便郁闷地又用布幔把石椁严严实实覆盖起来，再也不许任何人近前欣赏，宏大的宝物不知道会带来什么样的报答。

可是，尽管收藏人小心了许多，中国警方还是风尘仆仆追索而来，找到香港，又找到美国，好像经历了许多回合谈判，收藏家被迫来到西安南

武惠妃石椁

郊的陵区一探究竟。可谓一杯黄土，一团愁绪，深深的洞穴显然狠狠地攫住了他的灵魂，那文物人的一句话更让他内心震荡："收藏家可能以为自己得到了一件宝物，而放在这里将承载一段历史！"

笨重的石椁终于又乘车坐船，踏上了熟悉的"皇天厚土"。当然这儿经历了一千三百多年的风雨洗礼，尽管桃花依旧，但人们的服饰已难觅大唐的蛛丝马迹，城池楼阁也已发生了彻头彻尾的变化，只有迎接的面孔似曾相识。真没想到这个世界会变得这般不可思议，连那唐朝随便埋于地下的三彩明器现在都成了抢手的宝贝，价格竟然昂贵得吓人。而那凝结着惠妃与玄宗情谊的石椁更是获得了意想不到的赞叹，居然还被冠以顶级艺术品的称号，连唯恐避之不及的晦气也被人忘到了九霄云外。

这尊凝结着中国盛唐时期绘画、雕刻、建筑艺术之大成的石椁，放在哪个国家都会被奉为稀世珍宝的。仔细打量，这方石椁犹如一座"豪华"石屋，有门有柱有檐有脊，四周满满的彩绘浮雕，不但有众多麒麟环绕，保护着皇后的天堂，还有缠枝莲花相牵，意在把佛韵引来；不但有壮士勇擒雄狮，张扬着世间正义；还有雍荣仕女持花，似在等

待主人召唤。而那石椁里边则站立一圈身披盛装的宫娥，大概都是惠妃当年裙边的童男玉女，一个个刻画得丰腴圆润，衣褶飘逸，展现了开元年间人物画的最高水平。如此华丽精彩，怎一个绝字了得？

不过极具讽刺意味，那位把石椁从沉寂的土穴挖出来又运出去的人，已经终结了发财的美梦，被关进了秦岭脚下一处四面铁网的囹圄。国宝与他的再次相遇是在一个簇拥着中国警察的环境，盗掘者戴着脚镣手铐面对曾经为他带来"财富"的宝物，禁不住惊讶警方神通广大，竟能把出境多年的宝物追讨回来，不由地为自己的命运长吁短叹。

其实，这就是在太岁头上动土的代价！

但是案情并没有就此停住，警方在盗墓者电脑里又发现了一块块精美的墓室壁画，懊恼的是却没有因此得到任何有价值的线索，江洋大盗对自己电脑贮存的宝物怎么都不愿开口，甚至妄称这是栽赃陷害。显然，追回石椁只能说仅仅完成了一半任务，人们也看得清楚这盗墓人绝对知晓这些壁画的价值，才矢口否认壁画与敬陵有关，当然也否认与自己的关联。

茫茫乐游原，壁画又在哪里？

二

其实，那几幅美轮美奂的壁画就藏在离敬陵只有一公里的地方。

当那件吸引了众多摄像头的石椁渐渐在人们眼前淡忘，当那些精美的彩绘图案在人们记忆里渐渐模糊，人们对武惠妃的故事已兴趣不再，负责这个案件审理的警官也不再提审被判死缓的江洋大盗。但是，盗墓人计算机里那几墙壁画依然让一位已不年轻的文物人念念不忘，他又找到当初审理案件的警官,细述这些壁画的艺术价值,感动得铁汉们眼圈发潮。可能人们有所不知,那唐墓壁画实乃中华艺术宝库中的顶级珍品,一经发现就被定为一级文物,在国家不准出境展览的文物清单中,列在第一位的就是唐墓壁画。而盗贼计算机里的这些壁画,似乎缩在一座典型的唐墓里,尽管不属于皇亲国戚,但壁画风格活泼洒脱,估计主人是位颇具文化品味的大唐官吏。

且看那幅动感的逸乐图,一边的仕女在弹奏古琴,一边的胡人在吹奏管乐,中间一位窈窕淑女与一高鼻胡人翩翩起舞,一招一式,神情愉悦,胡男与汉女在一幅画里舞之蹈之,形象地说明唐代丝路文化已经深入到寻常的宴娱之中,大唐王朝的繁华也就跃然墙上了。还有一

韩休墓壁画

幅山水壁画，更是让人眼前一亮，唐初的壁画大多浓墨重彩，而这幅图画笔墨淡雅，山势由远及近，丘崖飞泉，亭榭高树，与浓浓淡淡的墨色相得益彰，恰似一处求仙问道的幽谷，静谧中透着优雅，深邃里又显出硬朗。书言到了宋代才出现独立的山水画，而这幅壁画却毫无争议是唐人所为。还有一幅朱雀图和六幅树下高仕图则相偎相依，让专家惊叹的是那些人物衣褶飘逸流畅，似有吴道子的线皴笔法，特别是身旁的树木竟是写意风格，寥寥数笔，风过声响，犹如高士迤逦而来。这般浓淡写意似为宋代以后的笔法，如果这几幅壁画出于敬陵的陪葬，可能就要改写中国的绘画史了。但是盗掘者守口如瓶，大洋彼岸那位收藏家也断然否认见过壁画，追索又该从何谈起呢？

不过，时间的砥砺却始终未能消磨曾经的记忆。

年轻的警官也没想到文物人居然对壁画耿耿于怀十年未忘，于是那个已经封存入档的案卷又被翻出来。只是事情的发展有点幽默，那位被判死缓的重刑犯已经改判无期，如果这时候直接提审必会死扛，而且他十年都没流露半缕蛛丝，如今还怕你再行追问吗？于是我们的警官改变了策略，故意让罪犯讲述盗墓故事，让他感觉是想向他讨教"经验"。盗墓者于是来了精神，看到的、听到的、经历的混杂一起滔滔不绝倾吐出来，还真把旁观者听得如痴如醉。但是，我们的警官没有忘记使命，在他忘乎所以的时候突然发问，你计算机里的壁画到底是哪个墓的？

盗墓人不禁一怔，茫然地望着警官不知所措，这个动作恰好说明绘有壁画的墓穴他记得清楚。盗墓人终于战战兢兢地问道：如果……会加刑吗？但狡猾的盗墓人随即又陷入了沉默。警官见状要了瓶白酒与其交错对饮，很快盗墓人脸颊涨红激动万分。

于是，在那年清明后的一个下午，一溜警车驶到乐游原上一个村落旁边，盗墓人搭手一望，手指一方麦地说：就在那儿吧。于是，洛阳铲一下去就碰到了砖石拱顶，果然是一座形制不小的唐墓。待小心翼翼挖开墓道，只见甬道里的壁龛堆满了平庸的陶俑，令人遗憾的是两侧被渗水浸泡剥蚀的壁画，只能依稀分辨出曾经的精彩了。是啊，十年了，如果壁画被盗贼的盗洞引进渗水泡毁了，岂不是要遗恨千年啊！忽然，大家又在甬道与墓室的连结处，被一方石头挡住了，有人抚去厚厚的浮土，上面竟刻着"唐故左庶子韩公墓志"。

真想不到这会是唐玄宗的丞相韩休的墓室。此君大家是熟悉的，曾在开元年间官至丞相，虽然只戴冠两年，却留下了耿直谏言的佳话。据说连唐玄宗偷暇娱乐也怕韩丞相撞见，整得堂堂皇上趣味索然。于是门下侍官时常挑唆，何不把这个碍事的老头官帽摘了。唐玄宗却道，大唐有韩休在，朕可安眠入梦矣。估计他韩休不识时务地让玄宗感到难堪，也一定让后宫主人感到不悦，没准在皇帝面前煽动罢免"议案"的，就有武惠妃悄悄的作用。不过《新唐书》记载韩休与武惠妃同朝侍皇时，曾不约而同推荐过千年奸相李林甫，也许这只是个巧合，却给一代圣皇命运的悲凄埋下伏笔。

后来的事态似乎更有尴尬，当年同朝的两位贵胄，生前隔墙伴驾，死后会比邻相望。而且一千三百多年后，武惠妃的石椁被偷运出敬陵后，韩休的墓室也被同一伙盗墓人挖开了。

那天，人们摒心静气走过长长甬道，小心翼翼走进空空墓室，猛见四周琳琅壁画，文物人顿时惊呼起来，太棒了！太棒了！此刻的心情已不能用美妙来形容了，其实大家都是第一次见到这几幅壁画，却因对计算机里的壁画琢磨日久，反而都感到似曾相识。乐舞图在，山水图在，朱雀图在，只是那六幅"树下高仕图"空缺两幅，显然是被人用专业手法揭走了，整齐地留下了两块裸露的黄土。而旁边的玄武图竟被挖了大洞，墓里唯一可以"驱鬼"的形象已被破坏得看不出威严了。原来，当年盗墓人进入墓室，以为那玄武图的后面可能藏有密室，便疯狂地挥锄探查，没想到一无所获，却把一幅珍贵的壁画破坏得更像一个张开的大口，在向人们倾诉盗墓人的荒唐和野蛮。

其实，善良的人们绝对想不到，盗墓人为完整取下壁画，是将壁画摄像发给远在大洋彼岸的购买人，双方你来我往价格商妥，便通过网络不厌其烦地教授揭画要旨，甚至从海外寄来揭取的工具和材料，比专业的文物工作者毫不逊色呢。幸好盗墓人尚未把壁画全部揭下卖掉。现在看来，那诡秘的蠹贼是把这个墓穴当成了仓库，想找到合适买家再一块一块揭下来售卖，以便赚取最大的利益。看来是警方的果敢使这批珍贵壁画没有遭遇石棺的命运，这也算是个万幸了。

那么这些唐墓壁画为何魅力四射，使得那么多人为之神魂颠倒呢？忽然，有人查到这韩休正是唐朝大画家韩滉的父亲，这便勾起了人们更加辉煌的猜测。

三

也许人们对韩滉没有多少印象，但他那幅《五牛图》，可是中国绘画史上无可争辩的传世名作，甚至被誉为镇国之宝，所以找寻韩滉的墓穴是文物人多年来的梦想。

如今找到了韩滉父亲的归寝，那也就意味着韩家的祖茔当在此处，古人久有落叶归根之说，如果在四周扩展勘察，找到韩滉的墓穴可能性极大，如果里面放有他的得意之作岂不是要轰动整个世界。即使纸质宝物腐烂了，里边的壁画和陪葬的文房宝物没准就是韩滉自己的设计和最爱。想到这里文物人摩拳擦掌，想着很快会有惊艳的消息发布，内心都激动得不能自制了。

文物人的激动完全可以理解。那幅珍藏在故宫的《五牛图》，任何时候去欣赏都会有奇妙的感受，一牛俯首吃草，咀嚼得津津有味；一牛翘首前仰，似要追赶伙伴；一牛回身舔舌，似有惊恐相伴；一牛缓步前行，似发"哞哞"叫声，从中可以清晰看出执拗与爱怜，急躁与乖巧，饱含了农耕时代百姓对牛的热爱。南宋诗人陆游就曾赞叹："每见村童牧牛于风林烟草之间，便觉身在图画，起辞官归里之望矣。"

然而这幅传承有序的镇国之宝却饱受颠沛流离之苦。画作是在乾隆年间被召入宫的，没曾想八国联军洗劫紫禁城，国宝亦被抢国外杳无音讯。直到了上世纪五十年代，《五牛图》才在香港悄然露面，对外报价十万港元。周总理立即下达指示，仔细鉴定真伪，不惜代价回购。这时那宝物蒙满尘垢，大小洞蚀更有百处之多，后经裱画师耗时八个月才焕发神彩，而宝物能够历险回国也的确让人手心出汗。

其实，这堂堂韩滉乃是一介官吏，实在是画名太重，盖过了入仕业绩。文献记载韩休过世时，他只有十六岁，却已是从军的小吏了，后来官至丞相，凛然如父敢于进谏，善料财政国库充盈。后来又做两浙节度使，把"皇家粮仓"治理得井井有条，留下不少为官清正的佳话。浩浩韩门，两代为相，三代多儒，实不多见也。但这些成就似乎今天已无人关心了，人们只关心他是《五牛图》的作者，是唐代画坛巨擘威风了得。

我忽然想到，如果这韩休墓的壁画真若留有韩滉的笔意，不也是一个石破天惊的喜讯吗？传说韩滉人物画也是擅长，而且十六岁在当时也算成人了，插手父亲墓室壁画也是孝心所趋呢。于是文物人召集资深学者和画家齐聚古城西安，对这几幅壁画的风格细致分析，大家似乎对壁画有无韩滉笔意没有定论，但都认为就这几墙壁画也足以在中国绘画史上大书一笔了。

果然这个消息一经传出，来自全国各地的画家、学者蜂拥到古城南郊的乐游原上，谁都想先睹为快，一时间这方土地上的喧闹已让人感到了担忧。呵呵，那墓主人韩休绝想不到，一千三百年后他的墓室壁画会吸引那么多人的关注，而且略显尴尬的是他的名字与儿子韩滉相提并论，而且还与武惠妃的名字连在了一起，比他在朝为相时还要盛名呢！

然而，文物人面对这般盛况却忽然莫名地悲悯起来，他轻声告诉警官，我们把韩休墓的壁画整体提出来，也是实在没有办法了，而这韩滉的墓室既然尚未发现，还是别去惊扰它了，原真的环境应是历史遗存最最惬意的状态。

能这样吗？却久久没有人应答。

2015 年 4 月 13 日于新城

发表于 2015 年 6 月 12 日《光明日报》

入选《2015 中国散文精选》

[壹] 汲古篇

仙游寺之秘

一

那座被一湾碧水环绕的仙游寺如今隐藏在哪里呢?

我那年与朋友从城里走进秦岭脚下这道峪口,再从高高的山梁上曲折下来,一条弯弯的河水便静静地横到面前了。河对面一排垂柳依水摇曳,树影婆娑中会隐约看到一处古朴的寺院卧在山脚,一尊四方古塔直破绿荫。有座摇摇晃晃的木桥与之相连,透过檩条桥面可见河底漂浮的水草,且上岸几步便到了古寺山门。这处禅院简陋拙朴,没有琉璃绿瓦,也没有雕梁画栋,若不是门楣上写着"仙游寺"三个墨字,还真以为这是民居大院。而且禅院静极了，微风寂寥，光影斑驳，进门时小沙弥不知躲在哪里敲了下木鱼，便感觉是进了桃花源般的清净地方。但廊道的天王狰狞怒目还是让我感到惊悸，正殿的佛陀泥塑灰暗里影影绰绰的，身上似有不少开裂的残片，扫过一眼慈悲的目光便印在脑海里了。

令人诧异的是侧面僧房里还堆着锄头木锨类农具，凌乱地堆在地上。禅院里没有香客，也没见忙碌的沙弥，只在石凳上坐着一位农活归来的老和尚在喝茶。我小心向老和尚讨了杯热水，问起寺庙的前世今生，蓦然发现这座寺院古老得可以追溯一千多年，竟是隋文帝为供养佛陀舍利专意建造的，但那些圣物今在何处却又茫然不知了。

不过，老和尚告诉我一个惊人的秘密。

那唐代大诗人白居易曾对仙游寺情有独钟，留下不少描写仙游寺的诗作，而且那首千古绝唱《长恨歌》就是在这家禅院成就的。真会有这等趣闻？我盯着老和尚疲惫的眼睛连连发问。这白居易可是个敢为民众鼓与呼的人物，一生为人为官为文留下了不少的佳话，那西子湖畔的白堤应是他留在大地上辛勤的痕迹，波光粼粼的湖水就在吟唱一首不衰的颂歌。甚至他离开杭州刺史职位，竟然还留下了一笔官禄，作为后任公务之用，且让古今不少官人闻之羞愧呢。当然最为拨动人心的还是他写的诗歌了，至今流传下来的就有三千多首，而那篇《长恨歌》，哀婉动人，佳句叠出，可谓诗人的扛鼎之作，如果真是在这座禅院诞生了旷世之作，绝对要名扬四海了。

我多少以为是在开玩笑，但老和尚一边蹲下用石子刮去铁锨上的泥土，一边有板有眼地说。当时白居易是为周至的县尉，一日审案之余以文会友，邀小吏陈鸿、隐士王质夫同访仙游寺，竟然在山脚下与农夫村姑的访谈中，不断采撷到五十多年前李隆基与杨玉环的唏嘘轶闻，他们激动地登上寺外山巅,遥望"六军持戟不前"的马嵬驿,不禁悲悯弥漫不能自已。于是三人约定,由陈鸿著文,白居易诵诗,同叙这一段悲怆的宫苑恋情。

于是,他们在这间古寺禅房住下了,经过短短两三个昼夜,守着两盏青灯,吃着两碗素斋,笔走龙蛇,韵流如河,诗家和史家分别完成了一诗一文。文者,题为《长恨传》,娓娓道来,低徊温润;诵者,名为《长恨歌》,感天动地,荡气回肠。尽管二者体裁不同,情节却是大同小异,从此成就了唐代文坛一段动人的佳话。然而,那《长恨歌》从此便插上翅膀飞进宫苑楼阁,也飞入寻常百姓的草堂茅屋。人们对那段愁肠百结的爱情给予了极大的同情,期望有情人"在天愿作比翼鸟,在地愿为连理枝"。从此历朝的文人墨客也都喜欢寻着长歌声韵踏进古寺,期望能找到诗人在古寺激发出灵感的奥秘,借题抒发的诗词歌赋便多得难计其数了,书家题字也就贴得寺院一层盖过一层了。

仙游寺因一曲长歌而名垂史册矣!

二

我急忙把铝壶的茶水递给和尚,想套近乎再掏点秘闻。果然这家禅院的故事并没有打住,当白居易的叙事诗红透江湖,长歌曲律飘进了风雨飘摇的大宋王朝,寺院又迎来一位旷世奇才苏轼。这位风华正茂的苏轼怎一个奇字了得!写诗,能婉约,也能豪放;著文,能说理,也能抒情;书法,能隶楷,也能行草;丹青,能人物,也能山水;入仕,能修堤,也能求雨;休闲,能论茶,也能烹饪。每每小试牛刀都能登峰造极,举手投足皆成经典,后世文人百姓无不珍藏爱戴。当时年青

仙游寺塔内石碑

的进士刚被任命到临近的凤翔县为吏,束发挥毫,意气风发,梦想能"兼济天下"大展宏图。当他知悉唐代的白居易在仙游寺酝酿了《长恨歌》,便拔冗抽暇去寻访梦寐的歌韵了。意想不到的是,他刚刚走近古寺的法王塔,就被里边一座砖塔基座上的画碑给迷住了。

画碑虽说不大,却达一十六方,绘的都是佛国轶事,形象生动,线条飘逸,眉眼间透着空灵,但碑碣只有刻工落款,而这显然不是一般的画匠所为,应是一位技艺精湛的大家所绘。苏轼就此停下了,细问禅院史上可有名家造访留下笔墨?然而,身边僧侣无人清楚画碑的作者是谁。其实这苏轼既是文学大家,也是书画大家,他直感这些画碑"非吴道子不能"。堂堂吴道子乃盛唐宫廷画家,独步画坛几十载,后世无人敢不学吴风而论画也。

于是苏轼在寺里住下来,果然从老僧那里得知,开元年间吴道子曾到仙游寺休闲,曾绘制了一批小画,尽是"天王鬼神百仙像",神笔妙品,留寺为念。后来,那些墨宝被住持藏匿秘不示人,以致几十年后白居易住到古寺多日未睹画容。但是觊觎这些墨宝的人一直在周围徘徊,僧侣们为留住大师笔墨,便勒石刻碑镶嵌到禅院砖塔基座上。只是,可能担忧危及碑碣命运,便略去了画家名款,时下岁月已奔过三百多年，画碑作者自然成了悬疑。最后，苏轼断定这些画碑"吴带当风"，飘逸如仙，便欣然写下读碑题记，后来这桩趣闻像《长恨歌》一样被记入了周至县志之中。

然而苏轼绝对想不到，由于他的这一考据，来古寺看画读碑的人蜂拥而至，使得这个隐匿在青山绿水中的古寺嘈杂而又喧闹，而且那些拓碑者整日围着砖塔敲打，给僧人带来难以言传的烦恼。于是，力求清净的出家人索性把那些画碑从塔基上取下来，悄悄沉入了寺外幽深的黑河里，从此吴碑便成了这家禅院的一个传说了。我不由地大叹遗憾，离开古寺直瞅清澈见底的河床，不知哪堆水草下会露出惊天的秘密来。

谁知不久我在林语堂的《苏东坡传》里，发现了这样一段记述：苏东坡为纪念亡故的父亲，在庙里布置了一个道场，里面悬有父亲的遗像，还有他"在凤翔时物色的四张极宝贵的吴道子绘的佛像"。我想当年苏轼刚刚入仕，不可能有钱到市面上寻购吴道子的大作，极可能是他在仙游寺见到画碑后，与那住持以文会友，拿自己的笔墨与寺院交换所得。我记得那位老和尚曾说解放后好多年，寺里还有半幅苏轼的楹联，后来也不知哪里去了。看来，其中的故事也许就是一个永远的秘密了。

三

尽管古寺这般奥妙，可我听说仙游寺的宁静还是被打破了。

上世纪八十年代，西安人吃水遇上困难，便想在此拦河为坝蓄水济城。福佑众生，胜造浮屠，大义面前仙游寺毅然决定举庙搬迁。临走前有位老僧依然对沉河吴碑念念不忘，于是调来挖掘机器，断水清淤，可是忙碌数日却未见碑影。

然而，没能在河底找到画碑，却在拆迁法王塔时发现了地宫入口，顿时惊动了国内的高僧和专家，人们从全国各地拥到古塔现场，连央视也把机位摆到了显赫处。人们焚香礼佛，揭开石门，果然发现一尊石椁，内有一只铜棺，里面竟藏有一个圆润晶莹的琉璃瓶，轻轻一倒，十颗小米粒大小的舍利子展现面前。考古人相视一笑，这必定是隋文帝当年供养在仙游寺的舍利子。周边几位僧人扑通一下便跪下了，众人合十鞠躬，小心翼翼地将圣物放置到古寺最尊贵的地方，毫无疑问这应该是仙游寺的镇寺之宝了。

随后，在清理地宫基座时，竟然又发现了一方黑石，人们揭下石碑擦去浮土，争相目睹：碑面两位舞者相对而乐，一者打坐莲花，纤手吹箫；一者稳坐蒲团，慢弹琵琶，那飘逸的衣褶，慈善的面容，如沐仙境矣。碑上小字果然记述是佛徒当年依画摹刻。此碑一出顿时吸引文人墨客接踵而来，人们看后纷纷赞叹，这画碑与舍利子同为圣物矣。然而这一番搬迁直播，使得仙游寺风靡四海了，那些舞文弄墨者更对《长恨歌》崇拜至伟，生长于斯的老作家周明历经千辛找到毛泽东书写的《长恨歌》印稿，恭请当代大诗人臧克家题跋，郑重地刻碑于禅寺照壁。后来，赵朴初、冰心、刘白羽、光未然、冯牧、贺敬之、袁鹰、季羡林、黄苗子等等艺术名流，纷纷读碑挥毫称颂古寺的神奇，期盼将来迁建的仙游寺依然古韵长存。

今年初春我又想起搬迁到黑河岸上的古寺，便又走进秦岭北麓那个熟悉的峪口，远远就看见山坡上那尊矗立坡顶的四方古塔，形态威严地注视着黑河浇灌的四野八荒。待走近了，看到塔边还有一院红砖垒成的陋房，极似城里司空见惯的简易工棚，不但四墙红砖参差不齐，屋顶还盖着石棉瓦楞板，有强风吹过似乎就会塌掉。我以为可能是水库工程建设者遗存的临时居所，然而落入眼帘的漏风门楣上，竟写着"仙游寺"三个墨字!

什么?这就是那古风绵厚的仙游寺?

这可能是我见过的最尴尬的禅院了,我蹑手蹑脚走进又小又乱的寺庙,果然有位小沙弥在烧柴做饭,见生人进来也不抬眼,只顾埋头撩火。但那正房门额还庄严地写着"大雄宝殿",里边依然供奉着佛陀和弟子。旁边大概是寺院住持的僧房,有趣的是墙上竟然悬挂着一张一九七二年公社革委会颁发的农业学大寨的奖状。问过住持方知,这仙游寺的僧人在文革期间曾遭遣散,但当时的果姓住持无家可归便就地参加了当地劳动,奖状就是那时候的鼓励。可想当年的老和尚竟对那段历史

仙游寺旧址

珍惜不忘,还端端正正悬挂于墙,成了这间禅房一道特殊的景致。只可惜"获奖者"已于七年前圆寂了,就安息在旁边山坡的塔刹里。我自然想起当年进庙讨水的慈悲,内心纠结得已无意问缘了。

噢,那原来的仙游寺本来是在坡下那道水湾处的,如今已淹没多年了,只是没想到堂堂古寺会遭遇这般坎坷,置身陋院已丝毫领略不到梵音萦绕的清静和超脱了。其实人们应该知道,这座禅寺的宝物令人震撼,那佛界圣物舍利子,流传有序,此为一宝也;那高耸威严的法王塔,隋代唯一,此为二宝也;那流芳千古的《长恨歌》,文词绝妙,此为三宝也;那方画碑吴带当风,难得苏轼鉴证,此为四宝也……然而,承载着这么多人间宝物的古寺,为惠泽百姓,甘愿清苦,居然在"临时工棚"里困顿了二十多年,可谓:苦了几僧人,幸福万家城。

我忽然想是否应该告诉大家,这古城人每天入口的清水,当蕴含着仙游寺的一份奉献呢!

2015 年 5 月 11 日于新城
发表于 2015 年 6 月 4 日《华商报》

[壹] 汲古篇

华清池之鉴

　　华清池是一个让历史的尘埃拥堵得喘不过气的皇家宫苑，这里的一砖一瓦一枝一叶都浸透着难以释怀的悠久回声。所以踏入这间貌似雍容的庭院，尽管雕梁画栋鲜艳，垂柳繁花茂盛，心里却总想搜寻曲径小桥上纷乱的历史脚步，总想窥视飞檐斗拱里隐藏的历史谜底。

　　好像这里是一处催生浪漫演绎爱情的福地，人们到这里游历最感兴趣的是，周幽王当年在园林后山的敌台上燃起烽火时，褒姒那惊讶的笑容持续了多久；蒋介石欹卧垂柳深处的五间厅时，宋美龄如果随从在侧近代史该如何演绎；但是最能挑逗起人们探幽心理的是唐明皇与杨贵妃这一对丽人，演绎的那一场感天动地的爱情传奇。所以这里的殿堂与画廊都营造得格外温馨,这里的池水与花草都能讲述那位皇帝在天宝年间"缔造"的爱情。从此,以后的文人墨客也都喜欢紧紧抓住点滴线索津津乐道,白居易柔美断肠的《长恨歌》更使这段情爱成为历史经典。所以华清池是展现爱情传奇的宝地,任何一位对爱情有幻想的才子佳人都会钟情于这里的绿草和亭台,以至于有位至今还很活跃的画家勾勒了一幅唐明皇华贵出巡的水墨画,被竖立于庭院显要的位置,引得游人走到这里就想拍照留念。更有拓展者将《长恨歌》创造成实景演出,使得这片夜间沉寂森然的园林,日落以后也能看到明皇与贵妃阳刚与婀娜的对舞,而人们摩肩接踵汇集到这里的唯一情趣,大概聚焦的仍是那一段情意缠绵的魅力。

倘若走进那间被偶然开掘出来的"贵妃池",墨玉的水池,莲花的造型,尽管昔日的奢华已经荡然无存,但仍旧会发现水滑凝脂在香雾弥漫中若隐若现,给了人们娇弱无力缠绵悱恻的感觉,也把这桩情爱推到了登峰造极的地步。毫无疑问,那位雄才大略的天之骄子,在华清池被拖进春歌肤软的氛围里已是浑身酥软,似乎想抽身拔腿梳理朝政已是不易了。其实人们可能不知,那位缔造了"不朽"爱情的唐明皇,在华清池留下最多痕迹的应该是横溢的才气和宏大的魄力,可怜他的这一切抱负都被安史之乱的马蹄践踏得朦朦胧胧支离破碎了。

拍遍华清池畔的栏杆,岁月真是这样无情啊!

长叹一口气吧,如果走到华清池的灰墙边细细体味,似乎可以依稀听闻唐明皇当年在华清池外韬光养晦卧薪尝胆,以迅雷不及掩耳之势剪灭妄想接续女皇之梦的韦夫人。接着又以摧枯拉朽之势把阻碍他施展抱负的太平公主定格进历史的瞬间。显然,如果没有这两次英勇果敢的行动,兴庆湖畔的李三郎想登基执政绝无可能,想把大唐王朝带进巅峰般的"开元盛世",就只能是痴心幻想了。然而那些被岁月磨去锋芒的刀光剑影,似乎在华清池畔已经了无踪影了。其实在这香风

在华清池演出的舞剧《长恨歌》

熏暖的华清池畔，依然留有唐明皇励精图治批阅奏章的朝天阁遗址，似乎可以感觉到开元天子在孤灯下批阅的奏章已堆满书案，独步徘徊的身影依旧在墙壁间如影随形，只是现今的人们对千年前政治与经济的大手笔已感索然无味了，人们对当年的租庸调制使得国库民舍粟米充栋更是丧失了甜腻的感觉。

唯有那间被旅游纪念品充塞的九龙殿，似乎还可以感受到唐明皇吟诵诗词大赋的节奏，这位大唐天子实在是被自己营造的辉煌影响了，如果说这只是一代天骄趋风附雅的应景之作，历史上有这般能耐的君王为数不少。但是，能够注释先秦经典，敢将《礼记》中的《月令》改为《时令》，将《周易》中的"颇"改为"陂"，更把亲注的《道德经》赏赐群臣修身养性，如此枯燥而繁琐的书案考据，恐怕就不是心血来潮的风雅之作了，这些成就纵使放在今天的高等学府，也能因此戴上经学大师头衔的。

足以令人惊叹的是，在华清池畔枯燥的考据之外，唐明皇居然执着于音乐的钻研，一支支带有西域风情与皇家风范的羯鼓曲在这儿奏响，至今尚存的曲牌目录竟有二十一首之多。随之，李隆基先生头戴面具腰挂羯鼓，舒腕弹指敏捷灵动，身手矫健有若神助，嫔妃臣仆为之惊叹，连专业艺人也自叹弗如。而最为令人震惊的是明皇先生那年踏访三乡驿，耳畔漾起悠扬而澎湃的旋律，有如天籁之音，便创作了中国唐代音乐的巅峰之作《霓裳羽衣曲》。唐明皇亲自组织宫女嫔妃予以排演，这位大唐天子把最优秀的歌舞艺人才汇集于华清池畔，谓之梨园。舞技超群的杨贵妃伴着神奇的旋律，编创出如梦如幻的霓裳羽衣舞，这让皇室贵胄们如醉如痴，也让文人墨客追梦不已。遗憾的是那宏大辉煌的曲律形象没能流传下来，人们只能从白居易的《长恨歌》里体会那"渔阳鼙鼓动地来，惊破霓裳羽衣曲"的艺术形象了。所以从此以后，无论是红透南北的大腕剧团，还是混迹乡间的草台戏班，都在后台供奉着唐明皇的神像，翻烂中国的通史，哪位君王能享有如此尊荣啊。

　　这位风流倜傥才华横溢的唐明皇，无疑是将中国的政治、经济、艺术推到极致的一代天骄。然而，也正是他的才情超然，执迷于华清池的春歌肤软，沉湎于骊山脚下的歌舞升平，放纵镇守边塞的节度使权力膨胀，从而酿成了大唐王朝最具悲剧性的"安史之乱"，也使恢弘的时代一蹶不振，转入了万劫不复的下行轨道，这让多少喜好考据历史旧案的学者们长吁短叹悲悯嘘然。

　　是的，那华清池的香雾迷离了一代天骄的双眼，也熏软了威风八面的"天可汗"的筋骨，似乎仅仅成就了中国历史上空前绝后的一段爱情传奇。那掩映着垂柳和亭榭的华清池水早已安静下来了，居然安静得像一面亮晶晶的铜鉴，默默地注视着人们对那段历史的搜寻和追问，更把一叠叠有趣无趣的困惑丢给后人去争论……

2011 年 7 月 31 日于新城
发表于 2012 年第 3 期《芳草》

苍凉之景

> 走进蒲城帝陵，可阅大唐全景。
> ——作者题记

我是在一个清凉的日子走进蒲城的，而赶往帝陵的公路却是一条等待开发的大道，斜走不远便有高高阙楼扑入眼帘，躲在那挑檐后边的便是大唐的桥陵了。在这里安息的唐睿宗充满了悬疑，作为武则天的幼子，一生竟然两度登基，曾在壮年时让位于母后，二十年后再次登基，却仅仅坐了两年皇榻，又让位于三儿李隆基，五年之后便隆重地葬到这面山坡上了。且看眼前的桥陵，果然居高临下威风八面，凝聚着一股凛冽霸气，本来平坦坦的关中沃野，尤如从北面涌来一道屏障，苍龙般卧在茫茫的平原上,翠色覆身,低起高落,一直奔向了薄雾深处,似与南面巍峨的秦岭遥遥相对。

那盛唐气象顷刻间便覆盖了面前的山岗,尤其当你从南门遗址进来,仰望缓缓向上延伸的山坡,会有一种夺人魂魄的力量油然而生,每走一步都会有恢弘迎面游动,惊得你禁不住要环顾四周。眼前这条帝陵神道,实在是辉煌的象征,汇集了盛唐雕刻艺术之大成,高大威武,傲然凛立,略略数去竟有五六十尊之多,却已经忠诚地守护了一千二百多年,依旧在向人们讲述着那个王朝曾经的故事。当然,这桥陵也就是开元盛世的杰作,任谁到了这里都会流连感叹的。

这里的蒲城人最是得意桥陵的气魄了,当年这里有殿堂、有楼阁、有城墙,只是被千年风雨冲刷得只剩下累累痕迹了,唯有这条神道,石雕还在,气场还在!且看那迎面而立的一对石狮,威风凛凛地站在神道始端,浑身肌肉突起,四爪弓地蓄势,仿佛随时都会奋然跃起。

但是雄狮的神情并不凶猛,谦和地望着前来的游人,默默地送上遥远大唐的祝福。紧随其后的石马石驼石龟,都是传说中的瑞兽,都在努力释放着祥和与安宁。唯有一对石兽令人恐惧,名为獬豸,头上独角,怒目犀利,俗称独角兽,懂人言通人性,能判定人间善恶忠奸,似乎这样一个道德形象在所有的帝陵中还是唯一的。我想,这可能是修陵人自信会得到墓主人正面的评判,自信登基前后轼杀韦皇后与太平公主是正义的伸张。的确,正是这个人把一代王朝推向了极致,也使得大唐成了中国历史最为耀眼的一道风景。

且看,神道上还有那么多的骏马,大概都经历过南征北战,栩栩如生,不急不躁,以致当地人谬传这些骏马夜间会跑去啃食地里庄稼,于是每匹骏马的嘴都被愚昧打掉了。尽管这些骏马枉背了盗食者的贼名,却反衬出这些石雕艺术精湛得让人生畏了。那神道边还有一对高浮雕的鸵鸟未遭厄运,曲颈舒翅,怜望路人,可能农人以为这对大鸟

唐桥陵全景

安静温顺不食庄稼吧。其实鸵鸟在唐代还是非洲的物种，居然会依偎到中土大唐的陵前，似乎可以感受到丝绸之路的热络，里面也一定隐藏着令人兴奋的波折。

终于临近了依山而筑的陵丘，人们的心情会忽然复杂起来。只见一对对文官武将精神抖擞，手持长剑笏板，恭恭敬敬地立于神道两边，向拜谒者展示着自己的风雅和忠诚，也隐约把墓主人期盼临朝的心愿谨慎地表达出来。我想，依附在桥陵的王公贵胄做梦也想把形象竖立在陵前的，那可是一个永不衰竭的荣耀，所以周边大大小小的陪葬墓数不胜数，实在难以让这些石像去一一对应了。

而陵前这通"大唐睿宗之墓"石碑，笔力遒劲，圆润通融，又是清代巡抚毕沅所立。我想当年毕沅竖碑回望，一定会被曾经的景象所震撼：开元年间，万人祭拜，旌旗林立，祭物满地，那是一个多么动人心魄的场景啊。见过这种场面的人似乎对任何排场都不屑了，以致蒲城人竟形成了一种"傲骨"，实在是因了自己的先人见过盛唐的大典，再有什么场面也难动声色了。

是的，这桥陵的壮观应该归功于唐玄宗的，当年这位盛世皇帝为父亲修造陵寝，绝对是要倾其所有以示虔诚的，更何况那唐玄宗的皇位还是父亲"禅让"的，他自然要使出浑身解数来表现孝悌了。所以，这桥陵之上俨然造就了一座长安城，四周分别对应着朱雀门、玄武门、青龙门、白虎门，里边的建筑也极尽奢华，献殿、阙楼、下宫、陵署极具规模，直让后代君王叹为观止。尤其是陵前还立起了象征王权的华表，其状为八棱形，通体缠枝莲花，意为"举贤纳谏"，似乎很多人都想在华表前倾诉心声，岂知地下的主人是绝对不愿听到后人苦涩的述说的。只是没人能想到，那唐玄宗失去父亲佑护之后，安史之乱便轰然爆发了，大唐王朝转而走向了万劫不复的深渊。那个事件的主角不但眼睁睁地看

泰陵全景

着爱妃死于非命,自己也难逃悲凉的晚景,从此凝结在桥陵上的豪迈便开始在人们脑海稀疏了。

  而这些遗憾最终都体现到旁边的泰陵上了,所有的尴尬也都一一展露开来,让开元圣皇颜面尽失。这泰陵是唐玄宗自己选定的安息地,与父亲的桥陵同处一脉,风过树响,遥相呼应。可是谁曾料想,父子两陵,会成为一个尴尬的对比,会让很多人陷入苦涩的沉思。的确,一站到泰陵上那苦涩便会扑面而来,会折磨得你久久喘不过气来,这尽管有失公允,但历史却是真真残酷啊。且看那泰陵的山势依旧宏伟,但那神道的气象已失去了威猛,两侧石雕尽管还有马有鸟有人,数量却少了许多,形体更是一缩再缩。尤为关键的是那些石雕的气韵尽失,畏畏懦懦地窝在神道两边,试图躲避岁月风尘的摧残,却只能是善良的愿望了。所有石雕不是缺了胳膊,就是失了眉目,丢了冠珠,仅存的魅力已被踩躏得七零八落，明显与那盛世艺术不可相提并论了。而且，这片浩大的陵区竟然只有两个陪葬墓，一位是皇后，一位是高力士，当与同处关中盆地的太宗高宗睿宗不能相比了，直让人的心境悲怆起来，禁不住会有泪水涌进喉咙，这难道真的是大唐的故事吗？

是的，这个陵区是唐玄宗的接任者打造的，那时大唐王朝已经走上了下坡路，盛唐气象只能在石缝间留下蛛丝马迹了。所以，当人们心绪浩然地站到唐玄宗的石碑前，尽管面对的是开元盛世的缔造者，尽管回望岭下依然是寥廓的田园，却让人悲凉难耐，风低咽，水难语，大江在东去，最终还是有位诗人五十年后写了《长恨歌》，才为他发出了一声长长的呼号……

2015年7月6日于新城
发表于2016年第9期《延河》

汉唐之桥

那是五年前一个普通的早晨，雾霾正在悄悄弥散，我国考古界突然爆响了一个消息，在西安城北发现了汉唐大桥遗址，我便马上邀上朋友赶往那里去看个新鲜了。

那处古河道竟然埋在一片黄土之下，若不是剥去黄土露出了厚厚的沙层，绝看不出当年渭河的影子，想不到平坦坦的田野曾经大河奔涌，只见一排排粗壮的树桩冲天而立，好像曾经生长在这里的参天大树，不知被哪股飓风拦腰刮断了，委屈地向天张扬着昔日的威名。我紧走两步又看到一片巨石滩，那些被砍削过的石头个个有数百斤重，有四角的，也有五角的，隐约还残有涂写过的编码，东倒西歪地摊在白花

汉唐古桥遗址

花的古道里，似乎极不情愿今日的处境。

呵呵，这应该是中国第一大桥的遗址了。当初那些石头应该是压在木桩上，铺成了一个石质的平面，石上再铺一层厚木，行人车辆便可以在桥上从容穿行了，今天人们可以从那石块的规模估计出那座大桥的宏伟。有位考古人分析，这处古桥高有二十多米，宽有三十多米，绝对算得上是旷世大桥了，当年车马啸啸，人流如潮，把个汉唐王朝的繁盛集中地张扬出来，当给人以无尽的浪漫遐想。

当年汉武帝率领数十万将士开疆扩土，应该就是从这座大桥开始征讨之旅的。将士们列队长安城下，枪戟闪闪，鼓角相闻，浩荡的大军跃过桥头便踏上了横扫西域的征程，大国疆土从此便留下了浓墨重彩的曲线。我手抚阳光下温热的残墩，似乎还能感受到当年的辎重从这里向着北开拔的咚咚脚步，且把大汉王朝的历史演绎得生动而又威武了。

当年张骞在西域流放了十三年后，一定是从这座桥上回到长安的。离别京城曾有几百匹战马上百号士兵，回来时只剩下一个侍卫了，他们搀扶着走到长长的桥上，一定会手持稀疏的节杖敲遍大桥栏杆，发出一连串久违的感叹，回来了，终于回来了！从此艰难的凿空之旅开辟了至今被人津津乐道的丝绸之路，源远流长的交流便悄悄在西市和东市争宠起来了。

当年唐太宗开创了世人称颂的贞观之治，一定喜欢从这座桥上出巡视察的。那幅懿德太子墓里的仪仗图，便生动再现了叹为观止的出行景象，旌旗猎猎，车马啸啸，多么威武的一支队仗，不但传达皇恩浩荡，还追责朝廷的号令传递，看谁敢阻挡前进的步伐。当然，这支队仗也曾列队桥头迎接前来朝贡的王族和使节，马队羊群，胡服骑射，为大唐天下增添了一道浓艳，也使来者对一代天骄的雄图大略难以忘怀，也让今人对那已经流传千年的故事有了深入的体验。

当年诗仙李白二进长安也应该是从这座桥上进城的，一定有粉丝发现诗人进城后直奔曲江酒肆一醉方休，直喝得东倒西歪把平步朝堂的愿望表达得酣畅淋漓。但一代诗仙放浪无羁，他可以吟出流芳百世的清平调，却难以适应朝廷繁琐的仪规。两年后他叹口气离开长安是有些落寞的，粉丝们一定在这座桥头放置了酒菜食盒，期望诗仙能够喝上一杯就此别过。那时候人生旅途艰难彷徨，桥头弯腰一拜也许就是永别了。今天我们站在桥头惺惺相惜，似乎已找不到令人感慨的成分了。

当年那位远嫁吐蕃的金城公主，也一定是从这座大桥出发和亲的。可怜的远嫁人很快便忘记了桥头送别的盛况，一定在高原上活得孤单空寂，唯独能够给以力量的就是世家经典了，那诗经里一首首古诗会怦然撩拨她的心弦，那文论里修身治国的论述会缓解对故土难舍的眷念。于是她恳请朝廷送一套典籍来。谁能想到这么一个琐碎请求却会引来满朝哗然，居然担心典籍夹杂的权谋会使异域人更加狡诈，只有唐玄宗理解嫁女的苦衷，力排众议在桥头送去了一套五经，才使孤寂的公主增添了生活的勇气。

当年那些王公贵胄也喜欢从这座桥上过去，到渭河对岸踏春休闲，长袖裙裾，鬈髻摇晃，春秋丽影当然集中到桥上招摇过市了，且把那个时代的美颜叠印到历史的风情里了。那幅韩休墓的伎乐图，就应该是当时情形的再现了，一边的乐女婀娜飞媚风采淡然，一边的胡人吹笛拉胡声乐悠扬，更有一对胡男与汉女翩翩起舞，从那装束和景致就能看出，大唐风情吸引他们一展伎乐，也恰恰说明丝绸之路将西域风俗悄然融入长安百姓家里了。

所以，这座大桥就是丝绸之路确凿的起点，来往的货物就汇集到这座桥头又流向遥远的。而西域人走上大桥也一定会对汉唐王朝的壮阔表现出惊讶，一个开放包容的国度在拥抱八方宾客，也悄悄将西域风情融进了中原的文化，那青年戏耍的香包，那街头里表演的杂技，那餐桌上的番茄萝卜，无不弥漫着古道上的味道。当然，长安人引以为傲的汉唐驼队也会从桥上出发走向遥远的沙漠，我们至今还可以在丝路沿线窥见当年驼队留下的印痕，让人不由地想对汉唐大桥高唱赞歌了。

我想，完全可以围绕这处古桥建一个遗址公园的，树起一尊毫无争议的丝绸之路起点的标志，用现代形象艺术再现汉唐的辉煌，必会使这座古城大放异彩的……然而，我突然看到有列火车慢慢地向我们开来，居然稳稳当当地停到了古桥的正前方。这真是一个绝妙的穿越，似乎古老的桥梁与现代的铁路握手了……天哪，这是哪路神仙的设计，竟然生吞活剥地把历史和现实嫁接起来，怪不得考古人一直没敢说这座大桥的长度，一条东西向的铁路正端端正正压在了古桥遗址上！

我于是想把遗憾记录下来，可手却在不停地颤抖……

2018年2月8日于新城
发表于2018年第12期《美文》

[壹] 汲古篇

大雁之塔

我很小的时候就曾经与一帮小伙伴凑了钱，登上大雁塔扶栏雀跃，几乎整个西安城都收入眼底了，往东看是韩森寨高高的烟囱和矫造的韩信坟，往北看是灰蒙蒙的城墙和钟楼的金顶，往西看是稀疏的楼宇和一块块绿油油的麦田，往南看一条山脊像横卧的巨蟒，不动声色地携着万千感慨在向前游动，往下看更是别样风情了，慈恩寺被一院压着一院的陋屋包裹得严严实实，就像众生依偎着取经归来的高僧。

如今这千年塔刹是愈发精致了，尽管山门并不壮阔，但进去却是别有洞天的，青砖挑檐的堂屋一栋连着一栋，悠久名贵的花木一株挨着一株，处处洋溢着古韵佛风。当人们在一处廊道站定，知晓了这院诞生于贞观年间的慈恩寺，还是唐高宗做太子时为缅怀母恩而兴建的，便感动得想擦泪了。

当时唐太宗为请一位高僧大德给慈恩寺做堂，把目光瞄准了从印度取经归来的玄奘，本来他在今日小雁塔荐福寺译经，见是皇上钦点便慨然应允了。而且大法师甫一住下，便开始张罗修建眼前这尊巍峨的佛塔了，声言是为保存从印度请回的佛像经卷，依然让人感动得心生了敬佩。不过，他当年离开大唐关隘时，身无渡牒还是有些彷徨猥琐的，但归来的场面荣耀了法师一生，甚至还感动唐太宗为他所译经卷撰写序文，诏令朝廷书家褚遂良研墨抄录，而今成了一件国宝立于龛室供人观赏，从此以后许多书法家都承认从这块碑上找到过挥墨的灵感。

然而，今天的人们所以喜欢在绿树葱茏的庙堂间徜徉，在菩提树下留影，在大雄宝殿参拜，更多的是想追随浓浓的香火，拂去法师身上笼罩的奇幻色彩，去发现家喻户晓的神话人物背后的奥妙，去探寻玄奘法师的前世今生。呵呵，我曾受那《西游记》的影响，以为世间的佛经都是玄奘历经九九八十一难，从西天辗转取回的。其实唐朝初年佛经广传，既使农屋也随处可见，年青的玄奘发现民间经卷多有谬误，才铤而走险赶往印度请取真经的，从而成就了一个千古流芳的壮举，更被一些文人骚客演绎成鬼魅故事，当给无数人带去了惊诧和笑声。

我小心翼翼来到塔刹东边的地宫门口，一步一个台阶走下金碧辉煌的甬道，心里便不由地肃穆起来了。果然，琳琅满目的古物簇拥着一个晶莹的玻璃宝瓶，凑近了隐约可见里边的圣物。原来那竟然是玄奘的顶骨舍利，连旁边那两片贝叶经也黯然失色了，有人激动地将宝瓶捧在胸前拍照，竟然放出灿烂炫目的光来，若不是亲眼所见实在难以置信，几乎激动得在场人想跪下了。

当年玄奘是在距长安一百多里外的玉华宫圆寂的,曾经被安葬在长安城东的白鹿原上,为的是皇上每每登临城墙能看到大师安息的塔刹。后来法师的灵骨几经波折,从长安城南迁到秦岭峪口的一座古寺。本以为从此可以躲进深山远离喧闹,但有位游僧目睹了武宗灭佛的残酷,

大雁塔今貌

感觉秦岭脚下仍是京畿之地太过敏感，便悄悄将玄奘舍利带到了南京城外的报恩寺藏匿下来。谁知三百年之后抗战来临了，南京是侵略者的首要目标，很快就被日本人挖掘出来，将舍利一分为三，如今流落到了三个国家七间寺庙。慈恩寺这块顶骨舍利还是本世纪初叶，寺庙住持心怀着慈悲亲往南京迎请回来的，从此大法师颠沛流离的魂魄回归了熟悉的译场，想那玄奘大德九天有知也一定会合十微笑的。

不过，我凝视着宝瓶中的舍利心里还是有些遗憾的，那颗伟大的脑袋不知是否知晓，他用毕生精力翻译的一千三百多篇佛经，奠定了汉传唯识宗的基础，弟子窥基领悟师傅的心结开创了佛界一宗，也成就了一个皇家推崇的佛教门庭。但是，大法师可能没想到让一代天骄服膺的三藏经典，却没能拢住普通百姓的心灵，也没能吸引他的弟子代代传承，仅仅四代之后就无僧徒愿意高举唯识宗的大旗招摇了。

我走出地宫拉住寺庙监院释疑，品味当年显赫的唯识宗的法理，似乎大法师推崇的佛性说，带有印度教里种姓制的痕迹，也即有佛性的人可修炼成佛，无佛性的人既使终生修持也难以去业转世。大法师期盼汉地流传的佛教回归纯粹，却与众生意愿拉开了层次，必使得生民百姓敬而远之了。我揣度那唐太宗对玄奘恩宠有加，可能就因为这个学说正中下怀。当时，其它的佛门宗派竭力适应中土民风，大肆推扬"放下屠刀，立地成佛"，任何人都可回头是岸，似乎把高坐云端的佛主请下了神坛，不知不觉抵近了百姓心灵，当然会感动得芸芸众生顶礼膜拜了，似乎佛门也是接驳了地气才好延续的。

常有朋友询问这座塔刹如此雄伟，就像古城的定海神针，却为何在塔基上镶了个温柔的名号？连那寺内僧人都言，所以称之为大雁塔，源自于一个感天动地的美丽传说。早年修持大小乘教的两位僧人，困顿荒漠争论佛之高下，那小乘僧见天上飞过一群大雁便说，如有大雁能从天落下，我从此就皈依大乘了，话音刚落有只飞雁一头栽到面前，用生命拯救了饥苦的僧人，从此那位僧人便对大乘教佩服得五体投地了，从此这个动人的传说便依附在七层塔上，激励众生好好感悟释佛的灵验了。而我仰头品味这三个沧桑的大隶，感觉那塔刹名称恰恰反映了玄奘一生隐密的追求，也是大法师当年西域取经的动力所在，这就是期盼佛门各派都能效仿落雁僧人，皈依大乘教，跪倒唯识门下，达到佛门百宗归一！我仰望那宝塔上檐头的风铃，似乎也在微微点头了。

所以，九天之上的大法师看到熙熙攘攘的登塔人应该欣慰无比的，这座期盼百宗归一的大雁塔已经成为玄奘的纪念碑了，任何人见到这座四面塔刹，就会想起一位手执佛杖的僧人跋涉在鬼魅横行的取经路上，历经千难万险成就了一门佛宗，也吸引络绎不绝的生众来到这里接受佛韵洗礼。也许正是这座塔刹有这般神圣的意味，历朝科考中榜的进士喜欢将姓名镌刻到塔基青石上，当是为了光宗耀祖，也是为了炫耀入仕成功，然后会一连数日钻进曲江池畔的酒肆开怀畅饮，等到酒醒腹空才想起翘首盼归的父母，想到应该到塔下敬烧三柱高香了。

我终于站到了高挺的塔下，仰望微风中的七层飞檐，激动便开始酝酿了，当我一步一步攀上一千六百多年的木梯绕塔四顾，胸中便不由地汇聚起历史的风烟，大唐长安的壮丽便浩浩荡荡奔踏而来了。侧耳细听，朱雀大道万邦来朝，长安城下万户捣衣；极目远眺，广运潭里桅杆林立，兴庆宫边霓虹羽衣，多少思古之幽情便排山倒海般漫上了心际，激动得人们久久难以自抑了。

当然，今人登塔也会陡生感叹，盛世的辉煌和今日的繁华竟然在塔上不期而遇了，曾几何时大雁塔当是长安城最高的建筑，而今鳞次栉比的楼宇似乎在争相攀比，早已把古城的标志抛到了脑后，企图将那一城风华尽收眼底的激动已然成了昔日记忆，那些斑驳的古风残韵也已经被五光十色的喷泉和拥堵的建筑取代了，可怜的人们只能拥抱密如高粱杆般的高楼去抒展自己的傲慢了……

2018年8月9日于新城小院
发表于2018年第12期《美文》
入选《2018年中国散文精选》

天坛之土

我没想到在古城密集的楼宇间,会隐藏着一座这般规模的天坛遗存。

那是在陕师大西门南侧,有条被杂乱的商铺拥堵的小道,卖水果、卖小吃、卖杂货的吆喝声此起彼伏,几乎要把房檐掀起来,谁进去转悠都想快点挪出来的。然而,这条喧闹的小道居然有一个文雅的名号:天坛路。果然再走二三百米,朝南一拐又一拐,便见到一个被铁栅栏围住的高大土丘,正被一扇锁着的大铁门护卫着,门口还卧有一通黑色石碑,上刻"唐代圜丘"四个大字,想不到这块土疙瘩竟然在一九五六年就被定为"国宝"了。

然而，听过考古人的讲述，我的眼睛不由地睁大了。这座土丘竟然是一千多年前的祭祀圣迹，古老的天坛似比京城的天坛要高大许多，这不禁让人肃然起敬了。谁都知道华夏民族自古就有"敬天法祖"的信仰，在先民眼中天就是最高的神了，而祭天就是天与人的对话，因而祭天的坛迹便格外的神圣。好奇心驱使我当即推门进去，只见土丘呈现出圆圆的台阶状，南边有条木板搭建的步道直通坛顶，已无巍然了。如今已难考证是哪一年始建的天坛，只知道那年隋文帝把皇室搬进后来被称为长安的大兴城，第二年春天便完成了祭天大典。

　　呵呵，这般神圣啊。站上坛顶就看的清楚了，从下而上有四级高台，每台之间又有十二个陛阶，也就是说上坛需走四十八层台阶，

可能寓意陛陛而上与天相会。而陛阶之下则有皇帝静候坛下,想那"陛下"之称也许就是由此衍化而来的吧。而且那坛顶圆圆的平平的,方便天神从任何角度降临这里向人间昭告"君权神授"。

然而站在坛上环顾,陡然发现这尊一千四百多年前的祭祀圣地,已经被四周各色方块建筑团团围住了,尤其那一栋栋高耸的大厦争相挺拔,使得这方昔日圣地难以巍峨起来。不过,面对那些平庸建筑的围堵,丝毫没有影响"挖掘"历史的考古人,他们略感欣慰地说,这方天坛曾经被一层厚厚的黄土覆盖着,是近年为申报世界文化遗产才发掘出来,如今的模样就是隋唐天坛的本真形象。

果然遇到珍迹了,那坛体上居然可见星星白斑,即使混在黄土里也极易发现。原来古时天坛通体抹有一层白灰,可以想象一座洁白的坛丘,坐落在长安城朱雀门外,沐浴着灿灿的阳光,与红廊灰瓦的朱雀大道相倚相望,多么圣洁,多么纯粹,绝对称得上天下第

唐天坛

一坛矣。古时祭天都选择在"冬至"这天,是为"三阳开泰"的良辰吉日。而且祭天的仪规隆重异常,所有皇亲贵胄都要在祭祀前沐浴斋戒,待完成了一系列洁身静心的准备,拂晓前皇帝会亲率百官从城北赶到城南坛下,开始浩繁的祭祀仪规。城里百姓们会拉开门扉遥望绵绵不绝的锦绣队伍,有那胆大的也会溜到天坛附近享受一番眼福,而洁白的天坛则开始静静迎候天子和天神的致敬。是的,隋唐三百多年间,小小圜丘不知目睹了多少次祭祀队伍的顶礼膜拜,那隋朝的文帝、炀帝是一定登临过此坛的,那唐朝的太宗、玄宗们也一定在这里祈求过五谷丰登。

遥想那时,队伍浩荡,旌旗招展,鼓乐齐鸣,銮舆缓进,离天坛还有很长距离,皇帝就下了御驾,纾袖理衣,手持玉璧,恭恭敬敬地向天坛迈步。当身临坛下,听礼部号令,皇亲百官伏地跪拜。皇帝稍稍静默独步登顶,只见坛上神案皇天牌位居中,日月星辰和风雷雨电的神位在侧,后边则供着玉帛牛羊之贡品。然后,皇帝开始咏诵祭文,气息虔诚,声震长安,终于到了天神向皇帝面授机宜的时刻,神圣得连城里百姓也闻声伏地,细细品咂天人的交流。随后所有祭品被丢进坛下燎炉焚烧,十里之外都会闻到香味,一时间烟雾缥缈,灯影飘摇,一切都变得愈发神秘起来。于是钟鼓瑟齐鸣,四方欢腾,整个长安城便一下子沉浸在祥和之中了,即使祭天队伍离开了天坛,也还会有鼓韵雅乐不绝于耳,使百姓们强烈感受到上天之威严和皇恩之浩荡。

呜呼,敬畏天地由此可见矣。

然而,我站在裸露的圜丘前忽然遐想,千年的风雨可以滴水穿石,怎么没把这方土丘冲刷成一块泥丸,也许长安天坛真有"上天"赐予的秘籍呢。但那考古人却郑重解释,这天坛能够完整保存,全是因那上面覆盖了一层黄土。我倏然明白过来,这座浑圆的泥质土丘,台阶层层,棱角分明,至今还在释放着一种久违的尊严,的确是内藏玄妙的。这座天坛改朝之后即被遗弃,长安百姓一定心存敬畏,担心坛体被风雨剥蚀,便不约而同地集聚起来商议,唯一可行的方法就是给坛体覆上一层厚土。然而,这么高大的坛体如果人背肩挑向上倾土,几乎是愚公移山了,可是已无万全之策可供选择。于是,人们从家里携来铁锨扁担和竹筐,将远处崖畔的黄土一筐一筐挑过来,又一筐一筐背上坛顶倒下去。

一天,两天,三天……

一层,两层,三层……

尽管这个凝聚着长安人悲怆的壮举,文人墨客没有留下只言片语,尽管不知当时的天空是否阴晴,但人们的心里一定阴云密布,拥堵得呼吸声也断断续续,就连周边围观的老人都扯紧顽童不敢大气出声,就连灶台边的女人也在侧耳倾听咚咚的踏步声。当时的气氛沉闷得快要凝固了,没有舒畅,也没有空灵,因为人们掩埋的不仅仅是一尊天坛,也掩埋了一个王朝的辉煌,掩埋了作为京城子民

的荣耀，当然更掩藏了重振天坛雄风的浓重期望！

有人挑担，仰天长啸，一步三叹！

从此长安的繁华与豪迈便被厚厚的黄土掩盖了，从此岁月好像真的从那时起被遗忘了，曾经的辉煌变成了人们饭后茶余津津乐道的残缺记忆，只有多愁善感的文人墨客偶尔会聚在城里哪个角落凭吊古韵，聊发一点诗意的狂想。终于，长安天坛悄然露出了昔日容颜，开始述说新世纪的欢欣了，才给了古城人持久的亢奋。

是的，多少年来考古人喜欢追随着皇亲贵胄的遗迹，而天坛的重现得益于人民的创造，正是长安百姓那个天才的壮举，方使得一朝圣迹能够历经千年而风采依旧，正好见证一个民族复兴的不朽梦想。

发表于 2014 年 12 月 19 日《光明日报》

2015 年 4 月 8 日修改于新城

碑林之石

我上学的时候就曾到过碑林，穿行在黑森森的碑石间，呼吸着久远的风烟便以为自己受到洗礼，从此也文化起来了。这都是因了这座石质图书馆，汇集了远古的流变，谁若想添些笔下功力就必须匍匐碑下，才能体会到文字源远的魅力。

然而，当我那天又一次踏进碑林大院惊诧地意识到，这里不仅仅是书法家的宝地，那一通通石碑还承载着凝固的记忆，中华民族何以浩浩荡荡，秘密可能都在这些石碑里了，难以想象今天如果我们没有碑林，引以为傲的历史就可能变得飘忽了。那位对西安情有独钟的老者回忆，小时候居住在西安城外，为躲避日本人的轰炸常常会躲进碑林大院，听说侵略者曾下过一道诡异的命令,所扔炸弹要避开这处古迹。我想那避开碑林轰炸之说,不是他们对历史文明存有敬畏之心,而是以为聚合着万千宝物的碑林很快会成为他们的战利品,所以他们是在为自己"保护"碑林。

我们的碑林几乎让所有的"收藏人"垂涎三尺。

走过窄窄的泮水池,穿过一道古朴的牌坊,我远远看见了那座标志性的碑亭,上有林则徐那年发配新疆路经西安写下的"碑林"二字,如今已深深镌刻到世人脑海了,似乎我在这座碑亭前就留过好多照片,但我不知道那碑亭里耸立的四方碑竟是唐玄宗亲笔书写的孝经。

这通巨大的方碑是由四块高约六米的青石合围而成的,碑顶是灵芝云纹簇拥的双层花冠,碑底有三层石台,所以也称之为石台孝经。那碑额是时为太子的李亨所篆,运笔之华贵已显露帝王之象了。当年唐

石台孝经碑

明皇为教育官吏遵行孝道，选石勒碑，讲经释疑，还是下了番功夫的。这通碑最初竖立在汇集了学界泰斗的国子监，到了宋元佑二年又端端正正迁到文庙的正中位置，由此可见宋皇对石台孝经碑的重视了。从此这方碑刻便驻立于此，目睹了一千六百多年的风风雨雨，不动声色地播撒着温润的孝悌。

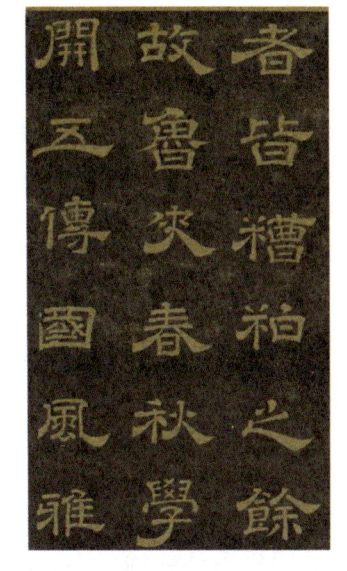

那位大唐皇帝实在是个大才子，不但亲手开创了开元盛世，还考证过道德经的谬误，谱下了一支恢宏的霓裳羽衣曲，如今又在这里见到他手书的孝经，着实让人惊讶连连了。碑文用隶书撰写，明皇还在文后题曰："孝者，德之本，教之所由生也，故亲自刻注，垂范将来。"我瞅那字迹，从容老辣，风华雍容，史上书家称之为"开元体"，实在比那宋徽宗的"瘦金体"更具帝王气象。而且，唐玄宗还亲自对孝经作了注释，用小隶刻在正句之后。想那皇上对自己的书法和注释是格外自信的，曾把孝经拓片发到每个家庭，期望人人存怀孝心，家家洋溢孝道，齐家才能治国，显然这也是他统治的需要了。

不过，我看那碑面刻有整齐的方格，当初皇帝是直接用朱砂一笔一划写到碑上的，而不是在桌上写好一字一字摹刻上去的。我想这方巍峨的方碑，不论平放地面，还是高高竖起，浩浩五千余字，对龙体也是个不小的考验，似体现了大唐天子的执著气魄。曾有人笑说唐明皇刻制孝经，是为了劝谓皇子献出杨玉环，应是一款上天入地的爱情见证。这纯粹是想当然的杜撰了，这尊孝经乃天宝四年勒石而成，李白天宝二年就入宫写下了《清平调》，当时的杨玉环已是唐明皇的宠妃了，何来天宝四年颇费心机的劝谓？实在是今人对《长恨歌》的续貂。

我以为尊崇孝悌，也是我们民族生生不息的缘由，国运有道，朝代创新，但人们对孝道的尊崇始终不减，所以历朝历代都把孝经碑视为国宝而加以推崇。也许就是上天的佑护，上世纪五十年代碑林曾发生大火，把文庙大成殿焚为灰烬，但仅仅几步之遥的孝经亭却毫发无损，这不能不说是个奇迹了。

显然，石台孝经乃是中华文脉的精髓矣！

我小心绕过石台迎面是一间横在园区的廊房，明清风格的挑檐和窗扉涂着司空见惯的朱红，护佑着令人牵挂的一组珍藏，这里的碑石与我记忆中的碑刻完全不同，不是一块块立于地上，而是一块块森森然连成了长廊。碑林人告诉我，这就是元祐年间与孝经碑一同迁来的开成石经。

开成石经碑

这开成石经好生了得，绝对算得上国宝中的国宝了，不仅仅因为这一百一十四块石碑距今已有一千六百多年，也不仅因为这是唐皇为天下学子定制的科考教材，而是镌刻的内容乃是中华文脉的核心篇章，十二经，一百六十卷，六十五万字，几乎收入了全部的经典著述，应是我国留存下来的唯一一部完整的石质图书，无疑在任何一个文明国度都会被奉为圣物的。

碑林人说开成石经的意义怎样估量都不为过，在漫漫的历史演进中，人们对流传的经典不断产生歧义，更有大儒们由于各种原因删繁就简，使得文本面貌不知不觉间发生了变化。最著名的就是南宋大儒朱熹编撰的十三经了，而今也在社会上广为流传，其实那比开成石经足足少了十数万字，显然离开了碑林的开成石经，人们可能就难以知晓最初的面貌了。

当然厚重的开成石经历经多少次战乱劫难，几经躲避才得以完整保留，不能不说是个令人欣慰的奇迹。唯有的遗憾是明代嘉靖年间的关中大地震，一下震裂了四十四块石碑，尽管后来一一修弥，却依然让人摇头怜惜。我走近看到，明朝人对那石经格外珍惜，用细石米浆将碎碑进行了粘接，还对缺损的字迹依据拓片另刻小碑补缀。那些补缺之碑孤立看去，谁也不知什么意思，只有对应原碑才能知晓本来的文义。

我与碑林人细聊惊奇发现，国人对开成石经的崇敬是深入骨髓的，历史上多个时刻碑林曾经沦为兵营，在兵戈铁马面前所有遗存都可能成为粉齑，但是这处大院尽管驻扎过士兵，长戈铁矛与碑石同立，可人站在石经前，心却是跪下的。士兵们常常抱着刀枪在石碑间席地而卧，当集合的号角一响，翻身跃起便会向外冲去，枪头却从没碰破一字，所有碑面也不见一处刀枪磕碰的痕迹，这不能不说老祖宗留下的这些宝贝，在沙场征伐的将士眼里依然是不可亵渎的圣物，那种谨慎，那种小心，恰恰是我们民族立于不败的睿智啊！

可见，开成石经维系着中华民族的良心矣！

穿过石经屋便进入了人声喧闹的又一个碑廊，这是一处名副其实的名碑堂，里边拥挤了太多国宝级的石碑，那些如雷贯耳的书法大师的碑刻，读字如遇仙人，读文如沐春风，好像那大师穿袍戴冠长冉飘逸在讲述文字的奥妙，任何读书人不能不对这些碑碣顶礼膜拜，读着读着你就不由地想跪下了。

然而，我的目光在门口一通《大秦景教流行中国碑》前停住了，这通碑当是吸引了游客流连忘返，曾被西方人称之为世界四大名碑之首，也让多少帝国博物馆梦寐以求。此碑初唐先立于大秦景寺，唐末寺毁被埋，明代天启年重见天日后，被安置在西安城西的金胜寺，这里曾经金碧辉煌无有其左。那大秦，乃古罗马的称谓；那景教，乃基督教一个派别的名号；那碑文，由波斯传教士所撰，一千七百多个汉字和数十个已经失传的波斯文字，详细记述了初唐皇帝接纳基督教的故事。

大秦景教流行碑

那传教士阿罗本长途跋涉从波斯来到长安，唐太宗迎入宫内讨论教义，唐高宗敬崇阿罗本为镇国大法主，唐玄宗旨令将太宗以降五皇画像悬挂景寺。后来安史之乱景寺被毁，唐肃宗又诏令拨银重建，唐德宗优待依然不亚前朝，感动景寺僧众追述仁德立碑纪念。

显然，这尊石碑对研究东西方文化交流不可或缺。

然而，这尊珍贵的石碑却经历了惊险劫波，令人不禁倒吸一口气。那是清末光绪年间，有个荷兰人买通了金胜寺的老住持，欲给三千两白银将大秦碑运走，但此人自知行为猥琐，怕碑运走引来公愤，便拉来一块同质的富平青石，雇了几个工匠在破败的金胜寺，依照原碑打造了一方仿品，欲偷梁换柱将大秦碑运出国境。然而，尽管他做的诡秘，为掩人耳目还中途离陕游览数月，以示自己与阴谋没有牵连。

让人惊叹的是当他返回金胜寺，发现那件仿品与真碑惟妙惟肖，尺寸分毫不差，字形一模一样，这可把荷兰人高兴坏了，因为欧洲两个顶级博物馆已有明确收藏意愿，一笔横财马上就能收入囊中。然而当他准备付诸实施时，那块真碑一觉醒来失踪了，连那老住持也似乎懵懵懂懂不知去向。荷兰人很快打听到仿碑之事还是走露了风声，有人密报了中央政府，上边通电陕西巡抚加以保护，大秦碑即刻移到了碑林安放。荷兰人知晓宝物已经国家收藏，只好站在古城墙下望碑兴叹。后来在一个泥泞的日子，他将那通仿品运到了天津口岸，又坐船渡海将仿品放置纽约大都会租展了八年，后来一位天主教女富商将碑买下送给了梵蒂冈，从此成了教廷喜欢炫耀的历史证物。

这尊大秦碑应是中国基督教史上的最早文献了，也是丝绸之路文化交流的鲜活例证，能历经武宗灭佛免遭损毁是个幸运，又遭魔爪未能偷运出国更是祥瑞，幸亏政府动手迅速转到碑林，否则将又会是一件令中国人揪心的实物。只遗憾今天已无法知晓究竟是谁将秘密捅了出去，又是谁悄悄告诉了北京政府？

其实，大秦碑安在实乃西安百姓护宝之心使然矣。

我从名碑屋出来便去了存放石刻的展室，这些曾经卧在田间地头的艺术品似乎依然没有让人感到珍贵,所有的展品几乎没有护栏,只有昭陵六骏是个例外,人们太关注这几块盛唐的艺术杰作了。那是几幅高浮雕的战马石刻,既使没有见过六骏实物,也会从课本里,从画图上,从电视里,知道昭陵六骏精美绝伦的形象和坎坷的经历,两者能在粗粝的石头上尴尬交会,却不禁让人扼腕长叹。

我知道,这六骏石刻本来立在昭陵前的祭厅里,从上世纪初叶遗留的一张照片上,还可以透过破败的大门看到战马在凄风中嘶鸣。许多人说这是唐太宗为纪念跟随他南征北伐的几匹坐骑而立的,我想那是唐太宗想用几匹战马来彰显自己的丰功伟绩,也是对自己戎马生涯的绝妙概括,看到战马就会忆起激烈的冲锋陷阵,自然也就想起骑马之人了。

唐时皇帝甫一登基就开始了找穴造陵,地上地下都会按照皇帝的意愿来装饰。传说六骏石刻是唐太宗授意大画家阎立本所绘,又由阎立生所刻,肌理健硕,忠诚威武,把战马的形与神镌刻的栩栩如生,洋溢着满满的盛唐风华。唐太宗还亲写赞诗,由书法家欧阳询丹书于上,可谓名画、名刻、名碑、名书于一身,只可惜那丹书早已被风雨剥蚀了。但我站在马前依然能听到战马嘶鸣的昂扬,看到天马奔驰的潇洒,听到箭簇如雨的呼啸,似比西方的静物雕塑高出一个品级了。有记载说当年毕加索见到六骏石刻图册直呼,形象艺术的滥觞应该源自这里的。

然而美术大师的感叹还在耳边徘徊,我已听到盗贼的脚步声纷至沓来了。上世纪初叶,军阀混战,民不聊生,人们都在为保命而奔波,没有人注意到九嵕山上油锯的霍霍声,狗胆包天的盗贼竟然光天化日将精美的石雕锯成了碎块,裂纹还刻意避开了马头。然后,他们将破碎的石雕运到了古城一个角落悄悄藏匿了。

然后,一个有着汉族血统的人在大洋彼岸指挥了这次隐蔽的行动,

昭陵六骏·飒露紫

首先是将两块最为精美的石刻运到了燕山脚下，一块有将军为战马飒露紫拔箭，一块是身中九箭依然徐行的战马拳毛䯄，对外则诡称是从一个军阀手上买下的，公然运到了大洋彼岸。当这个精明的文物贩子坐在纽约街头一栋红房里欣赏了这两方稀世珍宝，竟然也激动得浑身颤抖了。他知道最为关注这些石刻的应是学术机构，为此他跑到宾夕法尼亚大学做了一场关于唐太宗的报告，刻意渲染了跟随皇帝南征北战的六匹骏马，当校方激动地问及那些石雕何在，他便怀抱琵琶半遮面地拿了出来，最终以十二万五千美金出手了，从此成了这所大学的镇校之宝，从此守护昭陵的六骏便分隔在大洋两岸了，从此有多少人切齿痛骂可耻又能奈何？近年又有人萌动了讨要石雕的念头，可人家学校的购买单据尚在，追索起来就难上加难了，讨宝人目睹流落异国的两尊战马不禁悲从中来，却只能一脸无奈仰天长叹。

是的，昭陵六骏牵动着国人的神经！

……

我从碑林出来看到熙熙攘攘拥在门口的游客，自然为古城存有碑林而骄傲了，以前多是学子进院观摩，现在大量游客纷至沓来，似乎人满为患了。但我注意到琳琅满目的珍宝均无法防护任人抚摸，那些名碑若藏国外定会一碑一室的，可碑林一屋就放了十数尊。

而且，那国宝守护人激动地拉住我说，现在的展品只是院藏的三分之一，大量的碑刻还躺在仓房里，千百年来这些移来的展碑时有修缮，但当年立碑和倒扶补缀只是用碎石渣支稳，三合土填充，中间多是空的，没有一块展碑能达到普通楼房的抗震标准，稍有灾难袭来碑林人就紧张得坐卧不安。我想，的确应该赶快扩展碑林的展区了，用现代技术开辟一个永久安全的居所，给绝世珍宝以应有的尊重已经迫不容缓了，这些历经颠沛的千年遗存绝不能在我们手上再生遗憾了。

这是我们责任，也是良心使然啊！

2018年8月17日于新城小院

发表于2018年第12期《美文》

入选《2018年散文精选》

关中书院之声

如果不是朋友提醒,我对关中书院一直没有印象,即使走进聚合着文房四宝的南城门去偷闲,也没留意被眼花缭乱的摊贩小车遮住的关中书院。

然而,这座书院却是明清以来文人儒士释疑解惑的"圣地"。挤过被平庸的工艺品充塞的街道,远远会看到一座石质的门楼凹在深处洋溢着悠远的韵味,门楣上"关中书院"四个大隶透着浓浓的书卷气,护佑着牌匾下方的一尊雕像。我无意评价这尊雕像的艺术优劣,但那雕像的眉宇间透出的忧郁扰动得世人难以释怀,尤其那双微闭的眼眸淡然注视着神态各异的匆匆过客,这就是关中书院的创始人明末大儒冯从吾。

那是在风雨飘摇的明代万历年间,御史大夫冯从吾竟敢疏忤当朝天子明神宗而被罢官返乡是必然的了。然而回到故里,满腹经纶的大学者身居斗室潜心经典,足不出城九年有余,期间多往南门内的宝庆寺设坛讲学,由于冯从吾官德声震朝野,学问又精深过人,随从者门庭若市,小小寺院难以容纳,于是在宝庆寺东边另立门户,关中书院便应运而生了。从此这里成了当朝理学集大成之地,更有儒生以能到书院求学为荣。而人们对关中书院的关注,实在是冯从吾继承北宋张载的衣钵,力图振兴关学的缘故。那关学一脉自张载扬起"为往圣继绝学,为万世开太平"的宣言,就有如书院的门楼深沉而又坎坷地走下来了。

遗憾的是承载着沧桑历史的关中书院似乎已被人们忘却了,抬头可见的水泥建筑挤压得这个小院喘不过气来,而且里面也很少能看到厚重历史的变迁。史载,书院里应有方塘半亩、小桥一个、殿堂一座,如今却是满目迷离荡然无存了。然而小院里十多株郁郁葱葱的皂角树和槐树,把个书院的历史和沧桑都浓缩到斑驳粗糙的树干上了。尤是那两棵粗壮的皂角树足有两抱之粗,伸出的绿冠遮住了书院的晴朗,想必目睹过三百多年前摧毁关中书院的动乱。如今想来冯从吾可谓"穷则独善其身,达则兼济天下"的典型,他从大明朝堂退隐长安,本想在这儿做一番学问的,然而残酷的明末现实摧毁了他的梦想。把持朝政的阉党魏忠贤集团,借着镇压东林书院的余威,又顺势以莫须有的罪名捣毁了关中书院,行为粗暴得令人发指,甚至将儒家宗师孔子的塑像也"掷之城隅"。风烛残年的冯从吾哪里受得了这般羞辱,却也只能以绝食抗争,终于饮恨而逝。尽管后来的满清皇室对关中书院小有封赏扶持,使得书院一路坎坷地走到后来,却是再也没有出现门庭若市的盛况。

不过,走过牌楼,远远看见书院深处一栋古朴的青砖建筑,约有六间宽两丈深,上有一块匾额"允执堂"。原来这就是书院当年的中心讲堂。现在里面堆满书籍,那一架架书柜尤如一排排学子盘膝而坐,似在仰首聆听大师的谆谆教诲，讲堂的感觉便油然而生了。其实，那匾额上"允执"二字恰恰就是关学的要旨，最早出自《论语》"天之历数在尔躬，允执其中"。冯从吾在《关中书院记》云："书院名关中，而匾其堂为允执，盖借关中'中'字，阐允执厥中之秘耳。"我以为老先生之所以选择"允执"，最为深刻的含义是折中程朱理学和王阳明心学之意。当年北宋末年的张载所以能够在程王学说笼罩下独辟一块天地，创出"关学"的名号来，就是奋力强调"知行合一"，企图将封建礼教浸透到社稷和百姓的生活之中，以至于岁月年轮转过了二百多圈，冯从吾依旧能够在蒙受冤屈的情况下，迷醉于创办关中学院，力图使关学的精髓薪火相传。

然而，这座悠久的"图书馆"盛放的书籍已是充栋无余，我以为这儿应该汇集了关学的所有著作，是为研究者趋之钻研的最佳场所，但是目之所及，看到的经典寥寥无几，只是为中专学院所用。有研究者知道关中书院的大儒们对哲学的探索，始终在强调"实践"。今日长安区的子午镇就是当年关学创始人开创"子午田"而名垂乡间的。而关学强调的"天序"思想更是渗透到他们修订的"乡规民约"中，影响了陕甘晋一带的民风民俗，这可能也是冯从吾们在民间享有声誉的原因所在吧。令人深思的是，这种思想还影响着我们今天的行为，记得我在与日本企业家的接触中发现，他们对关学推崇备至，甚至说日本那一套精细管理规范就是从那里获取的精髓。

我站在浓密的皂角树下，品味着书院的沧桑，感觉关中书院培育的关学精神，还着实影响了秦人的风骨，那就是耿直清高的性格和爱国爱民的拳拳之心，所以崇拜关学的大儒们即使官至朝堂依然不改秉性，敢于犯颜直述以示忠诚，请看关学之子拒仕者有之，辞官者有之，以死相谏者亦有之。而从关中书院走出的最为知名的学生应该算是于右任了，这位在书法领域独树一帜的草书大师，几乎可以说是关学的终结者。他

关中书院前门

在青年时期就是一位关学的拥趸,连自己的名字都由"伯循"改为"右任"。"任"乃"衽"也,是取衣衫右衽为汉族之意。我想正是关中书院奠定了于右任的学养,使其一生致力于实践爱国的思想。然而命运并没有青睐于他,人们在他辞世后,在其珍藏的木匣里发现了他遗言似的诗篇,"葬我于高山之上兮,望我故乡;故乡不可见兮,永不能忘!葬我于高山之上兮,望我大陆;大陆不可见兮,只有痛哭!天苍苍,野茫茫,山之上,国有殇!"

我走出关中书院许久了,耳边依然还轰鸣着于右任先生泣血的悲歌……

2011年12月1日于城南

发表于2012年1月5日《人民日报》

大秦之道
DAQIN ZHI DAO

贰

仰止篇

手植柏后面是一片碑林，皇宗豪杰达官墨客都在此留有墨迹，当然都是称颂黄帝为中华民族带来的恩惠，绵延数千年，呈现出大一统的国度。记得有通毛泽东当年在延安亲笔书写的祭文碑，洋洋洒洒，千字骈文，凸显了一代伟人对黄帝的尊崇。

黄帝之陵

我少年的时候去过黄帝陵的，记得沿着一条斜斜的山路，走上一小会儿，就见到路边一通岁月剥蚀的石碑卧在那儿，仔细看那碑上字符，竟是"文武官员至此下马"，心里便不由地肃穆起来，满山的翠柏似乎也发出了呼呼的告诫，任那多大的官吏到了这儿也是要下轿步行的，这当然都是因了桥山上葬着湟湟华夏的始祖。

我这才注意到面前的山峦竟然长满了合抱粗的柏树，似乎过了铜川，车子就在山涧里颠簸，就感觉两侧均是低矮的灌木和蒿草，很少见到这般雄奇的柏林，密密丛丛，翠绿铺野，可见很久以来世人对黄帝陵的崇拜，早早就把黄土高原上这片植被悉心护佑下来，使得这片山峦始终呈现着郁郁葱葱的状态，默默地守护着身下的神圣。

终于穿过厚厚的柏林，走进轩辕庙山门，一棵粗壮的柏树蓦地扑进眼帘，好多人都在那里摆姿照相，有人惊呼这便是华夏第一柏了。我注意到那株从地面伸向天空的树干，粗粗的，壮壮的，布满了鱼鳞样的长条皱折，七人扑上去想合抱，却添了一人才握手合围。那树冠伸出的枝叶与旁边的枝叶在竭力相接，一条条粗粗细细的枝杈恰如一条虬龙携着众多小龙欲拔地而起，几乎把所有人都震撼了。相传这是黄

黄帝陵全景

帝亲为的"手植柏",是黄帝在桥山种下的第一棵柏树。旁边还有一棵"挂甲柏",传为帝王挂甲之处,树干上布满密密的针眼,数千年而不愈,透露着帝王力量的神奇,想想居然能有四千多年的树木存于世上,不免让人啧啧惊诧。

手植柏后面是一片碑林,皇宗豪杰达官墨客都在此留有墨迹,当然都是称颂黄帝为中华民族带来的恩惠,绵延数千年呈现出大一统的国度。记得有块毛泽东当年在延安亲笔书写的祭文,洋洋洒洒,千字骈文,凸显了一代伟人对黄帝的尊崇。我当时惊讶那里还有蒋介石写的碑碣,那是我第一次见到"人民公敌"的墨迹,想不到在黄帝陵前两位势不两立的人物能够同处一地,面向黄帝表达自己的崇敬之情,可见黄帝作为华夏共主的包容性,让多少兵戎相见的伟人与枭雄在这里握手以礼。

这桥山的著名是有历史的,那司马迁在《五帝本纪》中,就申明"黄帝崩,葬桥山"。从此历朝的皇帝都把祭祀黄帝作为国家大事延续下来。出那轩辕庙不久,就会见到山脊上冒出一座突兀的山峁,竟是汉武帝当年祭拜的遗迹。当时汉武帝北巡朔方之后率十八万兵马途经这里,仰望桥山,心潮澎湃,下令在黄帝陵对面建起一座高达五十米的"祈仙台",要举行声势浩大的祭陵活动。当时桥山周边山峦站满了汉家军,宫乐响起,俯首肃立,汉武帝独步上台,献上牺牲,献上祭文,祈求文治武功扩张疆域。可想当时方圆百里的百姓都会涌到山脚下争睹一代帝王的气魄,更把黄帝的伟大昭告于天下,从此哪一届王朝没有祭拜黄帝陵的记录?

前边又横着一道"诚心亭",实际上就是殿前照壁,祭祀的人到了此处要平心静气,去除杂念,专心致志地向先祖黄帝献上祝福,以佑护家业国运兴旺发达。后边的轩辕殿只有百十平方米,门楣上的"人文初祖",刚骨凛然,透着一股华贵之气。里面的条案上有一尊牌位,上书"华夏圣祖黄帝之位",四壁则是青龙、白虎、朱雀、玄武的木质浮雕,烘托着悠久浩然的气息。此殿虽然狭小,但从屋檐下的斗拱和斑驳的漆皮可以断定是清代的遗存,过去几百年来人们就是在这儿祭祀黄帝的。

沿着祭祀大道往上走,心境愈发静穆,当来到祭祀广场看到黄帝的封土,就有想跪下的冲动了,神圣两字也在头上萦绕起来。那隆起的冢丘有四五米高,方圆三四十步,上面长有稀疏的青草。记得有一年,我曾见一位国家领导人在这里焚香一柱,然后鞠躬致敬,绕陵一周,场面肃穆,以后再到黄帝陵祭祀总会叠印出那一幕来。

那开辟民族基业的黄帝,传说诞生于距今五千五百多年前的三月三,所以这一天亦被称为"生轩辕"。当然,那黄帝能被后代敬仰实在是功绩使然。司马迁称其:"生而神灵,弱而能言,幼而徇齐,长而敦敏,成而聪明。"理性地说黄帝以前的中原,处于以血缘关系为基础的氏族部落时代,支系纷披,图腾杂多。经过艰难治理,众多部落终于汇聚于黄帝麾下,形成了黄帝、炎帝、蚩尤鼎足之势。后来黄帝联合炎帝与蚩尤在涿鹿决战取得胜利,统一了零乱的部落支脉。作为被后代尊为五帝之首的黄帝,进而发明了服冕垂衣、伐木筑室、蒸谷为饭、服牛乘马、礼乐奏曲,使得华夏一族走出了蒙昧,成了名副其实的九州共主,这便悄然奠定了中华民族的雏形。那黄帝之后主宰中原的颛顼、帝喾、尧、舜,以及后来夏、商、周三个朝代的主政者都直言自己是黄帝的后裔,从此中国历代史书都把黄帝尊为开篇第一人了。

然而,想不到历史的车轮驶入二十一世纪,各地忽然把祭拜五帝看成了一种资源,争先恐后地表演起来,祭出的旗号名目繁多,甚至声言史上习惯祭祖不祭陵,于是黄帝陵忽然有了被边缘化的挑战,好像历史

黄帝手植柏

真就这样演绎过。我孤陋寡闻，却知晓那大约从周朝兴起的"明堂"，供奉的以黄帝为首的"五帝"就应是祠庙的滥觞，帝王将相们年年都要去那里祭祀帝国先祖的，那作用就是教化皇亲和百姓。而所以要在都城的明堂里祭祀，完全是方便使然。试想，那周秦汉唐的都城距桥山有上百里路，宋元明清的宫池就更远了，如果帝王年年亲往陵上祭拜，浩浩荡荡，鞍马劳顿，带来的烦恼不言而喻。而且古时皇帝出行，朝中常会有动荡风险。所以，平常年月朝廷就委托地方官吏去陵前祭祀，皇亲国戚转而到明堂拜谒，后来这明堂便演变成宗庙和学校了。也就是说轩辕黄帝至高无上，古人帝陵亦祭宗庙也祭的，怎么会出现这样一场论争呢？

若我们走进旁边的碑林徜徉，就会轻易发现，形制各异的石刻记载了昔日岁月的祭典印迹，有唐代宗将祭祀黄帝陵列为国典的昭告，有宋太祖三年一祭的碑记，有元泰定帝保护黄帝陵的圣旨，有明太祖遣官拜祀黄帝陵的祭文，有清康熙亲撰的满汉碑碣。那近代以来的领袖来陵上祭拜的记录就更是不胜枚举了，由此可知祭祀黄帝陵早已成为中国历朝的规矩了，怎么能视而不见呢？

如今在黄帝陵下，已建造起一座气势磅礴的祭祀大殿，四面敞开，一圈廊柱，歇山屋顶，既存秦汉遗风，又有希腊恢宏。大殿里空旷静穆，中间端正敬立着一尊黄帝石刻，那是根据汉代的画像石摹刻而成，如今好多地方莫名其妙地让黄帝穿上华贵的服饰，头形也束成了想当然的模样，实在令人啼笑皆非的。而采用这幅画像，凸显了人文始祖的悠久神圣，且比任何敷衍滥作庄严厚重呢。

如今在这座庄严的大殿前，每年都要举办声势浩大的祭典活动，献歌献舞，敬奉花篮，诵读祭文，鞠躬绕陵，且已成为一个传统了，吸引着世界各地的华夏儿女到陵前来表达崇敬。常有海外华人一到桥山脚下，便双膝跪地，捧起一掬黄土珍藏怀中，发誓把黄帝的基因顽强地传下去。我想，这个庄严的祭祀已经成为华夏儿女认祖归宗的程式了，也是伟大民族能够历经五千年而不衰微的"秘密"了。

当我的视野从大殿里缓缓移出，落到满山遍野的翠柏上，心里涌动的便不仅仅是豪情了，松涛如浪，山呼海波，华夏儿女在细心呵护共同的历史记忆，注视着中华之龙正在腾空而起。

2015年9月23日清晨于维也纳

发表于2016年第1期《美文》

司马道之上

不知道有多少文人墨客拜谒过韩城的司马迁祠了。

我每每来到塬下最先映入眼帘的就是斜斜的司马道，那条古道倚靠在高高厚厚的黄土塬畔，有九十九个台阶，从塬下一直伸到司马祠的门前，敦厚的石板已被经久不息的踩踏变的坑坑凹凹，光滑的或粗糙的石阶尽显二千多年的风雨侵蚀，似乎每一层台棱都会找到历史凝聚在瞬间的慨叹。也许是坡度太陡的缘故，也许是朝拜圣贤的心境使然，有人会爬得气喘吁吁，累得一步三晃，直想扑倒在石阶上向塬头的太史公倾述心潮；有人会登过几十阶便坐在路边的石墩上，手抚粗砺的石板，用心体会激宕的风云在这儿冲刷过的痕迹。待终于踩上最后一个石阶，目光直直地盯住门楣上"司马迁祠"四个大字，便忍不住想扑通跪下了。

那凛冽的风雨竟把司马迁祠的门楣和外墙撕扯得斑斑驳驳，让人一下子涌满对伟人悲壮命运的感叹，亘古的故事依旧在重重地敲击着心扉，所有善良的人心都会被紧紧攫住，巨大的屈辱毁掉了司马迁本来坦荡的前程，却造就了一代伟人的品格德行。可能人们都知道司马迁是创立纪传体史书的巨擘，知道司马迁是承受着腐刑的巨痛完成了《史记》创作。如今，笔者冷静思考二千多年前的那桩汉朝血案，司马迁谏言李陵投敌的真伪惹恼汉武帝，竟让一介男儿在丧命和腐刑面前做出选择，囚笼木枷，孤影孑立，狱卒喝斥，一定把司马迁的心绪蹂躏得死去活来。那汉代是一个崇尚勇士的时代，仅仅为个猜忌都可能引颈自刎，一死了之完全可以成全太史公的凛然英名，但他选择了难以想象的"苟活"，以期为未竟的事业献身。可想，那个选择的过程实在是太残酷了，应该是司马迁一生最为痛苦的历程，痛苦得让今天的人们设身想想便不能自抑，选择活比选择死更需要胆略和勇气，这也就是一代伟人给后人留下的生命启示！

轻轻地迈进祠院，千年碑碣尽在称颂司马迁的品德，近代那首五言诗也许最为代表了："龙门有灵秀，钟毓人中龙。学殖空前富，文章旷代雄。怜才膺斧钺，吐气作霓虹。功业追尼父，千秋太史公。"其实，受刑之后的司马迁面对悲惨的最好解脱就是沉浸到书堆里，忘掉痛苦，忘掉屈辱，解析三皇以来的沧桑世事，成就一家之言的宏图伟业。君不见伴随着《史记》的完成，太史公的光芒便一下子照亮了中华文明的过去和未来，从此哪位文人墨客敢不读《史记》，而一杯浊酒妄论英雄啊！

踏过一道道古柏树影，一座千年古墓凸现眼前。这座古墓相传是西晋人建造，元朝人又做了修缮，而我以为司马迁刚刚仙逝就有人在此立碑崇拜了，后人依碑堆冢敬为祠堂。也许是体会司马迁生前拮据，所以呈现在人们面前的古墓外形，酷像汉代的陶仓，圆顶露檐，砖石环箍，一圈还镶嵌着十二块八卦图碣，透出玄妙的文化意蕴。最为称奇的是坟头正中还罕见地长出一棵古柏，分出五杈，形如虬龙，尽管不很繁茂，却也鲜绿可人，直让人感觉司马迁的精神不死。而且一圈灰墙竭力将灵丘紧紧护住，就像伸出的臂膀紧紧抱住了自己的孩儿，拼死抵挡着来自东南西北的风雨侵淫。

可谓：一杯黄土掩忠骨，世代文墨三垂首。

我的视线不经意间越过垛墙，忽然看到浩瀚的黄河在司马道左边缓缓流过。我不由地定睛望去，黄腾腾的河水宽阔得一望无际，水面上腾起的一层薄雾正悬浮在河道上，浓浓淡淡，缥缈如烟，使得远远近

韩城司马迁祠

近的山野笼罩了神秘的氛围,若不是对面山黛轮廓可见,似恍惚见到了大河入海的盛景。这究竟是巧合还是神奇?一直奔腾喧嚣的黄河似乎知道有位巨人躺在前方右岸,生怕惊扰了太史公的灵魂,跃过禹门口便陡然把行进的节奏慢下来了,慢得那河水像停滞了,变得雍容而又温顺地逶迤而来,似以大自然特有的方式向司马迁致以不息的敬意,就连那几只稀疏的小船也在几近凝固的河面上书写着今日的颂歌。

我的视线移到司马道的右边,黄土崖下是一望无际的万亩桑田。此时此刻,正是小麦收割的时节,黄波荡漾,薄雾袅袅,忙碌的收麦人与机械农具相伴,在阡陌间点缀出田园的拙朴。特别是那黄黄的河水又与那黄黄的麦浪影影绰绰地融汇起来,犹如母亲在抚慰庄稼地里的儿女。庄稼人生活得简单而自在,春天撒下种籽,秋天就有收成,挥镰的汗水是拒绝墨客和达官哀叹的。当地人说偶尔也会看到狂风骤起,排排浊浪从天际耸起冰河铁马般席卷而来,但是扑到岸边却又缓慢下来,似以敬畏之态拥吻着黄土堤岸。我终于明白,多少年来中国人为什么对黄色有这般执着的偏爱,历朝历代黄袍加身,几成尊贵的象征,实在是黄河是黄土地给予的启示呢。

面前的司马古祠雄奇壮观,都是因了司马迁凝聚的气场使然矣。我恍然大悟,站到这儿可观烟云变幻,可望稻波麦浪,可察萍沫风起,可叹世间万象,可望大地曙光。其实,二千年前的司马迁就是为《史记》而生的,后人誉之为"史家之绝唱,无韵之离骚",实在精准绝妙。而脚下这条斜倚的司马古道,恰是一座巨大的无字碑了,敦敦实实地靠在黄河岸边,向人们述说着永远也磨灭不掉的史迹。所以,司马迁擎起的中国文人不屈的精神,就从这条司马古道出发,浸润了关中平原,也浸润了中华大地的每个角落。

正是:风追司马千百年,生生不息谱华文。

那东汉的太史令班固，是司马迁的关中乡党，一定站在这片塬上眺望过芝水河畔的村落，为西汉修史的念头也许就是从这里酝酿，经过二十三载的日夜煎熬，一部划时代的《汉书》从此被奉为经典……

那唐朝的丞相杜佑，也是司马迁的关中乡党，也可能大步攀爬过这条司马古道的，也许就是在踏阶过程得到的激励，他开始梳理黄帝以来的典章制度，一部《通典》耗时三十六个春夏秋冬，一经问世便震惊了朝野上下……

那唐朝的令狐德棻，也是司马迁的关中乡党，也可能凛然走上司马

司马迁祠前古道

古道遥望水岸一色的壮景，萌发了为北周立传的志向，秉笔七年，疾书不已，毫无悬念地成为我国二十四史里最为精彩的华章……

与那司马迁仅一河之隔的北宋丞相司马光，也一定小心翼翼涉过黄河，心绪浩然地登临过司马古道，眺望经久不息的沧桑河道，把胸怀和志向都凝聚到笔端，回乡赋闲十五年，竟创编了一部《资治通鉴》，为当朝和后世奉献了一份治世箴言……

是的，多少年来司马迁用血泪凝成的笔墨，静默无声地侵润着中国文人的每一根神经，也挺起了中国文人坚韧的脊梁。我于是告诉韩城人应以司马祠为中心，创立一个极具文人情怀的景区，为中国的文史大家造像，为人类的文明积淀喝彩。是的，中国人是都应该到韩城来的，走上司马道，拜谒司马祠，临黄河之雄风，沐田野之烟云，也许还会孕育出一个超级的灵感……

2015 年 4 月 20 日于新城

发表于 2016 年第 9 期《中国作家》

[贰] 仰止篇

汉中之雄

我好多年以前去汉中的城固,远远就看到县城中心高耸的一座黑石雕像,束发戎装,扶剑勒马,像是古代的哪位将军,扭头问了,才知道这是汉代大名鼎鼎的张骞,让人望一眼就忘不掉了。

我知道张骞一生的功绩都凝结在"凿空"西域上了,也把古老而又年青的城固抬高到人们面前,但县城里熙熙攘攘的人流似乎并不理会身边这位将军的存在,叫卖声呼唤声把小城充塞得拥闹无比。那年张骞作为汉朝的一员郎官手持浓毛节杖,领衔受命,出使西域,绝没想到他从长安城迈出的那一步,会引起那么多人持续的兴趣。当时他应该是从玄武门走出长安的,好大喜功的汉武帝一定在建章宫为出使郎

印章封泥

官饯行，喝了酒，跳了舞，还在城门外举行了百官出席的送别仪式，旌旗猎猎，刀戟亮闪，场面隆重得震惊朝野，也把大汉王朝的渴望渲染得浓重而急迫。当然，文武官吏们心里明白，这一百多名壮士可能走上了一条不归之路，等待他们的不会像当时的长安城下，到处是鲜花和笑脸，那些世故的朝官们送给张骞的也都是再动听不过的词藻。

　　走出喧闹的城区，转过几条街巷就到了张骞墓园门前，一对汉风阙楼大义凛然地耸立在道路一旁，以特有的风韵招徕着南来北往的游客，也把一座儒雅的建筑群落隐隐若若地展现出来。张骞那年揣着汉武帝签发的关牒和联络月支国合击匈奴的秘密使命，翻沟壑，越戈壁，一直向北深入，向着那个传说中的国度挺进。途中所受到的磨难是今天的人们难以想象的，因为那是一条没有人走过的道路，清冷和孤寂大概是一支皇家使团最大的威胁，遗憾的是史书典籍却少有相关的描述。但是，谁也没想到这次堪称伟大的凿空之旅，在二千多年后会成为悬念，在申报世界文化遗产的过程中，许多城市都把丝绸之路的起点定位到自己名下，好像当年悲壮的出行已无所谓卓越了，好像经过忽高忽低的交锋争论，人们巧妙地淡化了张骞出使的意义，用"起始段"三个字取代了丝绸之路"起点"的史实，也完成了由点到面的概念偷换。后来还是经过专家们力争，最终在迪拜的申遗大会上才改为"起点长安"，这个结果也许能让地下的张骞略微感到一丝慰藉。

偌大的张骞墓园，已经被精心地整修了，曾经日渐衰微的墓园扩大了许多，且与愈逼愈近的周边民居拉开了距离，使得那些灰瓦白墙格窗挑檐，像水墨画一样在眼前舒展开来，带给人江南水乡的清雅印象，任谁走到这里都会对白墙里的主人肃然起敬的。里边的场面并不恢宏，但幽静得令人着迷，古柏参天，竹影婆娑，殿庑连廊，草长莺飞，好一个清静而又怡然的地方，把江南园林与北方殿堂巧妙地融合起来，尽显汉中独有的自然风尚。

当人们被这些景致陶醉之后，紧走几步便是张骞的大墓了。这座墓丘已被砖瓦精致地围箍起来，上面长满了缤纷的野花，粉的红的黄的，星星点点，婀娜多姿，表达着后代对先祖的敬意。那大墓正面有两方石碑，一方是清代陕西巡抚毕沅立的铭碑，笔力遒劲，雍容大度；一方是刻有民国旗帜的石碑，想不到这方碑碣竟是联大教授所撰，记述了上世纪三十年代西北联合大学发掘张骞墓的经过。墓前还有一对略显抽象的石虎，忠诚地佑护着身后的一代英雄，但这对尺寸接近真实的老虎，细腰弓身，简洁雄奇，虽说遗毁了四肢，却仍被当地百姓奉为祈福祛病的神灵，身下已被红红绿绿的绸带缠满了。我想已经躺下二千多年的张骞绝想不到历史演进到二十一世纪，家乡百姓依然把他作为安康吉祥的化身，多少忽略了那次载入人类史册的豪迈出行。

这片绿油油的草地应该知道，张骞当年深入匈奴腹地，是想避开大单于巡逡的兵马的，然而匈奴人发现了大汉使团的行踪，大单于怎么

张骞墓全景

也想不到汉朝使臣会去寻找自己的宿敌,也猜不出这些人出行的动机。但他们似乎信奉两国交战不斩来使的规则,大单于把张骞最终流放到一处荒凉的草地上,还给他安排了女人,生了两个孩子,明显是想让张骞泯灭联络月支国的企图,在辽阔的草原上了却余生。而这一住就是十年,十年凛冽的风霜染白了张骞的鬓发,扭曲了脸上的皱褶,也把一位帝国使节的身体摧残得瘦骨嶙峋了。尤其那域外呼啸的沙尘会消磨任何人的意志,也会把大汉使臣的梦想折磨得死去活来。然而,张骞却在一个风高月黑的时刻,携带了妻女和副手,紧握已经稀疏的节杖,继续了大汉皇帝的使命,这里需要付出的智慧和胆识是难以言传的。但是,当张骞历经千辛万苦来到月支女王的帐前,却没想到这支被逼到漠北的彪悍民族，已经淡漠了先王头颅被大单于做了酒具的仇恨，轻闲舒适的日子竟融化了复仇的血性，张骞只好郁郁寡欢地返回了大汉。

回返的归途绝对没有今天这般宽敞平坦，路边也没有这么多的野花绿草，而且当他们历艰险抵近长安城的时候，路边的树木已经整整增加了十三圈年轮。当时张骞是趁着匈奴内乱逃回长安的，他首先叩响了建章宫大殿前的钟鼓，满朝上下几乎都忘了那次悲壮的出行了，也忘了那位领命西行的小小郎官，当张骞手持已经秃毛的节杖，重新出现在长安城门下，全城人都轰动了，汉武帝亲自为他洗尘接风，百姓们争睹英雄气象。尽管张骞没能完成联络月支的使命，但他带回了西域的风情物貌，依然吸引了朝廷和万千商家的目光，从而开启了丝绸之路的壮丽行程。所以，汉武帝赐封了张骞博望侯的爵位。尽管后来张骞随军出征延误，这个令人恭敬的爵位又被剥夺了，但博望侯的威名已经传遍了西域，以后汉朝派出的数十批往返西域的使臣都习惯以博望侯的弟子自称，这个敦厚的名字会使得许多外交难题迎刃而解，可见张骞在那里的影响了。

我想这个博望侯的确是深入人心，那年西北联大奉命发掘这座墓茔，竟然在墓道里发现了一枚"博望造铭"的封泥，这枚只有拇指大的汉代官文扣签，确凿无疑地证明了此墓非张骞莫属矣。如今，这枚小小的泥印已被收藏在国家博物馆里，永恒地向人们披露着大汉时期的信息。当时张骞应该是荣归故里的，他本来是在秦岭北边的长安城里去世的，却长眠在了秦岭南麓的城固县。显然，这位游历了上万公里的博望侯，深信家乡人民对他的厚爱可以持久，回到父老乡亲身边才能确保身后平安。果然，二千多年来家乡百姓对张骞厚爱有加，就连西北联大当年的公务发掘，都能引起张氏后人的焦虑，纷纷手持锄头蜂拥赶来护墓，如此礼遇怎能不为之欣慰呢？

如今的墓园愈发精致了，还把张骞"凿空"的行程演绎得生动万分，悄悄捍卫着博望侯在历史上的功勋，我想，张骞地下有知一定会感动得热泪长流的……

2015 年 8 月 8 日于新城

发表于 2016 年第 9 期《中国作家》

[贰] 仰止篇

定军山之魂

　　那定军山总是笼罩着一层薄薄的雾霭，悄悄地向外流露着古战场的魅力。

　　这座山其实并不巍峨，却是蜿蜒的大巴山脉伸进汉中的最高峰。我见那山下有片宽阔的洼地，绿荫蔽天，草长蝶飞，传说诸葛亮当年就是在这儿演练八阵图的。那兵阵可依据战场形势变换出不同的阵列，把那企图闯阵者围得晕头转向，最后只好束手就擒。只遗憾史书上始终找不到诸葛亮用八阵夺营拔寨的战例，倒是那子虚乌有的"空城计"被渲染得神乎其神，闭上眼睛就会想到那头戴纶巾、手抚横琴的军师，在那势如破竹的曹魏大军面前，摆出一副松弛潇洒的样子，直让人佩服得五体投地了，以致被后人煞有介事地收进"三十六计"中，想想也是值得人们品咂呢。

山下现已然成了古风小镇，一条洋溢着诸葛智慧的街道招揽着八方宾客，一间间酒肆茶馆也像模像样地伸出五彩小旗，演绎着经久不衰的酒香。那年诸葛亮被"三顾茅庐"请出山林的时候，正值青春焕发的年月。由于他对时局的分析入木三分，点到了刘备的命门，便被委以重任封为军师了。诸葛亮初出茅庐，果然不负众望，料事如神，火攻敌营，

武侯墓山门

把强大的曹军烧得丢盔卸甲，使得孱弱的蜀军在强敌如林的环境里脱颖而出，形成了三国鼎立之势。今天看来军师当年所以能够节节胜利，能够不断朝着自己当年进献的愿景挺进，首先要归功于军师用兵如神，否则怎能压住蜀军的阵脚，又怎能营造出汉中这片天府之地？

上山的道路转过几个弯就到了山门，路边竹林密密麻麻，夜半时分还能听到拔节的声响，顺着坡道会来到一处金戈铁马呼啸而来的坳地。这地方适合兵马集聚，上可夺山，下可拔寨。当地人曾在雨后拣到过铜剑和弩机的扳子，这些沙场兵器不知有无战功，如今已懒懒地躺在博物馆的展柜里了。想那诸葛亮也是执拗，本来握有数十万大军，完全可以凭借秦岭天险抵住曹军进犯的，但一篇《出师表》袒露了为实现先帝托付的壮志。为此，军师在汉中厉兵秣马，还发明了神奇的"木牛流马"，使得北伐的粮草能源源不断地送到前线，再没因此发生过什么难堪。稍感遗憾至今也没找到这套装置的模样，试想那年月的粮草是要人拉马驮的辎重，当然直接影响着战争的进程了，军师用"木牛流马"运输，神出鬼没，出奇制胜，屡建奇功矣。尽管以后的蹉跎岁月常常有人试图模仿，却直到今天也没有成功的蛛丝马迹。后来有人考证那"木牛流马"完全是虚张声势，其实就是乡间小道上常见的独轮车而已。呵呵，想想诸葛亮的这个创意也够精明的，不但唬住了曹魏兵马，还影响了国人一千八百多年的思维。

终于走到定军山顶上，远远便看到一尊诸葛亮的黑石雕像，羽扇纶巾，帽冠飘逸，端端坐在战车里，尽管雕工并不卓越，但仍然会感受到一代名相的儒雅与睿智。那部"三国"把诸葛亮演义得神奇无比，逢凶化吉已是必然，那年军师入城被曹军围困，险些要成为俘虏了，却让他发明的孔明灯给化解了。这灯便成了吉祥的象征，至今人们还喜欢把心愿放进灯里，点燃五颜六色的花烛飘向夜空，也把人们心底的愿望高高放飞。当然，人们崇拜诸葛亮，是崇拜他的神机妙算，那三十六计里涉及军师的妙招，大概就不止一种，想想中国历史名人辈出，能有一个智慧传为经典就属不易了。

越过山顶就是下坡的路了，曲曲折折地伸向了山林稠密处，也把心底的期望带到极致。想来奇怪，一生谨慎的诸葛亮因谋臣马谡提出征伐南蛮应"心战为上，兵战为下"，迎合了自己的思维，便把北伐重任交给纸上谈兵的马谡了。其实诸葛亮的战略是清晰的，图谋中原，必须先消除南部隐患，那里尽是割据一方的山大王，所以"七擒七纵孟获"也是为此释放的善意。但是北伐与南征对手不同，军师把重任交给马谡实在是掉以轻心了，马谡只驻守街亭一夜，就几乎全军覆没，把诸葛亮谋划了半生的心血几乎消耗殆尽了。不过，今日再看那书上描述的对阵图，似乎马谡即使坚定执行军师的战术，严格驻守街亭中央，恐怕也难以抵挡数十万曹军轮番冲杀的。

似乎马谡用他的头颅为军师形象的塑造做了贡献。

也许是心里隐匿着遗憾，我不时地朝山下眺望，沃野葱茏，农舍烟升，一条北去的大道若隐若现，浩浩荡荡地游向了薄雾深处，似乎就在隐喻当年最后的出征。那诸葛亮后来缓过劲来，竟亲率大军又一次扑向关中，摆出了与曹军决一死战的架势，却万万没想到出征不久，蜀军统帅就在五丈原轰然累倒了。且不管后人怎样欣赏这位举轻若重的智者，"出师未捷身先死，长使英雄泪满襟"，便是后人对诸葛亮的结局最精准的概括了。且看那八阵图，那连发弩机，那木牛流马，样样都是当年克敌制胜的神器，却未能拯救屡战屡败的命运。而且，两军对垒，短兵相接，连军师身体的状况竟然也被对手猜了出来，如果诸葛亮九泉有知也要感叹棋逢对手呢。当年被诸葛亮气死的周瑜，闭目前曾发出"既生瑜，何生亮"的感叹，而临终时的诸葛亮也会发出相同的感叹。不过诸葛亮的高明之处在于自知不久于人世，提笔写下多篇遗书，留下了所谓的锦囊妙计，尤其是给儿子的遗训"淡泊明志，宁静致远"，让人回味无穷，已经成为历代文人墨客的座右铭了。

顺着当地人的手指眺望武侯祠的瓦檐，却只见千年树冠，难见古柏下的丘冢。但我知道那处祠堂古风绵厚，可谓：老树绕屋檐，翠竹拥道边，智慧生古茔，香禅定军山。毫无疑问，汉中人是应该感谢诸葛亮的最后抉择的，死后就葬在定军山上，墓穴简陋到只能容下一具棺木。确实，军师的最后抉择颇具深意，当初诸葛亮进驻汉中后，采取了兵民同耕的政策，让战马蹄下呻吟的农户开始热心农垦，也给蜀军提供了不竭的粮草支援。而且军师最得民心的是，当地年年要抛女祭祀河神，百姓们叫苦不迭，却又无可奈何。最后诸葛亮下令改用面粉制成馒头，投进汉江孝敬河神，从此百姓们撇掉了这个悬在头顶的忧愁，飘荡在江面上的歌声便多了些许轻盈。所以，汉中人至今还喜好七月七往汉

诸葛亮雕像

江里投馈头,实在是一个令人回味的趣事了,如今北方人喜好过年做花馍祭祀先祖大概也就是由此演化而来的。

我眺望远远近近飘浮起来的袅袅炊烟,正汇聚成团向上涌去,把浓郁的饭香播撒到田园里,让人不由地想到,那诸葛亮本是山东临沂人,蜀国的皇城又在成都,作为一名才华卓绝的智者,当然知道自己的坟茔安放哪里最为妥帖了,但军师没有选择魂归故里,也没有攀附先帝,而是选择定军山为自己的百年居所,这实在是诸葛亮坚信自己在汉中做足了功课,一定会得到汉中百姓的厚爱,而且这份爱意还会随着时间的流逝愈发地浓重。从此,那诸葛亮的魂灵就驻扎到山上了,定军山也就戴上了智慧的桂冠,神奇便笼罩了大山的角角落落。

果然,这定军山因诸葛亮而愈发地添了灵性,老百姓对军师的热爱也日甚一日,这山这祠便被精心地保护下来,如今山林这般茂密,花草这般绚烂,就是恰当的实证。尤其那四方村民都喜欢携家带口涌到这里,凭吊智者,享受智慧,孩子考学会跑到山上祈求灵感,姑娘恋爱遇到烦恼会来山上寻求良策,甚至人们工作遇到困惑也会仰望塑像渴望点化。

这幽静的山峦俨然成为一方迷人的宝地了。

2015年6月22日于新城
发表于2016年第3期《中国作家·纪实》

下马之丘

在灰濛濛的西安城墙下,居然有一处被称为下马陵的地方,全是因那汉皇当年拜谒过这里的董子祠,由此可见躺在这儿的学问家有多大的影响了。

但这座文武官员到此下马的墓园也太小了,如今被圈在一家单位的大院里,须得进入大院才能拜谒。那简陋的祠堂大门正对城墙常年关着,仿佛想对人们倾述不尽的良策,却又有些遮遮掩掩。人们都知道今天的西安城墙是明代的建筑,传说建城时没注意内侧留有董仲舒墓,发现后曾向内挪过一次,想把这坟茔让到墙外去,但那墓却如影随形依旧卧在内侧,所以西安城墙南北比东西要短些,这当然是民间善意的神话了。不过,如今的董子祠更显狭小,就像一座孤立在城墙下的普通民房,大约只有三十多平方,还分割成了三个小间,正厅有今人给董仲舒绘的彩色画像,一副书法家撰写的平庸对联,再就是一张八仙桌了,几位退休老人正围坐四边游戏扑克,似与这湟湟祠堂不甚协调。其实,那董仲舒是不喜玩耍的,史载他少年时书房后边新建了花园,居然三年没有踏入一步,可见内心的定力从小就不是可以随便诱惑的。

那祠堂后面便是董仲舒的墓了,这位辅佐汉武帝完成了思想统一的一代大儒,如今尴尬地坐落在众多居民楼的中间,使得砖箍的墓丘格外局促,而且还箍成了四方形,似在反衬旁边高高低低的青砖建筑。我始终疑惑堂堂大儒怎么会葬在长安城里,汉族风俗是要选择青山绿坡,选择人迹幽静的地方。问及专家才知道,这里在汉代是长安城东门外,估计当初隋文帝能选择这片地方兴建城郭,一定迁走了大批墓茔,可能是讳于董子的大名,建城时悄悄保留下来了。而且,现在的西安城墙是在唐代皇城基础上建造的,可想这堂堂董子墓当初就容忍在三公九卿办公的皇城根下,可见唐朝人对董子的崇敬了。可想那时这里的环境一定优雅清静,当是一处方圆数十亩的花园,而今董子祠的窘迫唐代儒生们是绝难预料的。

董仲舒墓

面前墓碑写有"董仲舒墓"四个汉隶大字,这是明代人竖立的碑石,但碑面上斑驳的印迹传递出的困惑,却让人难以名状。当年汉武帝诏命董仲舒进宫问策,先生居然毫不怯场,提出了吞噬古今的"大一统"理念,这一策论显然迎合了旷世枭雄的梦想，堂堂汉皇一生热衷开疆拓土，甫一登基便把管辖权扩展到大漠以北，然而汉初的"七国之乱"，又使得大汉天子感到困惑，董仲舒审时度势提出的"罢黜百家，独尊儒术"，恰与汉武帝一拍即合，从而便把儒教文化推到了国家层面，安邦治民也似乎顺理成章了。所以，有人说秦始皇用刀剑统一了中国，而董仲舒用思想统一了华夏，两者似乎亦有异曲同工之妙矣！

我看到墓前堆放的几块石头有缠枝莲花和虎豹瑞兽的纹饰，尽管都是从残垣断壁上跌落的砖瓦，却可以从中感受那个时代对董子的呼唤。人们千万别以为董仲舒是个迂腐的夫子，其实他竭力宣扬"君权神授"，竭力把皇权推到天上，却又担心皇权滥用会毁掉社稷，进而又提出了"天人感应"说，告诫圣上注意施行"德政"，否则上天也会给予颜色的。这番宏论使得后来的帝王将相极其重视天文地理之异象，常常将天象解释为上天的惩戒，促使国君收敛不良嗜好，爱民温润，治国理邦，这真真是个绝顶聪明的学说呢。

墓园里还有块赑屃在悄悄张扬着力量，遗憾仅剩碑座不见碑铭了，从那体魄可见昔日董子祠的壮观。想那夫子也是十分的执着，后来竟依据自创的理论，把宫城两次火灾与民生政策勾连起来。令人倒吸口气的是奏折尚未完成，就被人从书桌上偷走献给了皇上，直气得汉武帝大骂董仲舒心藏忤逆，甚至下令斩首示众，后来还是慑于董仲舒的名望而作罢了，但最终还是免去了他的相国之职。不过，数年后经历波折的汉皇终于醒悟了，对差点被他斩首的儒生格外怜惜，每每出城途经董子祠，都要下马步行以示敬意，可见呼风唤雨的汉武帝对一代大儒的敬重应是由衷的。

待我们欲离开城墙，忽然想起祠里那幅董仲舒画像的怎么没看到呢？问及守门人，才知早已移到哪家博物馆去了。其实，董仲舒的形象在世人面前是模糊的，史载他在长安讲学时，即使跟随多年的弟子也难见其面。因为他喜欢在讲台前挂一纱幔，这便完全隔住了人们的视线，弟子们只闻其声不见其人。呵呵，堂堂一代大儒为何要这样授课呢？我想他是要营造一种氛围，好把自己的嗓音与天神融通起来，人们听着涛涛不绝的絮语，会以为是那个名叫董仲舒的仙道在释译天书，从而在弟子心里的形象便神圣起来了。所以，后人按描述刻画了一个董子的形象来，一定与真人相差甚远矣。不过，尽管这个形象随着社会的演化愈加模糊了，但是后人谁敢不读董子而妄称儒生啊！

风声雨声，声声入耳；长河漫漫，川流不息。历史已悄然越过了两千多年，而有关董仲舒墓的真伪却又发生了争论，有人认为应在兴平市的策村，那里全村人都姓董，也符合董仲舒的策论之说；又有人以为应在曲江的虾蟆陵，有古诗为证，似乎也符合民间传说。但我以为城墙下的董子祠应不失为真迹的，这不是因为传出了明代城墙一挪再挪的故事，而是有人曾在此挖出过汉简。显然国人忌讳与死者为邻的，若董子墓不在此处，何以臆造出个大墓来，周边的住户恐怕也是绝对不会容忍的，倘若因此闹出点乱子来，岂不是要坏了一代大儒的名声？

当然，现今的文化人已没那么多的禁忌了，他们一到西安就会长呼短叫，呼朋唤友，到处寻觅城墙边的下马陵，寻觅大儒董仲舒，以能在这座古墓前烧一柱香为自得。所以，城墙下这处祠堂似乎早又热闹起来，也愈发地受到关注了，哪位文化人到了古城，若没有到下马陵一拜，若没有在董子祠里念叨点什么，几乎会被远近的朋友耻笑不已呢。

是啊，谁让董仲舒的威名依然这般震撼呢？

2015年6月22日于新城

发表于2016年第6期《美文》

草堂之雾

草堂寺静静地座落在秦岭圭峰脚下,任那墙外南来北往的车流喧嚣而过,却依然不露半点声色,就像那大法师眼观世间万象,心里一片空无的梵境。

这座古寺怎么会这般静谧呢?似乎比那世外桃园更加的超梵脱俗。绿荫遮日,波光闪烁,各色老树新枝默默传递着佛经的体会,使人但进山门心灵就开始洗尘。寺院里没有司空见惯的大雄宝殿,唯有一座三藏逍遥殿,似乎也不如别院雄伟。但里边古柏参天,郁郁葱葱,据说有两株柏木已有上千年了,当是看透了世间万象和潮起潮落的,如今却依然透着青翠将沧桑和佛理播撒出来,给人带来一丝丝的禅意。

鸠摩罗什塔

那一片片竹林是最让北方高原感到惊奇了,碧绿的翠竹循着小路,齐刷刷地从地里冒出来,一节一节地伸向天际,密茬茬地你牵我拉拥在一起,让人恍惚到了南方什么热带庭院。古人云:宁可食无肉,不可居无竹,这翠竹的魅力就在于可以带来恬淡和幽密,也把古寺渲染得宁静可人了。而且僧人们不知何时给竹林小路铺满斑驳的鹅卵石,慢慢地走在上面不管多乱的心绪都会渐渐静下来。

　　静下来是要去拜谒三藏逍遥殿里一位高僧的,那位生活在前后秦时代的一代大德,端端地结迦趺坐在莲花座里,眉目间流露出无穷的智慧来,嘴角似乎还藏着一缕淡淡的幽默。大概在那个纷乱的时代可以与释佛交流的,也就是这位来自龟兹国的鸠摩罗什了。而这座大殿名为"逍遥"似乎就隐含着什么寓意的。也许,这位高僧大概经历了太多惊心动魄的坎坷和诱惑,很少有什么能引起他的纠结和烦恼,只是特别地喜欢幽静，喜欢拙朴，所以他把自己修行的道场放在这座草苫结庐的寺庙里，真有跳出三界之外的感觉。

　　竹林旁边有通朴素的石碑，端端正正地立在那儿，字迹遒劲，自然灵秀，像一位老者在述说久远的故事和艰深的佛理。细读碑碣方知，鸠摩罗什应是古印度人，小小年纪就随母亲出家了。母亲是龟兹国的一位公主，也受到过深厚的佛学滋养，使得小小年纪的出家人刚刚二十岁出头，辩经论佛就声震西域了。高僧的威望给他带来了荣耀，却也给他带来了磨难。当他的英名穿云破雾降落到当时主政关中的前秦国主苻坚的耳畔，英明的君王竟然做出了一个决定，派遣骁将吕光率领七万兵马前往龟兹国强索鸠摩罗什，期望能借高僧的佛韵为他治国理政添些光彩。于是大兵压境，几乎没经几个回合，鸠摩罗什就成了北伐军的刀下"贵客"，然后一路向东"护送"回长安。但是谁也没料到，淝水一战苻坚将辛辛苦苦二十余年的积累输得精光。那吕光听闻主子军事颓败，走到凉州便自立为大凉王了，也恰好圆了萦绕自己心头的帝王之梦。本来那位骁勇善战的大将对鸠摩罗什是缺乏尊敬的，曾把大法师灌醉与龟兹公主关在一起，企图奚落佛僧的戒规，但他一路相伴发现这位高僧果然学问了得，便软禁凉州不准出城一步，而这一住就是十七年。

　　古寺内的卵石路与寺外的柏油路如今是相连的，那大路会一直向西翻过一座座山峦，越过一条条沟壑，最后会毫不犹豫地抵达古凉州的。但这道天然屏障还是没能抵挡住后秦国主姚兴的马蹄，终于在一个星光闪烁的夜晚攻进了凉州城。想想那前后秦时期战争频仍，国家要料理的军国大事堆积如山，但两朝国主依然不减对鸠摩罗什的热情，最终后秦姚兴思贤心切，朝思暮想，索性出兵占领了凉州一国，只为能将一代高僧鸠摩罗什抢回长安。有人说这是中国历史上唯一的宗教战争,似乎也有几分道理。从此,姚兴将鸠摩罗什视为国宝,尊为国师,每有大事便与之相商,双方辩经论佛通宵达旦,若有闲暇更是促膝相谈,从释迦牟尼的苦修,到菩提树下的觉悟,从佛经无常无我的深奥,到具足戒律的守成,无所不论矣。这可能让今天的人们大为不解,堂堂国君有必要这样宽待一位外来的和尚吗?

竹林的幽静可以过滤掉很多尘世的烦恼,也让人的内心强大起来。这后秦国主对高僧的崇拜是发自内心的,能够做此安排也是善心驱使,后来鸠摩罗什开始去草堂寺主持佛经翻译,姚兴给他提供了无与伦比的条件,稍有空闲还会跑到草苦棚下嘘寒问暖。从此那草堂寺便算得上国字一号译场了,最多时更有三千人苦棚下听讲。这译场流程可谓严格,有译主、复语、证梵、笔受、润文、证义、校刊之分,从此佛国传来的经典便有汉文版流传开来了。那部被净土宗的佛门弟子奉为明灯的《金刚经》,史上屡有高僧译著,如今看到的就达六部之多,但公认外来的和尚鸠摩罗什编译的最为漂亮,已成为佛门各宗的必修经典。如此看来大法师在凉州十七年的羁押也有裨益的,使得他通晓了汉文,从而在梵语与汉文间架起了一座美丽的桥梁。

这小道上的鹅卵石不知道是从哪条河淘上来的,已经没有一点点棱角了,踏在上边心绪也会圆融起来。那后秦国主对待大法师的确太过热情,不但御批国库供养,柴米油盐当然不愁,还匪夷所思地给鸠摩罗什送去十位侍女,专门料理高僧的起居生活。后人便编出一个大法师口吞钢针从四肢钻出的神话,想为破戒找点依据,但对错与否至今议论还未止息,以致鸠摩罗什羽化之前曾告诫弟子只学他的慧果,"莲花生于臭淤中,只摘莲花不取泥"。这让人不由地想起鸠摩罗什年青时就有印度高僧断言,如果他到三十七岁还能守持戒规,必会成为第二个释迦牟尼的。

草堂烟雾

然而，这就是天意。

竹林深处竟珍藏一座精美的八角亭，里边罩着一尊古风石塔。塔虽不高，却称是由七彩玉石砌成，上有歇山圆顶，下有莲花宝座，却难以分辨赤橙黄绿青蓝紫了。原来这就是鸠摩罗什圆寂后的永生之地。细看那塔身刻满莲花缠枝，遍布飞天祥云，还有断断续续的碑文让人琢磨。那大法师是在七十岁的时候驾鹤归天的，传说他曾留下遗嘱，如果他的肉身炼化后舌头不烂，译著定会成为经典。果然炭火之后那舍利子里真有一肉舌状的，这便惊得几百位僧人匍倒在地，不断地喃喃"阿弥陀佛"。果然，鸠摩罗什译著《中论》《百论》《十二门论》成了汉传佛教三论宗的经典，后来大法师的文采与中国的哲学和文学相融通，也潜移默化地影响了世人方方面面的生活。我特别佩服大法师对中国文化的领悟，他一生把精力都放在译解佛陀的精髓上了，在这个过程中大量吸收了儒教道教之说，使得佛教与汉地百姓日益亲融，而没有自以为是外来文化而孤芳自赏，这绝对是一个值得钦佩的卓越壮举，以至他的学说日后影响了汉传佛教的发展脉络。

卵石路拐过一个小弯，那与舍利塔相伴而生的"草堂古井"，早已赞为关中八景之一了。走到近前只见一口石砌的六角水井，影影绰绰井底水波晃动，却是不见有雾溢出。唯有石棱刻有歌颂古寺烟岚的诗作，人们搜肠刮肚把古井的优美与神奇夸耀得奇妙无比。如今有人武断这口古井可能恰好与地热相通，便有紫岚雾气由下涌出，悬浮在古寺上空，使得寺庙洋溢着朦胧的仙韵。我想，当年古寺有一代高僧在此坐堂，已吸引了三千释僧在此修行，前来敬佛的百姓也一定络绎不绝的，所以那烟雾可能就是香火旺盛所致，在那农耕时代也算是个梦幻般的妙象呢。

我徜徉在翠绿之间，耳听竹林飒飒风吟，心想脚下鹅卵小道也许就印有高僧的足印，在这里禅修是一定要天天在这小道上行走诵经的，也许会感应到大法师的神韵，提笔作文也会多点仙气？如此看来那供奉大法师的佛堂唤名"逍遥"也是恰如其分的。这条卵石小道最后是通往竹林西边的，西边本来还有一片塔林，却在文革中被毁埋入地下了。不过稍感安慰的是，当时有位和尚担心寺院珍藏的鸠摩罗什译著的《大藏经》被人发现，先是埋到山上，又怕雨泡成汤，深夜又刨出来交给了当地的图书馆，才算侥幸躲过一场劫难，现在那经书封面斑痕点点直看得人揪心呢。试想那些遗毁的古塔若能有贵人相助存留一二，使得这片竹林能与塔林遥相呼应，经书也能唤作朗朗诵语萦绕上空，正好给安息在七彩塔里的高僧创造一些禅意，那该是一幅多么令人感动的梵景啊。可惜，竹林哗哗有言，塔林默然不见。

但草堂寺迷人的故事已然在逍遥堂里经久传诵，大法师的学问也在那片烟岚中愈发清晰了……

2015 年 6 月 17 日于北京
发表于 2016 年第 2 期《美文》

[贰] 仰止篇

万邦之城

茫茫的毛乌素沙漠上有一座千年废圮,当地百姓称其为白城子,因那隆起于地平线上的土圯会呈现出蒙蒙的白色,阳光下还会反射出神秘的光泽。

待你走近了,会看到这道高高的土棱由近及远,爬向了广袤的沙海深处。若登上土棱顶部,搭手眺望,一个方形城堡便落入眼帘了。城池里边还有或隐或显的台墩,考古人已在城门内侧掘出一个大坑,出土了不少千年古物,当然是兵器居多了,刀、矛、弩机、马镫、扁壶,尽显了马背民族的风俗。而且,考古人已剥露出这座古城的形制,南门、瓮城、马面、墩台,悄然构成了一个完整的城防工事。你且想想这座大漠上的古城就会热血沸腾,宫殿楼台巍峨壮观,马牛鸡羊抱群相伴,多么迷人的故园景色啊。

当地人传说这座白城子曾经住过一位剽悍的帝王,统领着百万大军,南征北战,势如破竹,直把匈奴的大旗插到了关中与河套的每座城郭,而眼前这座城池便是那支军队当年屯兵的总部。后来在城郭成圯的岁月里时常有人将羊群赶来吃草,或许就是企望找到逝去岁月积存的粮食,也好省去荒漠放牧的劳顿。也许就是这个缘故,城池里草长蝶舞,庄稼分外茁壮,随意撒下种子来年就有惊喜。于是有人索性就依着那土墩挖洞成窑烧火做饭了。若不是后来考古人匆匆赶到这里,认定这儿就是一千六百多年的统万城,恐怕要不了多久,横卧在沙漠上的统万城就会成为一个尴尬的土窑群落了。

走上那高达一二十米的高墩,瞭望城外缓缓而来的沃野清流,忽然

统万城遗址

会感觉那金戈铁马的喧嚣携着漠北的风吟流进耳畔,会有匈奴人燃起篝火唱歌跳舞的余韵飞进脑海,也会有放羊老汉苍凉的信天游把悲欢离合尽情渲染。靖边人告诉我,这座废圮已经默默地在这儿静卧了多少年了,从没有人视其为宝物的。那年几个戴眼镜的人来这儿转了几天,这座白城子便被呼为稀世珍宝了,才开始把住在里边的人迁了出来,又铺了条木廊道把游人的脚步框在了路上。进入新世纪,人们愈发地开始对废墟倾注热情,一个展示游牧民族的遗址公园开始建造了。要知道这座统万城可是匈奴一族在世间留下的千古绝唱,当年赫连勃勃统率大军从西凉一路攻城掠寨杀将过来,眼见这儿风和日丽,水草丰沛,不由地连发感叹:"吾行地多矣,自岭以北,大河以南,未有其壮丽矣"。于是不可一世的马背将军便决定,在这无定河与纳林河夹角地带修筑一座恢宏的城堡,以作为匈奴人可以永远依托的城邦,并执意将其命

名为"统万城",意为统领万邦之意,气魄之大可见一斑矣。

你若沿着千年的土棱慢慢往前走,不似走在板结的沙土上,反会感觉脚下坚如磐石。无法想象这个马背民族竟然创造出这种独特的建筑方式,将沙土与白灰煮沸之后层层夯实,以求耐久坚固,甚至血腥规定,筑成一层,若"锥入一寸,既杀作者而并筑之",使得这座城池历经千年风雨剥蚀,依然岿然屹立,始终张扬着豪迈与顽强。当年这个浩大的工程建造了六年之久,期间赫连勃勃曾挥师南下,纵横千里,攻下长安,麾下劝他就此占城称帝,但他对建设中的统万城念念不忘,只借灞下社坛宣告了大夏帝王登基,便留下一个儿子驻守,转身就返回了大漠深处。大夏国主一路飞驰,远远看到绿荫丛中升起的一座白色城堡,快马加鞭直抵新城大殿,回首眺望无定河边棉絮般游动的羊群,心潮澎湃,豪情大发,梦想着一个统领万邦的盛景即将实现。

从此统万城就成为了大夏国都。

眼前这白色的城墙、威严的马面、高耸的角楼、诡异的崇台和雄伟的宫殿楼观,清晰地勾勒出大夏国都城的轮廓。而且四面城门的名字尤为有趣,南为朝宋门,北为平朔门,东为招魏门,西为服凉门,且当把一代枭雄的志向毫无遮掩地袒露出来,也凸显了匈奴人的率真坦荡。如今这四处城门只剩下痕迹了,但威猛犹在,听闻其名豪气就扑面而来。偶尔会有人在城墙下捡到"铁蒺藜",那种专扎马蹄的武器,四根铁刺,一根朝上,若密密地在城外铺上一层,任那攻城的人马多么凶悍也会望而怯步的。偶尔还会有人在墙缝里发现遗落的箭簇,像一颗颗锈透了的老钉,那是从两侧马面射向攻城人的锐利武器,试想当时箭如雨下,任是多么强壮的士兵也要倒下的。尤其令人胆寒的是,至今可见城外一排排密密的圆坑,听那名字就起的威猛,名曰"虎落",实际上就是陷阱,里边插满削尖的竹签,兵马一旦踏入定会鬼哭狼嚎的,由此可窥城郭主人不可一世的源流。

这般坚固的防御工事还恐惧谁来进犯呢？

如今的统万城已看不出当初的壮丽了，且已被四面涌来的沙土盖住了一半腰身，不见殿梁，也不见灰瓦，岁月风尘如刀啊。事实上统万城落成后，战争的烽火就始终在城外徘徊，有人茫然地发问，匈奴人为何喜欢打打杀杀呢？好好在家守着一亩三分地有何不好呢？古人云："可怜无定河边骨，犹是春闺梦里人"。当时这城里有宫殿，有街市，有庙堂，还有守城的卫队，本想在城里高枕无忧地聊度一生的夏王，只在这座坚固的城堡里享受了六年荣华，仅仅四十五岁便魂归戈壁了。你可能想过这位马背英雄会战死沙场，却没想到会殒命于统万城的后宫里。那不可一世的赫连勃勃死的蹊跷，也把畅想埋进了黄土高坡。

我曾去过延安城东的乾坤湾，途中经过一片陡峭的山坡，有人指点那里有赫连勃勃的大墓。我急忙下车过去，只见荒芜的土坡上一个比普通坟丘略大些的墓茔突兀到面前，正面立有一方墓碑，上面阴刻"郝连勃勃之墓"六个大字，没有谥号，也没有皇名。我想，这大概是今人为某种意图竖立的，再怎么说也是一位青史留名的大夏皇帝，怎么会简陋到只有一尊石碑一个小丘呢？

试问，当年这片黄土沟壑谁主沉浮？

我知道绝对是人民来主沉浮了。但不管怎么说也该给赫连勃勃一席位置的。其实，那赫连勃勃从祖父起就随母姓刘了，他的身体里流着一半的汉族血液，当年他拉起了大夏国旗才改姓"赫连"的。所以，若将赫连勃勃称为"最后一个匈奴"，仔细琢磨似乎只有半点道理的。而且，陕西人常常讲三秦大地是十三朝古都所在地，着实有点误人子弟的，若加上这座大夏国都统万城，就应该是十四朝古都所在地啊。可能当年随着赫连勃勃的溘然离世，匈奴王国也走到了末日，没过几年夏武帝的后代就分崩离析国之不国了，但依然是中华民族大家庭的一部分，万万不可轻易忽略呀！

如今热心匈奴历史的人渐渐多了，都喜欢跑到统万城遗址的高墩上，瞭望静静西去的无定河，都想在白城子能挖掘点古老遗痕，好把尘封的往事翻腾出来，好让那些已经沧桑的人物跃上马背，重新在毛乌素沙漠上驰骋……

2015年6月22日于新城
发表于2016年8月5日《文艺报》

诗人之梦

走进被绿树环绕的大明宫遗址,看着那微缩了的大明宫城,不是那雍容的建筑布局让人振奋,也没兴趣追寻哪座宫殿的坎坷,却不知怎么总会想起那位浪漫而又可爱的唐代大诗人李白来,常常会随着诗人的吟诵而使历史在眼帘演绎开来。

那位天才的诗人是在天宝年间走进恢宏的大明宫的,是被唐玄宗一纸圣旨召进了宫内翰林院。当时的李白梦想入宫施展抱负的愿望十分强烈,当他接到进宫任职的诏书时,曾经高呼"仰天大笑出门去,我辈岂是蓬蒿人",其得意之态跃然纸上。史传那唐明皇闻听李白前来觐见,曾"下辇恭迎",真是一种高规格的礼遇。后来还同进午餐,

兴庆宫沉香亭

唐明皇甚至亲自为这位浪迹天涯的诗人调羹递碗，能得到这般尊宠几乎是前所未闻的。而这个极为夸张的待遇反映了唐玄宗爱惜人才的胸襟，也是李白的诗篇在朝野引起轰动的延伸，当时一定引起了不知多少羡慕嫉妒了。

　　昔日的大明宫红墙高耸，只有鸟儿可以飞进飞出，而今的大明宫却仅仅模仿着几座大殿曾经的巍峨，满眼望去也只有大树小树和草坪了。那李白一步步走进这座梦寐中的宫殿是要压抑着心房跳动的，多年的梦想哗啦一下拉开了帷幕，让诗人有些目不暇接，但他坚信自己的路走对了。当初他本是有能力参加科举求取功名的，那会是一个简单的过程，但是大才子注定要有别于平庸，他走的是皇亲举荐的道路，似乎有点今天拜山头找门路的味道，其实这也正是李白"天生我材必有用"的自信表达。后来诗人跑到在秦岭脚下出家的玄宗妹妹门下攀附了两年，当然也算是自我举荐了。

终于在十年后，唐玄宗坐稳了江山，竭力要搜遍天下英才齐聚大明宫，以昭示本朝的开明豁达，李白便在这种背景下幸运接诏了。不过，唐玄宗对诗人的热情依然是居高临下的，那天饭后就派李白到翰林院就职了，也只给了区区一个"待诏"的职衔，听其名就明白是一个时刻等待皇上召见的闲差，而翰林院里的"待诏"尽是英才，许多盛名天下的诗人、画家、歌者都汇集到这里，全是为皇上才情勃发时助兴衬托的。所以有传闻李白入宫后，朝廷曾让诗人写过一篇给吐蕃王的信函，估计也是后人善良的愿望。

大诗人步入朝堂开始了一个春天里的童话。

我盯着那大明宫庞大的"沙盘"，鳞次栉比，疏密有致，问及翰林院的位置，却是久久没有定论。但我想那翰林院应该在大明宫哪个角落的，否则当年唐玄宗与杨贵妃在隔街相望的兴庆宫里赏花言欢，忽然感觉那李龟年率领的梨园弟子的说唱缺少新意，便遣人去找李白来唱和一曲，如果距离很远诗人是不会马上出现的。那块牡丹烂漫的宝地，曾是李隆基登基前的府邸。当年唐玄宗本不是太子，但父亲却把皇位传给他了，有情有义的李三郎登基后，仍不忘太子禅让之情，时常回到兴庆宫与兄宴饮，共赏花开，共枕同眠。时有晚会也热闹空前，常常会点燃上千灯笼，数百宫娥欢笑嬉闹，花容月貌，灯红月圆，且把大唐的繁盛演绎到无以复加了。那天大概就是这样的场景，都传那酩酊大醉的李白很快被宫人用蒲团抬了进来，显然诗人饮酒过量已入梦乡，可到了皇上面前慌忙抖擞精神，借着酒劲大叫丞相快快研墨端笔，还伸出长腿让权倾一朝的高力士脱靴侍候，现场人都惊得目瞪口呆了，而如此的"豪爽"却让皇上感到幽默与惬意，然后半醉半醒的大诗人众目睽睽之下，提笔蘸墨，在金花笺上挥毫写下了惊艳的《清平调》：

云想衣裳花想容，春风拂槛露华浓，

若非群玉山头见，会向瑶台月下逢。

其实当年站在大明宫最高的麟德殿上，是可以望见兴庆宫的花萼相辉楼的。那座阁楼曾是大唐的四大名楼之一，绝不似今天复建的这般猥琐狭促。当天若是欢闹够了，唐玄宗还是要回到大明宫的，那紫宸殿里堆积的奏本还在等待批阅。但这首《清平调》一经诵出，便将花与人浑融一起，描绘出人花交映的迷离景象，似把贵妃的美艳和娇柔形容到极致了，唐玄宗听闻艳诗早已忘掉了一切，不由地连连击掌叫绝，杨贵妃也禁不住长袖起舞。这首乐府词似乎也是李白进宫以来最为醉人的华章，诗人进宫两年写过许多诗作，但大多是些附和皇威的应景作品，都没有这首乐府绝妙动人。

只是当年大明宫里的道路应不似这样曲曲弯弯，前往含元殿上朝议事，一定笔直得让人心颤，且只听步履匆匆，只见曙光初现，只盼能在朝堂展露风采。但那位天才诗人却没有这种经历，他的思维与宫闱礼仪有着天壤之别。诗人本来也梦想通过朝臣之位实现"兼济天下"的宏愿，但是进了宫墙坐上交椅，才知道翰林待诏只是个难进朝堂的闲吏。所以，生性豪迈的李白为排遣忧虑，只能整天把酒壶当成宝贝，不喝不醉不罢休。岂知这更是官场大忌了，那位对李白情有独钟的杜甫听到诗人的醉态，忍不住写下这样一段诗："李白斗酒诗百篇，长安市上酒家眠，天子呼来不上船，自称臣是酒中仙"，活脱脱一个酒鬼的形象。而这样的形象想躲在大明宫里混饭是难上加难的。果然，很快有人谗言他的《清平调》有讥讽杨贵妃之意，好多文章都认为这是牵强附会的污言，是想挑拨诗人和皇上的关系，而我咀嚼再三，觉得诗里还真有那么点味道的。诗人进宫了，本以为胸怀良策可达天庭的，却没想到整日伴驾左右，尽是些阿谀奉承的活动，这让生性洒脱放浪的诗人"借酒浇愁愁更愁"，在酒精作用下禁不住流露出了真性情。请看：

> 一枝红艳露凝香，云雨巫山枉断肠，
> 借问汉宫谁得似？可怜飞燕倚新妆。

> 名花倾国两相欢，常得君王带笑看，
> 解释春风无限恨，沉香亭北倚阑干。

感觉被人讥讽龙颜必会大怒的，但唐玄宗毕竟是一代旷世圣皇，对李白的风骚有独到认识，最终反而满足了诗人的愿望，赐金放逐，任游四方。显然，李白兴勃勃进宫求达功名的梦幻就此破碎了。可想诗人离开大明宫翰林院的那一天，心情一定五味杂陈，一定会到曲江找

大明宫遗址丹凤门

一家酒肆，直喝得昏天黑地，多年的努力从此归零了。但卸掉了套在身上的羁绊，又可以随心所欲地写诗了，从此诗人又开始了浪迹天涯的行旅，大江南北步履所至又飘来了篇篇佳作。

我注意到那微缩的沙盘里，大明宫里的道路尽管繁杂，却都是曲径通达的，无论在哪个角落都可以抵达皇宫大殿。但现实生活就不总是如此了，谁也没想到独步朝堂的梦想始终在影响着诗人的行为，似乎机会又来了，安史之乱，天下哗变，李白不识时务地参加了小皇子李璘的队伍，没想到这支队伍成了朝廷平叛的对象，且草率成军不堪一击，李白也锒铛入狱，要不是众多好友鼎力相助，诗人的后半生可能就会是另一种悲惨模样了。

但是，我们用不着为诗人的命运唏嘘，也用不着为李白的前程遗憾，人们稍加留意就会发现，那李白出宫后写的诗更加绚美灿烂，遭难后写的诗更加隽永朴原。那篇《蜀道难》，可能就是他对仕途命运的总结；那篇《梦游天姥吟留别》就是他的抱负难以施展的感叹。

精彩的千古绝唱迷醉了大江南北！

今日我站在大明宫遗址里，看到建设者为再现历史所做的付出，浩繁瑰丽，郁郁葱葱，不由地想起李白那首乐府诗，想起天才坎坷的命运。但我们似乎大可不必怅然若失，诗人就是诗人，李白就是李白，正是命运的坎坷，正是他在大明宫里的碰壁与放浪，上天才可能赐予他更加卓越的才情，才可能成全他之后的浪漫华章，这对诗人来说又算是成功了。可谓，大唐少了一个无聊的官吏，诞生了一个永远的诗仙。

呵呵，让我们为李白的磨难干杯吧！

2015 年 6 月 21 日于新城

发表于 2016 年第 9 期《中国作家》

[贰] 仰止篇

玉华宫之路

我是小时候从西游记的神话里知道玄奘这个名字的。那时只知道他一念咒语就能把孙悟空拿捏住,知道妖怪想吃他的肉长生不老。长大后磕磕绊绊地读了大雁塔的碑碣,才知道史上还真有个西天取经的高僧,不但率领马队从印度驮回几十箧佛经,还将梵文翻译成了老百姓能懂的汉语。近来丝绸之路热络起来,使得玄奘愈发地引人关注了,那最后的归寂玉华宫便不断地勾起我拜谒的念头。

但我没想到那佛风绵厚的玉华宫会深隐在桥山老林里,曲折颠簸的路途很快便失去了闲逸,似乎成了玄奘法师艰难行程的诠释。车子终于驶上一个高巅,我回望泛着枯黄的山峦,似能依稀分辨出密林丛中的小路,似有古衫负笈人在影影绰绰地迈步。是的，那年玄奘孤身从玉门关"偷渡"出境的时候，只是个年仅二十八岁的年青僧人，是凭着超人的意志踏上茫茫旅程的。听说宋人创作的那幅"负笈图"是玄奘留存于世的唯一形象，而今藏在日本哪个博物馆里被奉为至宝。的确，以前我以为玄奘所以要历千难去"西天"取经，是东土大唐佛经稀缺，后来才知晓当时的佛教势力已经蔚为可观，西域人鸠摩罗什译著的三藏经卷已遍布寺庙塔垣，而且高僧辈出，各领风韵，到处弥漫着礼佛氛围。唐初诗人杜牧就曾发感慨："南朝四百八十寺，多少楼台烟雨中"。陪同的玉华人坦言，玄奘当时认为眼前释盛，已然丢掉了佛陀本真的教旨，是为佛界之乱象矣。所以他期望通过取经弘法能"重树"佛教"正统"，至今想想大法师当年的抉择依然钦佩不已。

似乎轮下的道路平坦起来，两边的树木旌旗般向后快速倒去，刚刚的颠簸似乎在衬托现在的舒适。我想，玄奘的壮举相当成功，待他从印度归来的时候，正逢中国历史上辉煌的贞观盛世，大唐皇帝唐太宗知悉他历经十七年磨难，从西域取回佛典和舍利不由地大为感动，派出丞相与大臣出城远迎为唐争光的一代高僧，还举行了声震朝野的欢迎仪式。尽管此时玄奘的袈裟还沾着异域风霜，但他内心志得神定，依旧延续着印度曲女法会上的儒雅。可谓：华盖当蔽日，信众四海来。万人空巷跪，玄奘携经归。那惜才如命的唐太宗见到玄奘如获至宝，随即遣人将长安城内的慈恩寺改造成皇家译场，这个浩大的寺院占地五百余亩，大概是今日大雁塔的七倍了。

后来，玄奘在慈恩寺度过了十二个春秋，那应该是玄奘一生中最为惬意的时光。白天他手持特别"通行证"，可以随意进出长安城里那片万众仰慕的宫苑，可以与圣皇纵论西域风情轶事，也可以对朝纲政要发表见解；晚上才召集弟子们围坐在译场，一句一句地解疑艰涩深奥的经文。

而唐太宗对玄奘恭敬如国师,不仅应玄奘请求为译著亲撰了《大唐三藏圣教序》,还敕命官银刊印发往皇家寺庙。后来,还几劝玄奘还俗入朝为官,但玄奘面对这般盛情诱惑,表现了一代高僧的清高傲骨,坦言今生要把梵经译完,以匡正风靡社会的种种"歪理邪说",玄奘的德行感动了万千信众,以致满朝官吏和黎民以能眼见这样一位圣贤而感到三生有幸。由此可见,唐太宗对他的器重已到了令人嫉妒的程度。

但是,当我们慢慢驶近玉华宫高阔的门阙,心情还是不由地沉重起来。现今的门阙修得斜山挑檐华彩绚烂,似乎想唤起人们对当年皇家避暑胜地的辉煌记忆。然而,玄奘当年一定是乘着御车慢腾腾进入这道门阙的,当时的心情也一定郁闷难耐。这位庄严博学的大德,在唐太宗给他营造的曼妙般的氛围里,可能编织过一个藏于心底的天大秘密,就是通过佛养滋润将唐太宗度为中国的阿育王,从而借助皇权推动弘法崇佛,否则何必天天不厌其烦地伴驾左右呢?然而,玄奘法师毕竟是一位出家僧人,

玄奘纪念馆经幢

他显然高估了自己与皇室的关系，竟然试图改变佛教的社会地位，曾几次向唐太宗表奏，要尊佛教于道教和儒教之上，僧侣免受刑律的管辖。谁都知晓李唐王朝一直将道教祖师李耳奉为祖先，这些懵懂的提议显然使圣皇感到了难堪，但唐太宗毕竟是个雄才大略的政治家，他后来下旨让玄奘将《道德经》译成梵文，就是对大法师一个委婉的提醒。

忽然山路颠簸起来，一个凹坑使得车子弹起来，身体东倒西歪，头也碰到了顶棚，却又不好抱怨道路的坎坷。估计玄奘接旨后没有警惕，依然固执己见，还会不时露出一点不屑。那唐太宗心里一定恼怒了得，却又不好无端发作。终于，他遇到了狠狠敲打大法师的机会了，玄奘的得意门生辩机竟然收藏了公主一只宝枕，被人发现举报了。传说这位高徒一表人才，那部不朽的《大唐西域记》，就是由玄奘口述，由辩机整理成书的，至今这部巨著的署名还是他们两人。玄奘当然知道此乃佛门大忌，可这个难得的弟子若能潜心修炼必成高僧的。当时他可能想恳求皇上刀下留人，但唐太宗却没有丝毫犹豫，敕命腰斩辩机于午门，声声哀号，越墙破垣，令人心碎凄然。尽管这桩情案本与玄奘无关，但公开施刑透露了朝廷对大法师的轻蔑，其中的意味让人不寒而栗，也一定让玄奘久久难以释怀，只能悄悄把爱徒骨灰放在译场金台，示意弟子在天之灵依旧伴随着弘法伟业。

后来的新皇唐高宗似乎对玄奘戒备有加，有位朝臣大概摸到皇脉，竟然一口气向法师提出佛学四十疑，想不到皇上竟然下令设坛论辩，你来我往，唇枪舌剑，尽管最后的结局似乎玄奘占了上风，但对一代高僧尊严的挑战是复杂无比的，可谓虽胜犹败。此时此刻，此情此景，出家为僧的玄奘当然明白激流勇退的道理，于是再次恳请唐高宗恩准到河南少林寺修行，那里毕竟远离皇室，也与家乡近了许多。但是高宗只允诺他往玉华宫译经，还在表奏上御批了"切复陈情"，四个冰冷的小字浓缩了皇室对他的全部感情。后来，已经六十多岁的大法师只好对外界宣称，为避烦扰去深山老林弘法译经去了，而内心的纠结应该是他挥之不去的郁闷啊！

　　沿着曲折的石阶走进一处林深草密的山坳，眼前豁然出现一面泛着褐红的崖壁，一条掏凿的石廊起伏着伸向山峦深处。玉华人指出这就是当年玄奘的译场肃成院，那地上还依旧痕复修了三圈基柱，再现了大殿的规模和形制，但我看那些石柱围成的面积绝不算宽敞，唯有峭壁上深深浅浅的凹槽与之遥遥相应，似在顽强地发散着大唐王朝曾经的巍峨。那后面的过洞曲径通幽，还沿壁拥挤着一个一个的龛窟，里面的佛像已了无踪影，只在龛外隐约可见护法神的轮廓。玉华人信誓旦旦告诉我，玄奘当时每天斋后会沿石廊散步，侧身可观大千天象，回眸可见佛窟的肃穆。

　　出得洞口有一条漏水石槽，上面还煞有介事地覆有一块钢化玻璃，以示玄奘当年就是在这儿小腿摔伤，久卧不起驾鹤西去的。众人听罢围在一圈不禁唏嘘起来，想那时玄奘骨伤在床，精力不济，法相日衰，知道自己将不久于梵尘，不由地抚摸着未译的经卷，不禁感慨岁月的沧桑和蹉跎，少年志向，至今未了，心里涌满了深深的悔意，千不该万不该，历经千难万险回到长安，却把黄金时间耗在与皇室的纠缠上了，以致多少岁月白白流逝了，尽管皇恩浩荡尽享荣华，但从那烂陀寺带回的佛典还没有完全打开。

　　忽想释怀：前朝多少事，回首错错错！

　　当然玉华宫这最后四年，凝心聚力，废寝忘食，翻译的经典超过了在长安的十五年，但距离法师的志向仍有遗憾，那可是他在佛主塔前许下的宏愿啊！玄奘仰望大殿里释迦牟尼法像，不由地喟然长叹，喃喃念诵弥勒佛经，声若呜咽，气如游丝，慢慢地闭上了疲惫的眼睛。当那朝廷知悉病情，急遣御医快马赶到玉华宫，大法师已经圆寂升天多时了。

　　离那肃成院遗址不远是玄奘法师纪念馆，青砖红梁，古典优雅，然

玉华宫全景

    而顺着玉华人的讲解我惊诧地看到，橱窗里竟然绘有一张玄奘创立的佛门"法相宗传承表"。我定定地凝视良久，不禁悲从中来，想不到大法师圆寂之后，众弟子竟然一个个都默默散去了；想不到玄奘的衣钵只在我国传承了三四代就了无踪影了。仔细寻问才明白，那玄奘一生专注于佛学的印度化，似乎要将修行慧果与种姓挂钩，末等人即使毕生苦修也难抵佛界，这就与执意吸纳儒道文化，宣扬人人可以修炼成佛的其它门宗产生了对峙，广大信众也就对其敬而远之了。看来佛论也要不断吐故纳新，才能接地气流行开的。

    又有山风忽然刮过，更掺着丝丝凉意，我仰望层层叠叠的枯树山林，看着那崖畔上一排排白花花的冰挂，胸中忽然升腾起无限感慨，感觉崎岖的山路一直伸向低垂的云头，真像有披着袈裟的僧人，在缓缓走进西天的妙境，也把国人的气魄和智慧永远镌刻在西行途中了……

2015 年 3 月 8 日于新城
发表于 2015 年第 7 期《作家》

上官婉儿之殇

　　谁也没想到，咸阳北塬上这条新修的柏油公路，会遇到大唐王朝上官婉儿的墓。

　　这的确有点刺激，上官婉儿可是一个能够调动人们所有想象的人物啊。但这不能埋怨我们的工程设计者惊扰了一代名媛，在浩如烟海的文献中就没有记载这位才气逼人的"女丞相"葬在哪里的蛛丝马迹，也曾有过一些好事的青年才俊为此伤神许久而一无所获。那天是个阴霾浓厚的上午，几位手执洛阳铲的探方工人劳作中突然发现土质异常，经过细细勘查，方知遇上了一座形制不小的唐墓。尽管地面上没有封土和碑石，但是剥开曾经挠动过的黄土，呈现在人们面前的竟是一个典型的唐代贵族形制的大墓。

于是探秘的渴望便腾云驾雾了。

沿着那条从地表深入地下三十多米的墓道朝里走,尽管不时有渣土落下,更有土腥气逼近来,却因有四个从地面通到甬道的天井而不感到憋闷,反而能感受到长长甬道散发出的大唐王朝纷乱的气息。那上官婉儿乃一介女流,却能在两代皇帝身边游刃有余地活跃了二十七年,该有多么过人的胆识和能力啊。如今已不可知,上官婉儿是否知道祖父上官仪和父亲被武则天斩首的往事。想想她从小生活在武则天的裙裾边,长期操持文案应该对长辈的悲惨有所耳闻。但是令人惊叹的是她无论得意还是失落,竟然没有一点点的流露,始终以一位忠诚的形象生活在武则天的帐前殿后,长期掌管着宫廷的核心机密,这若没有超凡的智慧是难以想象的。当然,她一生也有过难忘的惊悚,据说有一天武后与宰相们议事,让她卧于案下记录。且不知婉儿为何好奇露头偷窥,却不幸被武后发现了,退朝后武则天勃然大怒,竟将一把小刀扎进她的额头,还凶狠地斥命不许拔下,聪明的婉儿含泪咏出一首"拔刀诗"才得以让龙颜平复。

这似乎是她的才气帮她躲过一劫,后来上官婉儿为掩饰疤痕在额头贴了朵梅花,一时间嫔妃们竟然纷纷效仿,看来超人的才华让名家举手投足都可能成为典范。然而发生在景龙元年的惊悚就不那么浪漫了。那年太子李重俊疑虑上官婉儿谗言,激起了他的恐惧和仇恨,提剑赶到宫中执意追杀灭口。上官婉儿知讯后匆忙跑到中宗和韦后寝宫,历数太子阴谋篡政的种种"劣迹",终于激怒中宗亲率御林军当场杀死了太子,使上官婉儿躲过了迫在眉睫的杀身之祸。其实,在很长一段时间里,上官婉儿就是一个让皇上放心的记事女侍,但这个职位又隐含着运筹帷幄的丞相名份,便使得各种遐想纷至沓来,也让富贵荣华

唐上官婉儿墓

裹满了全身,这也是人们对这个突然发现的大墓理所当然的期待。

可是这条狭窄不足四米宽的甬道,丝毫没有大唐的气度,两侧墙壁没有在很多皇家墓道见过的精彩壁画,也没有在唐代官侯的灵穴见过的金银重器,长长的甬道似乎把世间的风霜都卷进粗糙的黄土里了,仅有的四个小壁龛不情愿地迎接着久违的光照,几尊平庸至极的三彩立马、骆驼和胡俑杂乱无章地拥在里边,尘土蒙面色彩暗淡,在默默陪伴着昔日位高权重的主人。其实,上官婉儿的生命里还是充满了艺术品味的。她非常喜欢收藏古籍善本,每年都要把藏书摊开用香樟熏染,以致后来那些书籍散落民间,依然能发散出悠悠的木香,一时间成了收藏界难得的珍品。她甚至继承了爷爷的"上官体"诗歌,婉约而又细腻,竟风靡皇宫深殿多年,人们时常提起的那首《彩书怨》,读来可以感觉到她对自然的向往,以及她心灵深处难以释怀的忧伤。她还常常率领当朝的顶级诗人,举办一些被今天的年轻人称为沙龙的艺术聚会,连皇上也会赶来捧场,甚至让她做最后点评,被她评为上品的诗词皇上会当场赐金赏银,想来当时能参加这样的聚会该是多么荣耀啊!

然而,这条穿越了十四个世纪的甬道丝毫感觉不到艺术的气氛,没有音符,也没有诗歌,更没有舞蹈的图画,赤裸的黄土在坦露着本真的故事,甚至能清晰看到匠人们匆匆凿壁的斧痕。待走近第三个天井,前面蓦地闪过一道黑光,一合漆黑的墓志端端正正卧在甬道中央,近前细瞅,盖上篆书"大唐故昭容上官氏铭",字迹雍容而又流畅,再小心掀开志盖,一行行俊秀的行书记述了墓主人哀荣的一生。可能是上官婉儿的结局太过悲惨,墓志的撰者与书者都没有留下姓名,但字里行间可以隐约感受到惋惜和哀痛。墓志还透露了一个鲜为人知的信息,上官婉儿一生曾给李家两代皇帝为妃,但细想给中宗做妃已不可能,当时后宫佳丽云集,上官婉儿再有姿色才华,也扛不住岁月的磨砺,一个年过四十的女人要纳为皇妃是难以想象的,所以"婕妤"应是后宫女官的职位。

似可理解墓志对上官婉儿的结局曲笔带过,但谁都知道杀戮始终像幽灵纠缠着大唐昭容,她的死简单而又复杂。她那天在得知睿宗之子李隆基起兵压城后,手捧一份她给已故皇帝起草的拥立李家人继承皇位的遗诏站在城门下,以示自己对大唐王朝的忠诚和坦荡,但是这个极具创意的精明举动没有感动后来的唐玄宗,她当时就被斩于旌旗之下。这似乎有些不合情理啊,但想到李家社稷曾被一位女人褫夺了二十多年,答案也就不解自明了。

然而走进甬道尽头的墓室,环视四周,所有观者都会感到震惊。偌

上官婉儿墓志

大的地方居然被拱顶崩塌下来的砖土堆满了,甚至揭去全部塌土也没有一点点棺椁的痕迹,连地砖都揭得一块不留,更没有任何期待的陪葬物。这,显然不会是盗墓者所为。一种不祥的感觉涌上来,估计这位权倾一朝的"女昭容",死后也没能得到安生,没能悄悄躲在离李家皇陵十多里外的一隅,静观朝代的变迁和动荡。从拱顶毁烂的状态看,估计当朝就有人把墓挖开,把棺椁拖出去,把墓室捣毁了。尽管唐代文献没有毁墓的点滴记述,但观者依然可以感受到李隆基登临皇位前的血雨腥风。

但墓志披露了一个公开的秘密,是与李隆基同盟的太平公主收敛了上官婉儿。这太平公主何许人也,乃是一个有着强烈权利欲的又一个皇家女人。她显然是想收拢上官婉儿的旧部,以壮大自己的势力,为日后可能的"登基"做准备，而这个挑衅性的动作，一定强烈激怒了李隆基，在他剪除了旧日同盟太平公主以后，下令捣毁上官婉儿的墓穴便是必然的了。后来唐玄宗可能悲悯觉悟，敕令为上官婉儿编撰诗歌全集，也许就是为了弥补感情的追问。可能上官婉儿的命运过于悲惨，那部集结她文学才华的名著没能留传下来，只在《全唐诗》里可以窥见凤毛麟角。

看着空空如也的大墓，有人竟提议没有珍宝发现就此回填算了。我知讯大惊，空空如也本身就是一部大书啊。没有棺椁，没有宝物，没有了在世时的荣耀，只剩下素面朝天的墓志，更承载着震撼性的人文价值，正好演绎唐代"女相"显赫而悲悯的一生……

2014 年 11 月 3 日于新城

发表于 2015 年第 1 期《剧本》

药王山之神

药王山,几乎是所有凡夫俗子都想寻觅的圣地。

我的家就在药王山对面的西塬上,每每乘车驶过那常常覆盖着一层薄雾的山脚,总会情不自禁地朝那沐浴着阳光的漫坡松柏望去,想去拜谒的感觉便涌进浑身的筋骨了。其实以前那登山的路挺神圣的,出那耀州古城东门,曾有一大片开阔地的,有条曲曲弯弯的道路静卧其上,接二连三的牌坊接踵而来,呼应着漆水河刮来的清流,笑纳着从陕北与关中传来的呼唤,更恭迎着从山顶压来的神秘风啸,而今的便捷反使得这些神圣消弥到九霄云外了。是的,那一道道古朴的牌坊所凝结的气息最终都汇集到依山盘旋的石板路上了,窄窄的石阶陡峭得需仰视才能望见神庙山门的挑檐,若扶着那石栏往上爬,会发现手下一个个柱头竟雕着形态迥异的背药篓老人,身形佝偻,面若苦僧,似把药王一生的艰辛悄然引到山腰,任谁也想努力攀爬上去,寻访朝思暮想的神奇。

果然迈进那典雅的大殿,苍松翠柏,香烟缭绕,四面殿堂游荡着浓浓的仙道之气。我的目光便一下子被吸引到正殿了,里边一位慈眉善目的智者身披黄袍,淡淡地注视着过往之客,不看门额便知这就是"药王"孙思邈了。似乎历朝历代的官府都为药王塑过彩像,期望能给四方百姓带去安康,而今的塑像似乎缺少仙风道骨的沧桑,但依然透着温雅睿智,眼眸里涌满了大慈大悲。

诗曰:真人一去千百年,谁敢到此不拜仙?

药王山全景

那药王身上时常会被百姓披上百衲衣，以感恩孙思邈精妙的医道。传那文革时为防塑像被毁，当地百姓还给药王披上了一件镶有红十字标识的白大褂，使得这尊塑像得以经历动荡而能保全下来。只是令人略有诧异，孙思邈两边站立着唐代大将军和东海龙王，这两个形象当然都是因着救命之恩而甘愿站台的。我想人们如此膜拜孙思邈，首先是他悬壶济世的功效精妙，否则那尉迟敬德绝不会屈尊在侧的，那海龙王也不可能为一梵人相伴左右。而那药王宝座后边隐有一洞穴，相传深达四十余里，常有洞里燃火后山冒烟之说，不论真假却在渲染药王通天之谜，也给名医披上了仙道色彩。

其实，这位乡党当年是有机会跟随皇上飞黄腾达的，但他屡屡放弃了入朝为仕的盛情，执著追求着治病救人的质朴，这让多少后人感怀不已了。似乎也只有在药王的大旗下，那些鹤发长髯的古代名医才会端端地候在厢房里，或站或立，谈医论道。而"妙应真人"博采众长的药方，自然被冠以"千金"的分量，早已成了中医药必读的经典。如今一千三百多年过去了，那些驱病降魔的药典，不知拯救过多少性命，给多少家庭带去了真实的幸福。

所以，那汇集了传世药典的《海上方》，便传说是他拯救了海龙王女儿获赠的礼物，从而把孙思邈推到了可以与神对话的妙境。而最为令人着迷的是药王的寿龄了，有说一百六十四岁的，有说一百四十一岁的，有说一百零一岁的，但不论哪种说法，"妙应真人"活过百岁应是不假。想想那时人均寿命不过五十左右，常言人过七十古来稀，药王能活过百岁当是一个奇迹了。所以，药王的养生之道便令历朝的达官贵人垂涎三尺了，谁都想走进耀州城东这座山丘寻觅真经，期望能沾点福气延年益寿。尤其上山见到药王遗作《养生铭》，便又拍又抄不亦悦乎，更有人会把药王修身之术请回去，日日诵读，夜夜琢磨，但能悟出一点点体会，便神神秘秘地大呼小叫起来，直渴望药王的奇迹能在自己身上应验。于是，这孙思邈便犹如神仙一般了，坐过的石头，用过的水井，住过的厢房，依偎的石虎，且都成了人们寻觅的脱俗仙迹了。

这的确让人惊奇，仿佛环顾四野只有药王山上，浓浓厚绿会一浪高过一浪携风扑来，耳畔也会灌满清净雅乐，而那周边数十里山丘，树也高，叶也绿，却难见这般茂盛，似乎连苍松翠柏也在向药王致意。我进而发现这座青山不乏儒释道的圣迹，但是所有圣迹都堂而皇之地罩上了药王的光晕。那一处北魏以来的浮雕石窟，本是弘扬释陀修行的殿堂所在，当然属于佛教的道场，而今药王的神话却游荡其间。只见那些身披千年风霜的石像，是有四五十尊之多，无论是头上细密的发髻，还是身上累累的璎珞，都呈现出汉唐以来的慈悲和意境。然而，那尊宋代的药师菩萨，脸相长圆，塌鼻平唇，一幅接近地气的和蔼模样，通体竟被无数次的抚摸变得锃光圆润，裹上了一层厚厚的经年包浆。原来故乡的百姓以为，这山是药王山，这像便是药王像，这菩萨便是悬壶济世的神体，从而被称为"摸摸爷"了。山南地北的百姓，谁哪里不舒服，赶过来在那菩萨身上抚摸一番，居然真能手到病除，怎一个灵字了得！遇到每年二月二庙会，百姓们会一股脑涌到石窟门前，再急再忙也要排上半天长队，只图进去摸摸便满足地心花怒放了。其实，当初那雕凿石窟者也是为渡民众脱离苦难的，所以那药师菩萨当是甘愿被摸的，能为百姓祛病强身正是佛主之大愿呢。

诗曰：恭手抚摸大药师，手到病除显神灵。

再看那遍布山间的墨宝难记其数，似乎这些碑石汇集到山下柳公权遗址不啻为合理选择，但药王山上刻满药典的方塔就像是个召唤。那些在乡野被翻腾出来的石雕，那些从漆水河里被洪水冲出的石碑，一经发现就被运到药王山上，从而形成了一个独具风韵的耀州碑林，

元代壁画

使得儒教文化在药王山上焕发出风韵来。呵呵,人们知道那西安碑林已汇集了六千多方石碑,堪称中国的石质宝库,岂不知距离不足百里的药王山也有这么一个碑群。而且这里储存的北魏石碑更让城里人耿耿于怀,曾经几度起意想调拨进城,想不到耀州人对碑刻珍惜如命,决不肯让其移出山外一步。

如是:一碑一石有情缘,药王呵护方长安。

那让城里人垂涎的石碑,一块是北魏姚伯多造像碑,一块是北魏文朗造像碑,读碑可知两者的主人均为庶人,但两方石碑却是我国存世最早的碑碣,文字轻松洒脱自不必说,神奇的是那儒释道造像同驻一碑,让人想到佛教进入中土后三教相融的情形。于是高人时常指点,若想读碑须先读药王山的,再读西安城里的,才能对中华文脉有个精准的认识。传说上世纪初鲁迅到西安讲学,精心选购了三张古碑拓片,其中两张就出自耀州碑林。

而且更加令人惊奇的是，山间的草药标本展厅旁边，竟然还隐匿着一座红门紧锁的古殿，问及游览胜地为何铁将军把门，护山人低头不语，我执意进去方知里面竟藏两墙元代壁画，珍贵无比，秘不示人。那两幅遗迹有丈八大小，尽管墙上图案已被岁月风尘消蚀得有些朦胧，但细细品读依然可辨仙人成行逶迤而来，有的冠冕威仪，面容端庄；有的衣着华丽，体态丰腴，而且两墙人物都呈朝拜之势，毫无疑问是在向山巅的药王致敬。尽管壁画作者尚无定论，但笔墨构图显示了高超的艺术功力。那元代进山入林修道者众多，绘画名家层出不穷，那《富春山居图》就是元代山水大师的传世佳作，前些年一露面就引起海峡两岸一片惊呼。试想这两墙壁画不知是哪位大师所绘，若放置在西安城里一定会门庭若市的。当然，深藏此山，佑护药王，依然感动得我连呼三生有幸了。

　　药王山虽不算高峻，但"山不在高，有仙则名"的意蕴，却在这里是演绎到极致了！

2015 年 5 月 25 日夜于新城
发表于 2016 年第 9 期《中国作家》

柳公权之墨

关中曾是古时京畿之地，不知黄土之下藏有多少秘密？

这是渭北高原上的一座普通村落，一片黄土坡上，错落无序的房屋，像上天随意挥洒的墨迹，有的歇山铺瓦，似饱蘸的浓毫刚刚刷过；有的水泥平板，似迟滞的干笔涂抹留痕；而午饭时分家家屋顶冒出的缕缕白烟，像要把整个山梁晕染一遍。这里大多数农家都有块狭促的小院，可以透过虚掩的门扉，看到里边零乱的农具和檐下的玉米。但这座品貌不扬的小村子却有一个令人敬慕的名字——让义村，许多熟悉柳公权的人都知道，一千二百多年前，一对朝廷命官曾在这里演绎过一段感人的佳话。

然而，我屈身询问一群树下乘凉的老者，全村却没有多少柳姓人家。原来柳公权的故乡是在距此三里外的柳塬上，这里是后来为之守陵的胡姓人后裔形成的村落，虽说现在村里已找不到点滴唐代的痕迹，但全村老老少少都知道，村北处就是盛名之下的柳氏墓园。史载那里是柳公权的哥哥柳公绰当年选中的风水宝地，就势修造了两座墓穴，依传统排序哥哥应为上位，但他觉得弟弟柳公权名贯朝野，便执意把上位让给弟弟了。可那柳公权也格外遵守孝悌坚辞不就，后来柳公绰先

柳公权兄弟墓

行去世就直接葬在了下位。待柳公权八十八岁谢世后，也就只好在上位坟茔里安息了。从此这段棠棣之情流传开来，于是耀州人索性把这个村子称为了让义村，正好承载那个感人的史迹。

不过，村口有棵老槐树也许见证过两位兄弟的情谊。那棵老树实在有些年代了，早已爆成了鳞状硬皮，层层叠叠，开裂干枯。而那扶摇直上的树冠浓浓地围成了圆顶，把阳光和阴凉分割开来，若有人走进树下，当会感觉一股清凉绕人吹拂，恰似书法家的笔毫挥动不已，还隐约可嗅一丝丝的墨香呢。

顺着这棵老树的指引，走不多远便会见到土塬上用砖围住的一块园子，规规整整的，却不见屋檐露出。待走到门前，才透过铁栅看到墙里是一座坟丘，又一座坟丘。两座坟丘似也不高，地角一圈都用青砖箍就，形成了圆锥形，坡面拥挤着细密的青草，零星的野花无奈地摇曳着身影。墓园门前没有题额，里边也没有可调动人情愫的古痕，唯有坟前的两方碑石是清代巡抚毕沅所立，一块刻着"唐太子太师河东郡王柳公公权墓"，一块刻着"唐兵部尚书柳公公倬墓"。显然是为照顾那段难以割舍的情谊，巡抚大人提笔一挥就是两幅楷书。只是大师墓园竟然这般清静着实让人心惊，抬眼再望，两碑孤立，周边再无人文遗迹，更谈不上曾经的显赫了。有朋友便在旁嘟囔，文化底蕴深厚的耀州怎么会冷落中国书法史上的卓越人物？望碑怀古，感慨连连，更有高原寒露越过墙头停驻墙里徘徊，发出了断断续续的怒号，我想墓主人可能也对此待遇不甚舒心吧！

出那简陋的围墙漫走几步，前面又是一条长坡，恰好把柳氏墓园团团围住了。坡下依旧绿草丛丛，却也不见祠庙旧痕。耀州人绝对知晓柳公权在书法史上当是一代大师，当今书坛哪位迷醉汉字之士，敢不临柳体而妄论书法啊？那流传至今的《玄秘塔碑》《金刚经碑》《神策圣德碑》，林林总总，少有十多方碑碣字帖供人摹学。史上书家议论柳公权的书法，"瘦硬匀衡，斩钉截铁，爽利挺秀，骨力遒劲"，故有"颜筋柳骨"之说，从而成为后世的楷模。的确，一手好字为柳公权赢得无上荣光，当朝便成为人们追逐的墨宝。当年唐宣宗时，皇亲国戚时常围他求字，笔豪之下便常有训诫隐含其中；更有公卿大臣就以求不到柳公权题写的先人碑文，被视为不孝不忠；甚至外夷入朝进贡面见皇上，也会派人索购柳公权的书法尊为礼物，足见柳氏书法当年穿云破雾的影响力了。然而，堂堂书法大师的故乡，却没能留存下一方柳碑，这不能不说是故乡的遗憾呢。

而且让耀州人感到难堪的是，距离让义村百里之外的蓝田县竟然也有个柳家庄，也有柳公权的封土遗迹。传说那座坟茔是在两坡间的一条川道里，已被岁月风潮荡涤得没有一点痕迹了，只有个拥挤的村落掩映在绿荫之中，透露着远离尘世的静谧。不过，这片村落的人都姓柳，而且柳家后人还悉心保存着柳氏家谱，泛黄残破的族谱尽管缺少柳氏书法的风韵，但明确记载始祖为柳公权，还记载着家人因此而戴上了"奉祀生"的桂冠，享受着"香火秀才"的待遇，也即不经科举可直接授予柳家后人秀才功名。我们顺着一位老者的指引，果真见到一尊雍容的石羊，羊乃吉祥也，似乎这些点滴遗迹都在昭示这里曾经的华贵。听说村里还有一座柳家祠堂的，文革中被人毁了；村外还有二层楼高的封土，也被农夫前些年挖去做了肥料；就连眼前这尊石羊本在村口学校里，也被人盗走刚刚追讨回来，现在也只能孤零零地卧在角落，哀叹着今日难堪的境遇。

我们沿着一条小路慢慢朝上走，山涧的灌木密密苍苍地拥下来，只有那树枝相互挤压的声响传出来，把藏在林间的鸟虫惊飞一片。那柳公权无疑是一代书法大师，墓穴内一定会放置心爱的文房四宝，也许还有自己得意的墨迹。史籍既已确定耀州为柳公权的故乡,那古时的达官贵胄死后是讲究叶落归根的,何况哥哥已为他掘好坟茔岂有不入之理?所以这蓝田的柳公权遗迹是真坟还是假冢呢?

我站在树荫稀疏处朝山庄望去,村里一层雾霭正在渐渐淡去。其实,蓝田柳家庄不难解释,应是柳公权直系后人的所在地,依据儒家风俗,他们既享有先人的恩惠,必然要按时给祖坟烧纸。但是古时交通不便,从蓝田到耀州是要走些时日的。于是,柳氏后人为祭祀方便,就在家宅旁建起柳氏祠堂和衣冠冢,一则可以就近拜谒先祖,二则也使圣贤后裔的待遇能够延续。所以,尽管耀州让义村胡姓居多,正是守陵人

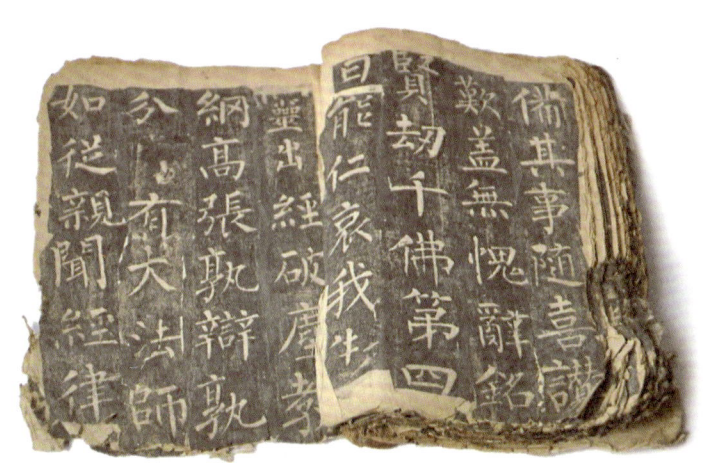

柳公权玄秘塔碑清代拓本

集聚而成;蓝田柳家庄柳姓为主,正是柳氏后裔繁衍之地。况且,那清代毕沅也一定是考证了两处柳公权墓冢之后,才在耀州为柳公权兄弟立下碑碣,否则堂堂巡抚岂会随意落笔妄称啊。其实,这两处墓园遥相呼应,寄托着人们诸多情愫,我想有朝一日发掘了墓园封土,如

果地下能有遗存，肯定会是一个惊世发现。当然，书法在我国这么受追捧，耀州作为柳公权的故里若能将散落各地的柳公遗墨拓印勒石集中，营造出一片书法艺术胜地，那将会是渭北高原又一张靓丽名片呢。

我走着想着，思绪似乎也如泼墨般狂舞挥洒起来……

2015 年 9 月 25 日于匈牙利

发表于 2016 年 7 月 20 日《中国文化报》

【贰】仰止篇

九嵕山之侧

我慢慢走上这座高耸的丘陵还是感到有些惊讶的,横亘在咸阳原上的一座座唐陵几乎都是依山而筑,帝陵周边也安息着一个个如雷贯耳的皇亲重臣,当然绝大多数随着岁月风烟的砥砺,都已化为尘埃消失在茫茫的田野中了。

然而,走在翠绿的山坡上感觉历史还是垂青杰出的,这条羊肠小道就是通向魏征陵的,可见这位被选进凌烟阁的丞相在人们心目中的位置了。只是这条小路太细了,沿途都被郁郁葱葱的酸枣树掩映起来,一颗颗玛瑙般的小红果在秋风里挑逗着人们的耐力。我想摘两颗扔到嘴里,却被荆棘锐刺扎破手指,一不留神裤腿又被挂住,稍一用力便是一道口子,似乎这座匍匐在九嵕山下的高岭因了酸枣树的漫延而多了几分威严。

我知晓魏征的名字,还是唐太宗目送简朴的送葬队伍发出的那一段感叹:"以铜为鉴,可以正衣冠;以人为鉴,可以明得失;以古为鉴,可以知兴替"。那日翻阅《魏征传》,想不到丞相在朝上疏二百多道奏折,几乎全被唐太宗在金殿上采纳了,这绝对称得上是一个传奇了,阻敌之策,粮草之疏,关禁之论,选人之要,贪腐之弊,直感觉这位耿直的老臣一心一意操持着大唐社稷,开国大治确实应该写上他的名字。你看长乐皇后嫁女众臣力劝,圣上嫁女嫁妆应厚,只有魏征进言万不可开此恶例。我忖皇后闻听此言,既使表面应允心里也会埋下心结的,

魏征墓石碑

你个大丞相管天管地，还管到我皇家后院来了？想不到皇后居然赠以绸缎四十匹以示彰扬，如此胸怀大唐天下怎能不海晏河清？小事尚且如此，大事便更是严谨了，齐家治国平天下，于是在那天清阔朗的氛围里，贞观之治也就应运而生了。

  我在一枝孤高的酸枣树前停下了，叶儿是绿的，枝儿是铁的，一颗颗小红果在浓浓的草色里跳跃，阳光下闪烁着媚人的光泽。你仔细看了就会发现每颗红枣都有荆刺护卫，像一个个忠诚的卫士手持长矛防范着侵犯。想那唐太宗对魏征怎一个信字了得，入宫必见，凡奏必允，可见君臣之间似乎达到了心有灵犀的默契。且魏征敢于在那朱红的宫墙里犯颜直谏，也不仅仅是胆魄使然，应是丞相自律自信无私无畏呀。所以，魏征辞世遗嘱薄葬，唐太宗把他的墓穴指定在了九嵕山旁，暗喻两人入土之后方便串门议政，甚至破例亲撰祭文刻于墓前，以彰表对魏征一生的追念。当那摇摇晃晃的送葬木车驶出长安城内的永兴坊，皇上又亲率众臣注目相送，让一介老臣享受了莫大的哀荣。以致当地百姓至今对魏征墓呼之为魏陵，体现了流淌在血脉里的忠信仁义，也是生民对一个忠臣盖棺定论之誉。

  远远就望见丘岭顶上立有一方高大的牌坊，这应该就是皇上御赐的石碑吧？待走到近了却发现龟背上不见一字痕迹。我问当地人为何是这般情形？交流过后竟爆出这方无字碑背后的故事。那年，魏征逝后宫里发生太子谋逆事件，朝廷发现魏征生前举荐的两个大臣参与其中，唐太宗闻之龙颜大怒，即刻命人将魏征祭碑推倒毁掉文字，还褫夺了魏门嫡子的爵禄。老丞相绝想不到忠贞一生，却因一个举荐引来皇上咬牙切齿。当地人执拗地说，应是千年的风雨冲刷模糊了石碑字迹。而旁边的墓碑重修记言，这尊承载了荣耀和屈辱的石碑，直到上世纪末才又重新被魏家后人竖立起来。

我望着那斑斑驳驳的无字碑，已无意去追讨这通碑的遭遇，却是别有一番滋味在心头了。真真想不到那位敢谏敢为的一代明臣，仅仅因为生前一个动议而毁了一世英明，还使得自己死后也不得安宁，岂能不叫人唏嘘矣？那以人为鉴的感叹言犹在耳，就被唐太宗自己愤然摔碎了。不过，史家记述，唐太宗征伐归来也有醒悟，如魏征在仗不会这般艰难，又口谕竖起倒塌的石碑，但没见到恢复碑文的记载。我以为那通石碑无字可辨，不可能是风雨蚀毁的，君不见碑林里多少千年石刻字迹清晰，这通碑怎能面目全非？所以，皇上当年尽管口谕复碑，却仍旧对人生了戒心，碑立了字未刻。这一段唐太宗的懊悔之说，多少也是人们为完善两人形象的善良补缀，且不知酸枣树下的老丞相得知这番情形，会不会摔烂茶碗仰天长啸？

可见破镜重圆只能是人们一个善良的愿望矣。

我沿着那条一尺宽的小路缓缓退下了，发现漫山遍野的酸枣树几乎覆盖了整个陵丘，又小心摘了一颗小枣放到嘴里，酸酸的，甜甜的，还有点发涩，恍然感觉在那风中飘摇的酸枣树，似乎正象征了魏国公的人格呢。

呜呼，苍天在上，完人何求？

2017年11月29日于新城

发表于2018年第12期《美文》

东湖之畔

我每每途经凤翔就想去苏东坡的东湖游历,却都被纷繁的公务耽搁了,那天午后能走进这片与杭州西湖并称的园林似乎挺意外的。

步入苏东坡题名的东湖大门,马上有一大片水面落入了眼帘,湖光潋滟,轻吻堤畔,隐约可见水下的鱼儿忽然露出脊背,不慌不忙地游着,见到人来噗通一声便钻进深水了。岸上一排浓密的垂柳倒挂水边,随风摇曳着,时有柳梢轻轻划过水面,浅浅的涟漪便一波一波地扩散开来,与那鱼儿泛起的水纹撞在一起,顿时碎成了乱乱的光波。似乎园里恬静极了,我们在浓柳下的岸边小路上亦步亦趋,不时有细柳抚过肩头和脸颊,柔柔的,痒痒的,像有少女藏在暗处逗人开怀呢。这东湖虽不及西湖的水多，却依然有着特别的韵味，似乎凡被苏东坡点化过的地方，都呈现出娇柔妩媚的姿态，常常被世人赞叹出神入化呢。

也许那苏东坡就是天生的火命，一生东奔西跑致力于疏浚水利，不论是西湖，还是眼前的东湖，当初都是为了父老乡亲的安宁，却偏偏日后成了一方的景观，逗得人们流连忘返乐此不疲。湖边那间宋代风格的四角亭，应是盛名已久的喜雨亭了，尽管风雨已经把柱石剥蚀得斑斑驳驳，但四檐高挑，风雅飘逸，轻轻移步过去，一段文苑趣事就逶迤而来了。

那年苏东坡刚刚度过二十五岁生日，便携着科举前三的威风，在仕途征程上迈出了第一步，可谓春风得意到西府。

但那小小的通判实为太守副职，遇有旱魃袭挠，必须四处拜神，为百姓祈雨降福，绝不敢有半点懈怠。而年青的苏东坡对那山神崇拜已久，遇到旱魔蹂躏凤翔，便急赴太白山祈神求雨，谁知法事已毕，依旧红日当头不见雨滴。后来苏东坡发现那山神的称谓不知何故降了档次，顿感事态严重，便匆忙返回凤翔府，提笔给宋皇写了一出奏本，恳请将太白山神由侯爵升为公爵，以解山神之郁闷。宋皇阅后敕命"恩准"，苏东坡大喜过望，立即斋戒沐浴，还从庙里取一盆"龙水"敬献到太白山神灵前。很快，天上便飘来一团团乌云，竟然一连下了三日，全县人在雨水中欢呼雀跃，也把苏东坡的义举诠释得活灵活现了。年青的通判手舞足蹈回到家里，情不自禁把后花园刚落成的亭榭呼为了"喜雨亭"。晚上更是文思泉涌，一口气写成了《喜雨亭记》，把人们盼雨祈雨喜雨的神形刻画得空灵细致，至今还是中学生必读的课文。我围着那小小亭阁转了一圈，细细体会着苏东坡当年的喜悦，仿佛立在中间的那方石碑也左右晃动舞之蹈之，演绎起苏东坡当年旗开得胜的欣喜来。

倘佯在岸边小道上，曲径通幽，亭台迥异，使得东湖之畔别有一番韵味。似乎院里林林总总的建筑都扯上了苏子的名号，如今却是难考真伪了。但我以为那间凌虚台应是不假,长檐飞翘,歇山灰瓦,凛然透出宋代姿色,但水泥的痕迹多少让人沮丧。那是当年与苏东坡同县为官的陈太守在自家庭院的造化,上世纪才从城里移到东湖岸边。其实这间亭阁还真隐有可以玩味的故事呢,当时年轻的苏东坡与年长的太守多有不睦,他应邀为太守后院的亭阁题写《凌虚台记》,显然年青人内心纠结,文中多有不恭游离其间。但我佩服那陈太守的雅量,居然一字未改就镌刻到自家花园里,足可见其修养之绵厚。后来,苏东坡仕途坎坷,一定悟到了自己年少轻狂,便在黄州任上为陈太守撰写了墓志铭。纵观苏东坡一生极少为人题写墓志的,多少达官贵胄重金邀请都不屑一顾,那陈太守却因这篇记叙而流芳百世了。这也许是东坡先生内心惭愧的弥补,似凸显了苏东坡人格的完善,由此可见人家太守当年也是大智慧呢。

我喜欢浓荫深处那间君子亭,静悄悄隐藏在一片茂密的柳条后面,走到近前才看到红绿相间的石柱,以及亭伞下梅、兰、竹、菊四方画碑。凤翔人说这四方画碑当是苏东坡的真迹,我看那碑的刀功并不精湛,但一枝一叶,卓然而立;一招一式,清高风骨,当是卓越的文人画风格。这苏东坡确实才华横溢,不但诗文壮美浪漫,而且笔墨功夫了得,书法在当时就已风靡朝野,连公文信函都被人藏为珍爱,那绘画技艺更为灵动,一皴一涂直把文人画推到了空前高度。所以将这小小的古亭谓之君子,也是极为恰当的。想想那苏东坡在凤翔磨炼三年,文笔颇受宋仁宗和丞相欧阳修的赏识,随后便进京高就朝官了,职位更是直升到翰林学士,几乎相当于副丞相了。但是他的命运似乎就隐藏着坎坷,朝廷两派恶斗即使大才子也难以独善其身。尤其是他第二次外放出京,

喜雨亭

官职一降再降，辖地一远又远，最后竟然流放到海南岛上，使得步入衰年的英才度日如年。后来因了宋皇更迭，他才得以重返陆地。此时的苏东坡早已没有了"兼济天下"的抱负，只盼能与家人团聚安度余年，而且此时的苏东坡已经修炼得没有了任何棱角，遇到任何人都谓之以君子，正像这间小小亭阁，宛如君子在水一方，眺望着尘世间的芸芸众生，脸上已然冷清地没有了一点点表情。

当然，这东湖边上还辟有一处长长的碑廊，一通通石碑沿着湖边一条廊道，深深浅浅地镶嵌在白墙上，尽是历代风雅之士歌颂东坡的诗词，或丽或柔或浅或深，尽显溢美之意。有人说他是百年一遇的大文豪，似乎一举手一投足皆成经典。那首吟诵中秋的《水调歌头》，多少文人掷笔长叹，此词在手，万首可抛；那首黄州写就的《赤壁怀古》，寥寥数语就把三国英雄尽揽于胸，荡气回肠，豪迈千古，令人不由地感慨万端；而那篇《赤壁赋》更像是一幅山水画，水天飘渺间，一叶扁舟，两个人物，对饮放歌，更有一种恍惚迷离的感觉弥漫开来，也把苏东坡悲悯的情怀挥洒得如醉如痴了。所以，眼前这些碑文词语，尽管堆砌了些许雅风古韵，但与通判相比都显幼稚了，似乎好端端地把自己放到了非凡的语境里，一不小心就被淹没到湖水里了。

从那东湖出来天色将晚，我与朋友转身进了县城夜市，这里已然热气腾腾了，人们左顾右盼穿行期间，小商贩高声叫卖着凤翔特产，似把东湖的斯文撕扯得七零八落。但我想苏东坡当年是喜欢这种场面的，君不见那些带着酒味的诗句那么动人洒脱，更有东坡肘子东坡香酪流传在世呢。于是我也趋风附雅要过几个小菜，拧开一瓶西凤，就着月光在东湖边小酌起来……

2015 年 8 月 9 日于新城
发表于 2016 年 7 月 20 日《文艺报》

【贰】仰止篇

横渠之学

这几年眉县的横渠镇忽然热络起来，好多文人墨客都涌过去，想捕捉关学鼻祖的灵感。

我知道那是北宋张载当年在小镇上开过书院的缘故，那书院就称为横渠书院，那张载就称为横渠先生，那学问也就随着纵横的渠水流向关中沃野了。至今那小镇还保留着北宋时的讲坛，且距离很远就有招牌指引，当那白杨树与槐树浓密起来，就会看到一座关中风情的小镇清晰到面前了。这当然是一个古镇，尽管街道两边在竭力仿效城里的风尚，连那店铺的招牌也想表达宏大的念想，但时不时有灰瓦格窗的房屋突兀出来，使人感觉到岁月的叠压和快捷。

张载雕塑

是的,那张载初出茅庐的时候,应该是位志向远大的青年才俊,曾在北宋嘉祐年间与苏轼、苏辙为同榜进士,却遗憾没有与大文豪结为文学同盟,当然也就没能留下脍炙人口的诗篇。后来他转向了《易经》的研究,而且学有所得,居然在丞相的支持下,开坛设学,讲解心款,以致招来年青的程颢兄弟的挑战,双方小试锋芒,竟然自知之明撤席罢讲了。但这场意外的尴尬使他痛下决心发奋研修，从此著述累累，弟子云集，令日后文人学者叹服不已。

在街上行走不远，便有处古风屋檐落入眼帘，院里老树新枝争先恐后伸出臂膀，招徕着被尘世烦扰的匆匆过客，更有黑漆大门挂着的四块牌匾，提醒着人们这里是个探讨学问的地方。当然，这地方的学问应是由张载发端的，他曾经身穿布衣长袍，手握黄色书卷，默默地站在门下发誓创立新说百世流芳，也给沉闷的哲学带来了一股清新的思想。这里我无意就他的理论成就繁琐叙述，但必须承认是张载依托这片黄土地，辛勤耕耘，劳苦收获，最终开创了影响中国哲学发展的"关学"一派。

轻轻迈进横渠书院，绿荫遮日，古木参天，廊庑一院又套一院，促人遥想当年先生讲学时的盛况。那时候人们从大江南北汇集这里，多达数百人，绝对是想领悟真知灼见的。当时这横渠镇与京城开封有六百多里，与日渐衰败的长安也有百里之遥，一旦赶到这里坐下听课，便是要能耐得住寂寞的。我细细阅读那一面面介绍先生生平的展板，尽是横渠人想表达的不了情怀，尤其是那篇闻名于世的《西铭》了，更让人感到关中人的一腔热血奔涌而出，那"为天地立心，为生民立命，为往圣继绝学，为万世开太平"的铿锵字句，如钉入案，叮当有声，任谁诵读也会激宕得难以平复了。

可是面前这些粗糙的画板已经褪色，并没能反映张载一生的卓越，反倒是对他的官运愤愤不平。那张载一生两次外放两次进京，似乎很让人扼腕长叹。其实我仔细琢磨，张载首次外放为官是初涉官场，官吏们大都要从低层一阶一阶上来的，何况张载后来还能奉诏晋职为副丞相。尽管只是个副职，却能在朝堂行走，腹中韬略也可直达天庭，绝对是个让官员垂涎的职位，万不能人人都做到"一人之下，万人之上"才算成功吧？而且张载的才干，也曾为丞相王安石所欣赏，曾经力邀他参与革新除弊的事务，但先生显然对丞相的发展思路怀有抵触，竟然婉言谢绝了。既然张载与丞相"不相为谋"，仕途受挫便是必然，各种烦恼也就纷至沓来了。

就像书院里的这些杨树，永远昂着不屈的头冠，也把清高抛到清冷的角落。那年他被外放到浙江宁波，负责审理一桩经济案件，秉公执法，剥笋见心，为当事人洗刷了污名，在当地传为美谈，也算是"为民立命"的实践吧。当然，他最终被贬为周至县管理青竹的小吏，实在是有负先生腹中的韬略了。所以，当王安石变法失败，张载又被神宗召进京城，本已是孱弱之躯了，但他还是妄想施展"为万世开太平"的抱负，便颤颤巍巍赴京就任了。遗憾啊，开封任上仅仅工作了三个月，便累得旧疾复发，在返回横渠途中竟然溘然长辞了。

所以，这书院里琳琅满目的石碑，有的竖在院中，有的镶嵌墙里，尽是历代骚客在这里留下的笔墨，有的神韵潇洒，有的横竖工整，赞扬着一位饱学之士的才华。而这些文人墨客似乎都忽略了张载一心推行"井田制"的执着，这也可能就是他在朝堂屡受轻蔑的根源所在。那"井田制"本是西周时期的土地制度，中为公田，收成上缴贵族，外为私田，收成归为农户，这种制度当时也许有些意义，但最终导致了公田收入的不确定。可是，这种已被废除了一千多年的土地制度，却被张载奉为至宝，执意要在全国推行开来，甚至连朝廷的否定都没能使他信念松弛，反而促使先生下决心给朝野做个样子。他甚至在眉县买了一块土地，在长安县也购进一块田园，踌躇满志地开始了一场"复古"的试验。

眼前这尊张载的雕像，多少反映了先生的性格，面容清癯，棱角僵硬，一身布衣，两袖清风。我盯着雕像的眼睛心想，这多少有点幽默，那孔夫子一生为"克己复礼"坎坷奔波，到处鼓吹西周的礼秩。而先生是要在自家领地实践西周的土地制度，其行为之执拗如出一辙。但今日横渠人显然想回避张载"试验"的结果，居然一字未提。我想这个"试验"当时可能会有点影响的，否则宋神宗怎么会一招再招先生进京议政，这似乎佐证了关学一派为学为人的坚韧，也为后代弟子树立了一个况味难品的榜样。

待走出书院，门匾远了，屋檐也远了，但张载给人带来的震荡还在继续，许多人议起这件让横渠先生念念不忘的"壮举"，依旧是一片

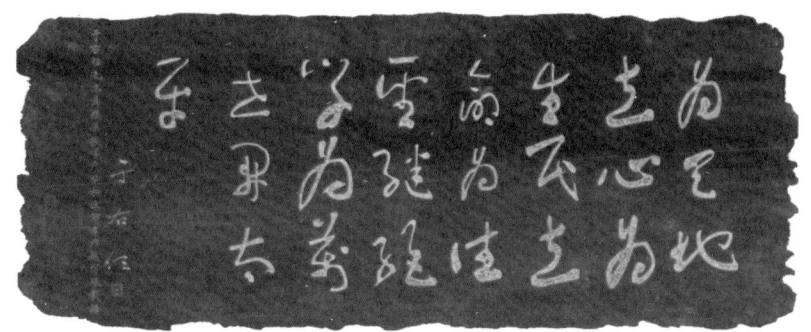

于右任手书张载名句

啧啧唏嘘。就好比今天有人拥有一块地皮，或要复辟古代均田制，真真顽强得令人啼笑了。我于是思忖，古时文人崇信"达则兼济天下，穷则独善其身"，而张载却是进退都想兼济天下，都想实践他的一个不醒的梦想，而且他的这种执着，还一代代地影响了关中人的品格。君不见，后来的关学弟子许多人都以执拗而闻名，有人上书禁烟，敢以死相谏；有人拒接皇诏，敢至死不从；有人国难当头，敢兵谏总统……凡此种种，似乎都能从关学宏论里找到源流，似乎关学之子都有一个梦啊。

呵呵，犟哉，长安城外，关学一派！

2015年6月23日于新城
发表于2016年7月8日《中国文化报》

好古之吏

可能喜好田野考古的人，无人不晓陕西巡抚毕沅的。

这位江苏太仓籍的灵岩山人，最后是在湖广总督的位置上辞世的。但是在三秦大地上移步游览，想避开毕沅两个字几乎不可能，盛名的古迹似乎都留有毕沅维护过的痕迹，平日里见的多了，就不由地想探寻这位巡抚的人生轨迹，然而稍一搜寻就发现这位已经作古两百多年的清朝官吏，在文化上的杰作远远大于他入仕的记录，尤其当我见到那本厚厚的《关中胜迹图志》，便对书稿上一位额上横纹深刻的清代官吏愈发钦佩了。

那本厚重如古砖的志书，是毕沅担任陕西巡抚期间，利用视察民情

西安明代城墙

的机会,白天勘察,晚上提笔,对三秦大地上的名山大川、古寺道观、历史遗存做了细致描绘,他在写给乾隆皇帝的奏本里这样描述:"陕省自周而后,秦汉隋唐,代建国都,是以胜迹名踪,甲于他省。臣本庸才,仰承恩命,简任封圻,计今六年于兹。其间名山大泽,每因公务,车尘马迹,大半经行。至于故宫旧苑,废刹遗墟,率多湮没。臣不揣固陋,辙迹经由,于邮亭候馆中,咨询抄录。"也就是说毕沅在办理公务之余,不顾鞍马劳顿,倾心为各处的古迹绘图立传,著下这部洋洋洒洒数十万字的巨著。读着那发自肺腑的文字,一种士大夫为国分忧的心绪便跃然纸上了。乾隆阅毕书稿也为之感动挥毫朱批:"收录入四库全书,钦此。"从此这本倾注毕沅数年心血的陕西文物古迹大全,就这样被永远地保存下来,成为人们追寻历史文化的一本重要典籍。

饶有趣味的是,这位巡抚大人不但将陕西境内的文物遗存悉数记载,还拨公银予以维修,那气势恢宏的西安城墙和西岳庙能完整保持至今，就是在他任内主持了大规模修缮，才使得我们今天见到的古迹依然形制如初，纾展着古老神秘的风采。而且这位巡抚大人还喜欢在每处遗迹前立碑勒石，以致关中大地上座座帝陵无一遗漏，都留有毕沅的墨迹。甚至历代达官名士的封土，毕沅也都只身前往详为考证，遇有破损即添土维护，随后还一一竖起高耸的碑石。那韩城的司马迁，耀州的柳公权，长安的杜牧，桥陵的唐玄宗，简直多得不胜枚举。

不过那些碑上的字体似显平庸，但透着雍容圆润，还透着一位封建士大夫的得意与执着。后来，我知晓毕沅曾因书法功力差池而得福，当年他在朝廷军机处草拟文告，衙内有三人通过了会试，明日要去参加殿试，两位同僚直言毕沅楷书欠佳考也无望，最好晚上留下值班，毕沅成人之美应允了，晚间则收到新疆屯田的奏报。没曾想第二天殿试题目正是征询边陲屯田之策，毕沅便答得从容不迫，被那乾隆皇帝一眼看中擢为状元，且让那两位同僚好生后悔。后来，毕沅再不顾及自己的书法风度了，笔墨挥洒得三秦大地随处可觅，也许就期盼着能给他带来更大的惊喜。

略加搜寻方知这位巡抚还是位金石经史无所不通之士，传他一生著述颇丰，公务之余撰写了《道德经考》《吕氏春秋注》等等大作，还一连著录了四部《金石志》。尤其是那《续资治通鉴》，更是一部耗费了他半生精力的鸿篇巨制，浩浩两百二十卷，是与《资治通鉴》相连续的金元明通史，以期接续司马光身后的空档。只遗憾他那十卷本的诗抄没有听闻喝彩，尚不知他的史著在学术界可有反响。但这些书稿摞起来恐怕著作等身矣，似感觉古代文人入仕常常会伴有意外产生。

不过，两百多年后的今天，如果手捧巡抚大人著述的《关中胜迹图志》按文索骥，你会禁不住感慨连连了，文物古迹大都在岁月的磨砺中受到了不同程度的损毁，有的已经痕迹零星荡然无存了，有的也只剩下可怜的残壁，早已不见当年的风采了。当然有些今人臆造的"古迹"不伦不类，率性随意地招摇过市，当与胜迹图相去甚远，目睹此景不禁唏嘘不已。当然，受条件的限制，毕沅的考证也不无遗憾之处，最大的硬伤就是标错了秦二世的墓冢。想那秦二世也是一个荒诞不经的秦朝末代皇帝，朝野上下没人会把他的陵寝当真整修的，以致留存今日竟然不知所踪了。后来还是今日考古人在曲江湖畔找到一处封土，认定为秦二世的墓茔，才使得一段文史公案偃旗息鼓。

的确，毕沅赴陕上任时只是一位布政使，相等于一省的财税主管，四年后跃升为一把手，在三秦大地足足做了八年巡抚。似乎街头巷尾没有这位大人欺压百姓横行乡里的传闻。后来毕沅做到湖广总督的位置，更是权倾一朝的封疆大吏，兴修水利，注重稼穑，百姓殷实，安居乐业，坊间也很少泛出有关毕沅的微词。反倒是毕沅与一位老僧的故事广为流传，有一次毕沅路过一座破败的寺院，见住持是位老僧上前问道："可知一部《法华经》，有多少阿弥陀佛。"老僧听罢微笑应答："我一介破庙老衲，生成钝根，大人却是天上文曲星下凡，可知一部四书有多少子曰？"毕沅佩服老僧思维敏捷风雅，随即添置香火修葺旧庙，留下了巡抚的慈悲名声。

然而这毕沅仕途也多有波折，一生走来也是磕磕绊绊，只是斯人好古好书。尤其丁忧期间，常常以文会友，趣味甚是高雅，留下颇多文

人佳话,可谓"谈笑有鸿儒,往来无白丁",当时门前车马喧嚣,是绝不输与贵胄的。然而,当毕沅驾鹤归去之后,两件难堪的事情紧紧缠上了这位灵岩山人。一是朝廷在查没一代贪吏和珅时,起获的金银珠宝胜过朝廷一年的收入,而让毕沅尴尬的是发现了和珅四十岁生日时,他写的颂词和送的金石礼品。二是朝廷又发现毕沅在任湖广总督的最后几年,曾挪用税银补充军饷,尽管事出有因,但这在当时可是无法容忍的大逆不道,严查下来更有许多尴尬隐匿其中。后来嘉庆皇帝下旨,剥夺毕沅所有功名,取消后代袭禄,查没全部家产。这次行动究竟查抄了毕家多少宝物银两,坊间似找不到任何记载,好像已经悄然淹没在史海中了。

可是,今年故宫博物院的"石渠宝笈展"拉开帷幕,展品几乎均是故宫的镇馆之宝,当是奉献给大众的一个特殊礼物。随即一个惊人的消息不胫而走,其中有一幅北宋画家张择端的《清明上河图》,展柜天天被观众挤爆,只好加派警力专守这幅大作,却依然让举办者心惊肉跳。这帧名副其实的国宝长达五米多,绘有北宋时汴京的盛景,图中有一千六百多个人物,二百多匹牲畜,内容精细得叹为观止,亲睹一面真乃三生有幸矣。然而,我不经意间在一份报纸的角落发现,这幅绝世珍宝竟然是查抄毕沅家产时收到宫中的,当时没有渲染,后来被清宫束之高阁了。后来清末又被末代皇帝偷出宫去,廉价出卖,颠

西岳庙全景

沛流离，又懵懵懂懂收回了文物部门。后来还是一位鉴定大腕慧眼识珠，从一堆旧物中发现拣出，方使得国宝又回到人民的怀抱，成了湟湟故宫引以为傲的宝物。

  那么，这幅宝物究竟是怎样传到毕沅手上的却少有记述，传说此画乃是一位同僚临终遗赠，如今已无法考究真实过程了。可能那人知晓灵岩山人通晓金石经史，笃信宝物在他手上会得到妥善。果然，毕沅对这帧珍宝宠爱有加，画幅还留下了赏画的钤印。这方钤印虽是押在一个边角，但细瞅起来清晰可辨。今天看来，毕沅当年的入藏可能存有瑕疵，但作为最后一位《清明上河图》的收藏者，没有让稀世珍宝流落八荒，消弭在漫漫长河里，也让人稍稍感到些许欣慰呢。

  当然，我想这位毕沅大人也是老谋深算，那些竖立于荒野的碑石会因古迹的声望而世代流传，那《清明上河图》上的钤印也会让后人费尽思量，于是那个被称为毕沅的灵岩山人也就怀抱琵琶半遮半掩地走出来了……

2015 年 9 月 24 日晨于维也纳

发表于 2016 年第 4 期《美文》

高山之巅

> 历史这样记忆：滚滚延河哺育了这些巅峰艺术。
> ——作者题记

我是中学时第一次走近延河岸边的，那时连绵的山峁是黄的，曲折的道路也是黄的，拐过二十里铺一个弯道便有座古塔映入眼帘，山高耸，塔俊俏，满身的热血便涌动起来，感觉那久藏脑海的坚韧就是从那山巅生发出来的，以致每天都有人在延河畔寻找古塔的靓影。后来我知道了，那塔竟是唐代人的造化，至今已经历了一千多年的风雨侵淫，依旧保持着迷人的魅力。然而，让古塔当年的建造者始料不到的是，这座宝塔进入二十世纪三十年代，竟然成了一个时代的标志，多少人遥望宝塔竟然会喷涌出不尽的激情，会把心底的颂歌滔滔不绝地倾倒出来。

那歌声是从与宝塔相呼应的一座哥特式建筑传出的。

这座凝聚着中国人激情的青砖大楼，也曾是礼拜的教堂，里边有一个尚算宽敞的大厅，现在恢复了中共中央六届六中全会的记忆，后面还有七排窑洞式的长廊，两侧是敞开的隔间。墙上悬挂的一帧帧发黄的图片告诉我，在上世纪那个烽火连天的岁月，一群祖国的优秀儿女从大江南北汇聚到这个叫做桥儿沟的地方，学习马列也学习文艺，澎湃的热情就顺着大楼两个尖尖的拱顶冲上云霄，久久激荡在黄腾腾的沟壑之上了。

我顺着两个拱顶的引导，来到旁边的东山上，只记得以前这儿满是层层叠叠的民房，而今沿坡而上一排排窑洞扑入眼帘。尽管这些错落的窑洞与崖畔的民居没有任何差异，但是那高原窗花后面的风韵直扑胸襟，醉了陕北，醉了中国，也给世界带去一缕缕温馨。如今，这些地方似乎变得有些齐整了，绿色也覆盖了曾经裸露的黄土，但神圣依旧。尤其是这一排排充盈着红色气息的窑洞，愈发抖擞地焕发出别样的光彩来，感觉那一位位杰出的艺术家会从那窑洞里、从那楼宇后、从那延河畔，一步步地汇聚到高高的山巅上，又开始演绎昨天的故事。我明白了，今日延安人依然对经典充满感情，准备在这里恢复上世纪的风貌，为在延安工作和生活过的艺术家们建造一个博物馆群落。这个卓越的举动感动了昨天的老人和今天的劳动者，因为艺术家们当年的创造，不但属于延安，也属于这个五彩缤纷的世界。

我慢慢地走近第一个窑洞院落，浑厚与崇高便铺天盖地压下来，耳朵里霎时便灌满了悠长的旋律。那声音当年就是从这间窑洞里飘出来的，跃过延河，绕过宝塔，与那奔腾的黄河拥抱，任何一位有良知的中国人听之都会热血贲张，会把泪水咽进喉咙发出拼命的声响！

冼星海

　　山下百姓对黄河的旋律是熟悉的,那年冼星海接到鲁艺音乐系全体师生签名的邀请,曾问过我党负责人,到延安去是否来去自由,但他一踏上这片红色热土就被这里高涨的抗日气氛感染了,让这位曾经久久踯躅在法国梧桐树下的音乐家找到了感觉,也让这位曾经窝在巴黎狭小阁楼里,每天要从"牛眼窗"探出身来练琴的沦落人有了属于自己的尊严。那高原夜空呼呼的西北风,那古驿道上清幽的驼铃声,那老羊倌随口的信天游,都汇聚到他的耳畔,竟凝结成一个个沉重的音符。他在写给母亲的信中说:"我虽然时常想念妈妈,但理智会克服我,而且我知道在这动乱的时代里,没有一个被侵略的人民不是存着至死不屈的精神。我希望用宏亮的歌声震动那被压迫的民族,慰藉那负伤的英勇战士,团结起那一切苦难的人们。"所以,当音乐家一见到诗人光未然写的黄河组歌,便一把抢过去,连续奋笔六个昼夜,把积存心底的气韵谱成了一个个不朽的音符。

"风在吼,马在叫,黄河在咆哮。"象征着中华民族自强精神的交响乐从此便响彻延安的上空,当时这里没有像样的乐器,音乐家就用木桶做大胡,用脸盆做小鼓,组成了一支简陋而又奇特的民族"交响乐团",却奏响了时代最强音。当年的音乐会就在不远处那片广场的高台上,大音如浪,曲律昂扬,霎时便汇成了一个宏大的声场。那一段"保卫家乡!保卫黄河!保卫华北!保卫全中国!"几乎把所有中国人的良心都揪起来,带到了蒙受蹂躏的沦陷区,更激起了中国人抗战的勇气,使国难当头的中华儿女在旋律中挺起了不屈的脊梁。当时,冼星海激动地放下指挥棒便说,这是世界上最棒的的音乐会。周恩来算是一位音乐迷了,在迎接他从重庆回来的晚会上听到那场三百人组成的大合唱,随即便给作曲家挥毫写道:"为抗战发出怒吼,为大众谱出呼声"。从此,这部交响曲奠定了冼星海在音乐史上的崇高地位,也是作曲家在延安生活的卓越回报,那激扬的旋律直到今天,不论在哪个场合响起都会引起由衷的共鸣。

是延安的风啸成就了一位天才音乐家的梦想!

贺敬之

眼前的这些窑洞,有的伸出前檐,尽显古韵;有的外涂黄泥,袒露风情;有的青砖格窗,雅致脱俗。这些参差错落的窑洞究竟孕育过多少艺术家,似乎已难以统计了。但当年居住在东山坡上的艺术家们对生活的认识是清醒的,那时鲁艺学员几乎每人兜里都装着一个本子,听到什么动人的语句和趣事就记下来,由此增厚了一批批艺术人才的生活储备。笔者在北京的木樨地拜访了歌剧《白毛女》的执笔人贺敬之，他就是当年喜欢在田间地头收集信天游的学员，年过九旬的老先生谈起当年的延安岁月，念念不忘的总是蹲在黄土畔与农民兄弟的交流，是听到放羊娃奇妙歌声的喜悦，是老百姓的感情攥住了他的灵魂，使得他一听到那个白毛仙姑的故事，便产生了一种强烈的创作冲动，吃饭睡觉满脑子都是受苦人的身影。

我走进贺老当年居住的窑洞，里面已被勤劳的延安人收拾得整洁亮堂。年轻的诗人当年就是钻在这孔平庸的土窑里，写出了那部划时代的经典歌剧的。那精彩的歌词，那揪心的情节，透支了作家的健康，以致他写到第五幕终于累倒在床上。而这部歌剧一出现就感动了中国，演到哪里泪水就洒到哪里，愤怒也就汇聚到哪里。贺老清楚记得当年在边区演出时，曾有位战士看到最后竟操起步枪瞄准了老地主。后来我们的演员们不得不在演出前告诫观众，今天是在演戏，不要有伤害演员的过激行为。还有一群刚被解放的伪军，看完戏就集体要求参加八路军。直到今天，人们依然会被诗人所营造的氛围感动得潸然泪下。而且这部歌剧的影响还走出了国门，在上世纪末，贺老曾两度去日本参加演出活动，且刚一走进剧场，观众就站起来齐声呼喊"白毛女，贺敬之！"这个呼喊是比授予诗人勋章还要自豪的事了。

毫无疑问是滚滚延河水哺育了经典《白毛女》。

那孔贴满窗花的窑洞静静流露出一丝丝妩媚，那是延安人给女作家丁玲布置的，一进院子就会感觉作家纤细的脉搏在奋力跳动。当年丁玲走进延安刚刚三十二岁，却已是蜚声文坛的"大腕"了。所以，党中央为她破例设宴洗尘，当她转赴关中前线，毛泽东即用电报发去一首《临江仙》："壁上红旗飘落照，西风漫卷孤城。保安人物一时新。

洞中开宴会,招待出牢人。纤笔一枝谁与似?三千毛瑟精兵。阵图开向陇山东。昨日文小姐,今日武将军。"一字一句,浓缩了领袖对她的殷切期待。果然,延安的生活,前线的战火,洗涤了作家的灵魂,而前线的采访更使她对我们的战士产生了浓厚感情,笔下一篇篇文学作品震动了文坛。那篇《一颗未出膛的子弹》,叙述了我军一名小战士负伤被国民党军队抓住,他大义凛然地对着枪口说:"连长,还是留着一颗枪弹吧!留着去打日本!"这篇小说有如一声炸雷冲击着人们的心房,那铿锵的话语摄人魂魄,至今读来依旧为之动容。

呼吸着黄土风尘的丁玲没有辜负延安人的期望,她于一九四八年在河北根据地,闻着解放战争的硝烟,凝着翻身农民的情感,创作了长篇小说《太阳照在桑干河上》,这是反映我国土地改革进程的第一部文艺著作,翻身农民、凶恶地主、美丽村姑一系列鲜活的人物涌现出地平线。很快便被翻译成十多种文字,让世界认识了前进中的中国,也成就了一位优秀作家的巅峰之作。后来即使蒙受不白之冤,作家依然矢志不移对党的忠诚。往事如烟,历历在目,翻看女作家的帧帧图片会涌出无限的感慨。

只是丁玲的雕像该选择青丝,还是白发?

丁 玲

我又走上几个台阶,映入眼帘的是一尊风骨凛然的雕像,那是与赵望云携手创立了长安画派的石鲁先生吧?画家当年曾两次随丁玲到边区农村采风,如今似乎是市场的畸形因素,很少有人提及大师的红色经历,其实石鲁是经受了延安的洗礼而成长为大师的。那年他辗转来到宝塔山下,才刚刚二十岁,

石 鲁

延河水滋润了他的灵魂，开阔了他的艺术视野，在延安整整生活了十个春秋。笔者有幸阅读了大师的档案，发现画家的自传写得密密麻麻，字小的有如大米粒一般，原来我们的画家即使到了新社会依然保持着延安节俭的习惯，无法想象一张十六开的纸要写七八百字。他原来的姓名冯亚珩，因崇尚石涛的笔墨和鲁迅的文章，便执意将自己的名号改为"石鲁"了。而正是这个当年在延安还不见经传的画家，新中国甫一建立，便给画坛吹来一股新风，以卓越的创新擎起了"长安画派"的大旗。

今天我们可平心静气地来阅读大师的杰作了，其实石鲁笔墨的创新令人惊叹，而他最突出的成就还是在重大革命题材上的突破。那幅《转战陕北》任何时候去欣赏，都会被作品所传达出的豪迈所感染。苍苍茫茫的山峦之间，一位背着斗笠的小战士将战马拴住歇息，毛泽东伟岸的身躯屹立在浩瀚深邃的群山之上，显示出运筹帷幄的自信和淡定，也将领袖与人民、与祖国山河的关系，把握得生动而又准确。这幅作品之所以令人震撼，之所以能够成为长安画派的扛鼎之作，一个重要原因是大师不但在笔墨上，而且在题材上进行了成功创新。那幅《东渡》，汹涌的黄河浪花四溅，一群赤露上身的战士奋力驾驭着小船驶向胜利的彼岸，而毛泽东站在小船中央气定神闲成竹在胸，把指挥千军万马的大将风度生动展现在读者面前。那河水的汹涌和危岩的狰狞，都是为衬托领袖的气场，谁见到那幅饱蘸着大师才情的作品，都会感到运筹帷幄的豪迈席卷而来，可以说至今依然是我国这一领域的翘楚。后来这位从延安走出来的大师，毫不讳言他能够成功创作出这些作品，正是因为他亲身经历了转战陕北的征程。当年他匆匆赶到黄河岸边，听到毛主席率领部队刚刚过去，群山与大河便定格在脑海里了。可见画家对延安对领袖的感情是深入骨髓的。解放后，他依然迷恋那里的风情万物，经常赶往陕北采风，常常沿着黄河一走就是二三个月。可以说，石鲁笔下的大气磅礴和惊涛拍岸，也是画家深入生活的真情告白。

　　长安画派的崛起，应是延安的又一个胜利了。

柳　青

我走到东山窑洞的顶头,有一处刚刚整修好的小院,窑洞的外墙还泛着浓浓的水渍,许多人在忙碌作家柳青的展板。我仔细翻看着一张张黑白照片,禁不住为这样一位执意实践延安文艺座谈会精神的老作家而激动,为他创作的史诗般的《创业史》赞叹不已。

谁说深入生活出不了大作品?柳青也是一九三八年进入延安,也是在陕甘宁文协工作,也是沐浴着领袖的光辉走上创作坦途的。但他对延安的理解更纯粹,也更坚决,而且让所有人感到惊讶的是,柳青当年走出延安以后,便住进西安城外皇甫村的一所旧庙,去亲身参加和体验农村合作化运动了。有人说作家之所以会选择住在乡野的庙里,是在苏联访问看了托尔斯泰的庄园萌发的念头,他立志要像庄园主人一样创作一部史诗般的小说,来反映这一段波澜壮阔的农村发展史,所以《创业史》原计划也是要写四部的。今天看来,柳青深入生活,绝不是蜻蜓点水,也不是旁观采风,而是直接参与历史进程的生动实践。

我看到作家笔下那些琳琅满目的人物,都是与他朝夕相处的乡亲们,那主人公梁生宝就是他一手培养的农村基层干部,那梁三老汉就是他喜爱的大队饲养员……作家热爱他的主人公甚至到了痴迷的程度,那年他出版小说,收到一万六千元稿费,这在当时可算一笔巨款了,但他没有用这笔钱去充实五个孩子的家庭,而是给皇甫村所在的公社建了一家机械厂,眷眷之心,跃然塬上!

我微微笑了,这里选择的照片,似乎在刻意突出作家的农民形象。其实,柳青解放后是行政十级的高级干部,刚刚搬进皇甫村的时候,也是一位比较时尚的作家,穿的是背带裤,戴的是黑礼帽,还时常肩挎猎枪,显然是当时很"酷"的形象,但农村的实践让他认识到,深入群众必须从里到外焕然一新,而这个"新"就是农民的感情和外形。于是他彻底改变了自己,光头、黑袄、肥裤,甚至钻进牲口市场与人在袖口捏指讨价。也正是由于他的深入，使得一大批形形色色的人物，背着锄、挑着粪、拉着车、唱着歌走进了《创业史》，成为了新中国一座艺术丰碑，也深刻影响了文学的时代思维。那后辈作家路遥的床头，就如圣经似的摆着两本书，一本就是这部《创业史》。

是啊，这么多的窑洞，走出了这么多卓越的文艺家，艾青、李季、何其芳、周立波、古元、华君武、刘炽、吕骥、周巍峙……琳琅满目，星光璀璨，今天是读不过来了。

我慢慢走下了东山，站到那哥特式大楼旁边，想起一代代领袖"深入生活，扎根人民"的呼唤，真真犹如黄钟大吕，激荡不已，久久沉浸其中了。回望那已经沐浴在夕阳余辉里的东山，陡然感觉那一排排正在整修的窑洞，有如崛起的一座座巍峨的高峰，令人仰止，令人赞叹，已经成为引领当今文艺家前进的标杆了！

2015年5月10日于新城
发表于2015年5月21日《人民日报》

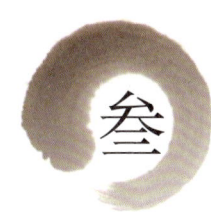

雅鉴篇

那年的冬天,我随考古专家走进一家正待开张的博物馆,里边正在清理,一堆堆陶器瓷器青铜器真真假假混居一堂,似乎走进了布满陷阱和诱惑的鬼市。随便拿起一个就是上百上千年的历史,似乎一下子与历史拉近了距离,似乎总有这样那样的惊喜在冷冷地观望着你。

磁州之碗

那年呼先生进了一家古玩店,店主正在柜台上摆弄着一堆小瓷碟,见来人注视便怂恿客人买几个回去,还信誓旦旦地申明绝对是宋金时期磁州窑的,怎么看都是合算的老货。

呼先生打眼扫过,那一堆瓷器大部分是碗碟,大大小小有深有浅,通体呈现出淡淡的乳白色,有趣的是瓷面还用朱砂绘着花草图案。只是线条随意,只有一种浓淡不一的朱红,寥寥几笔就呈现出草鱼莲花和水纹,附在柔和的白瓷上面,昭示着悠远的古意与生动。他估摸这堆碗碟最初的底色是洁白的,由于经历了岁月,在空气和土壤的作用下变得有些不纯粹了。瓷面上细细密密的开片也很均匀,放大镜下缝隙整齐，隐约可见渗透的灰黑，由此估计这堆碗碟是老货无疑。

但随行的朋友发现那线描已经暗淡成了棕色，手触笔画微微隆起，明显能感觉到棱线，不像经历了沧桑岁月的洗礼，便把疑问悄悄告诉呼先生。可他自信地说，这堆东西应该是宋金磁州窑出品，线条隆起是因为釉上彩绘的。当然这种民窑的瓷器属于大路货，市面上流通得多，没有称心的先不要急于下手。

谁都知道瓷器是最金贵也最俗气的器皿，几乎是伴随着文明史发展而来的，尤其从宋代以后又兴起官窑定制，把个寻常百姓的家什子，抬到了所谓艺术层面，开始受到达官贵胄的宠爱，所以历朝都有遍布大江南北的窑口。而这磁州窑就在今天河北邯郸磁县的观台镇，应是我国北方最大的民窑体系，北宋以来繁盛不衰，所以存世量很大。现在人们都喜欢追逐官窑的出品，其实哪个官窑不是从民窑里"选拔"出来的啊！可以肯定地估计，这样图案精彩的磁州器皿应该不会很多的。于是呼先生问那价钱，居然是按尺寸大小从二百元到五百元不等，呼先生连连摇头太贵了，舍不得掏腰包。

忽然他看到柜台角落一只瓷碗很有趣，被一堆小盘子挡住看不清面貌，便过去伸手取出来。店主叹气，这只碗好是好，可惜碗边破损了。呼先生拿起细看，小碗居然绘着一幅太白醉酒图，只可惜碗边掉了瓷皮，豁豁牙牙不甚美观。可那太白醉酒的形象栩栩如生，诗人酒酣耳热诗兴大发，斜靠在一只绘有鱼纹的酒缸旁，四肢瘫软，眼睛微闭，一副醉态可掬的沧浪神态。而且那细细的线条飘逸自然，一笔带下没有一点迟滞感。如果这确是南宋时期的作品，这瓷碗的价值姑且不论，仅这幅画可就难得呢。于是呼先生故意问，这瓷碗破损成这样还值钱吗？店主头都没抬说，你给三百块钱拿走。最后讨价还价二百元把瓷碗带走了。

回到家呼先生再品味瓷碗里的小品，形象确实生动自然。要知道八百年前的宋金绘画我们已见不到几幅真迹了，而这个瓷碗里的太白醉酒图却是一幅千真万确的南宋绘画啊。虽然不知作者是谁，但那笔法之洗练，线条之流畅，也算是一幅精致小品呢，如果哪天考证出是出自南宋哪位大师之手，那还不乐翻天了。于是呼先生把瓷碗恭恭敬敬地摆到书柜上，每每读书作文累了，看一眼李太白的醉态，浑身的舒坦便也就上来了。

有了这般体会，呼先生后悔应该把那一堆瓷器全买下来了，那些小碗小碟里形态各异的花草虫鱼，如果挂在一起相互衬映也会别有一番情趣呢。于是他又跑到那家古玩店，见那些瓷器都还摆在那儿，匆匆问过店主还是原价就都要了。店主心有疑窦地问，为何又返回来要买这些碗碟？呼先生没加思索坦诚相告，这些碗碟的价值是上面的图案，灵性的草鱼，鲜活的兰草，南宋的绘画到哪儿去找呀，把这些组成一幅挂板多有价值呀。呼先生一边说一边让打包，可是等到付款时，店主忽然冒出一句，这些瓷碟瓷碗一千元一只。呼先生一听急了，不是刚刚说好价格没变吗，怎么一会儿工夫就翻了三四个跟头。店主也不正面回答就是咬定那个价不松口，那架势明显是不想做这单生意了。

磁州窑画碗

呼先生顿时明白了，都

是自己嘴巴惹的，把这些碗碟潜在价值说了，人家随口要涨价那也是没办法的。可他咽不下这个窝囊气，两人几乎吵将起来。终于有人进来圆场，说一只瓷碗六百元算了，气得呼先生扭头便走，从此再也没有进过那家灰暗的店铺。

好多年后，呼先生去大唐西市巧遇已搬到这儿的店主，对方颇为得意地告诉他，那堆磁州碟碗，最后涨到两千元一只都卖完了。呼先生回到家再看那只线描瓷碗，心里反而空落落的，虽然醉酒图还是那么谐趣，却显得格外孤单。看来藏家需要眼力，更需要修养呢。

2011 年 12 月 31 日于新城
发表于 2012 年第 5 期《人民文学》

古琴之韵

我对古琴本没什么印象的，是到画家江文湛的红草园踏春，见他居然身穿灰色长衫，正襟安坐，手抚古琴，膝上便流淌出低回委婉的音律来。空旷的画室还燃有一炷紫色长香，冒出一缕细细的烟柱，摇摇摆摆地在空气中激荡散淡开来，使得偌大的画室弥漫着醇厚的草香。这是一种近似佛道的意境，那高山流水般的音符在画室里东游西荡，抚琴人许是把我当知音了，弹拨得愈发投入起来，使人当然地想起伯牙与钟子期崖下的相遇。只我一个听众，一曲终了，我的掌声在画室里碰撞几下就凋零了。

我对古乐没有触到感觉，但我对古琴却发生了兴趣。这架古琴几乎

古琴

是黑色的,横张着七根琴弦,琴纽弦架都透着岁月流蚀的痕迹,捧到面前感觉醇醇绵香沁人心脾。我问这真是古琴吗?文湛扭头看我,怎么不是啊。没想到文湛对古琴的认识令我吃惊,那古琴上部叫龙池,寓意有龙潜伏在此,龙出则兴云布雨滋润万物,象征弹奏者的仁德远播天下;琴上还有凤池,寓意凤浴其中,凤起则百鸟沐阳洁净光华,象征弹奏者的品格圣洁无瑕;琴上的七弦,各有金木水火土与七音相对,似乎道家的玄妙都可在琴上找到归宿。而且,音质醇美的古琴都是千年梧桐制成,由于木液已尽,纹理稀疏而坚韧,又经过多年风吹日晒,金石水声必然渗透其中,弹奏起来绝无杂音纷扰。

所以古人云:"但得琴中趣,何劳弦上音。"

后来我在一个雅集上又见有朋友携古琴弹奏助兴,那把琴也是墨色,木纹稀疏,一头稍宽,一头稍窄,没有琴弦但可见琴弦绷过的勒印，背面拉弦的琴轸还掉了一个。朋友得意这把琴声亮如金石之鸣，琴背还阴刻着一溜小字，模模糊糊分辨不清。为打消我的疑虑，他指着琴面上的蛇腹纹以证明此琴的悠久，现代人可以仿制出古琴的模样，却无法仿制出这些断纹，这可是古琴最有价值的证据。我反驳这蛇腹纹有何难，拿小刀在漆面上划几道不就出来了吗？朋友反驳，小刀的划纹可以轻易看出来，再精细的刀法也难免在琴面上留下痕迹。于是朋友抚琴弹曲久久不歇，开酒畅饮通宵达旦。

然而，我听闻江文湛痴迷古琴几近疯癫了，每年都要在秦岭深处召集雅会。南来北往的琴手皆披长衫携古琴会之，有合奏有独奏，曲律悠悠地在绿草灌木间飘游，好像个个已经入了仙道，竟然一种秦岭"八仙"的味儿。所以古人总把弹琴听乐视为道家之修炼，是自己与心灵的对话，以便忙碌的身体脱俗宁静。文湛直言道那琵琶二胡是取悦旁人的，而古琴是愉悦自己心灵的。

后来文湛对古琴的钟爱几乎引起家里龃龉了，居然独自一人携挎古琴，跑进安徽黄山，又到浙江普陀，以琴会友切磋古韵。试想布衣长衫携琴于山间游走，似乎风雅而又高古得令人们看不清楚画家的面目了，谁都会以为是走火入魔了，连那早已应承的绘画也似乎荒芜了。但他听到别人叹息居然傲然地说，我所以敢出门会琴访友，是我的古琴好啊；没有好琴，我是不敢走出红草园半步的。

我想文湛对古琴如此痴迷，见到朋友这把古琴也许会手舞足蹈。于是在他七十大寿前夕，我让朋友又携古琴登临红草园让他欣赏。文湛手举那把古琴左看右看，终于放下说，这把古琴应是近年仿制的。朋友一听急了，指着那清代御史的诗句让他细看。他说古人就没有在琴上刻名号的习惯，此类古琴都是准备卖给外行的仿品。朋友又指那蛇腹纹让他瞧，这可不是现代人能仿制得了的。文湛居然以专家的口吻说，这是仿制者把鸡蛋清涂在裸琴上，在刷漆前压上一排细发，待涂漆后提出来，再等漆干后放入蒸笼猛火汽熏，最后悬挂于通风之处，琴干后就呈现这般断纹了。

受到这般质疑，朋友弹起曲子竟也不成调了，没多久便找借口先走了……

2011年12月31日于新城
发表于2012年第5期《人民文学》

陶管之遗

"金疙瘩银疙瘩,不如咸阳塬上的土疙瘩。"是指八百里秦川皇天后土,文物多得随地可寻,稍加留心就会在地里捡到宝贝来。对此何先生是怀疑的,这句民谚在明清以前还说得过去,放到二十一世纪的今天,咸阳塬可能已经让考古的和盗墓的翻腾过无数遍了,哪里会让一个闲人捡到什么金贵的"土疙瘩"?

然而,那年何先生一趟甘泉宫之旅颠覆了自己的想法。

他们本是跑到淳化县的甘泉宫遗址去踏春的,可是绕着昔日恢宏的宫苑转悠,望见几处宫殿台基凸于麦田之上,还有依旧在狂风中哀号的钩弋夫人土冢,便让他们感到岁月之沉重。而最让何先生感叹的是田垄边上一堆长达数十米的碎砖烂瓦,那都是乡民们多年来从田里犁地刨出来的,因为太多的缘故就扔在田畔,经年累月竟成了一道独特的景观,也由此可见脚下这片黄土绝对是宫殿遗址。

他们试图从中找块成形的瓦当,打眼扫过,心生懊恼,都是些碎碎的瓦砾,大多数的瓦块还可见弧形和密密的绳纹。听说上世纪下叶常有外籍人士到这儿来收购瓦当,所以当地人也知道那些灰头土脸的汉瓦值点钱了。近年来有些仿制高手会到这儿来捡些吸附着古老信息的碎砖瓦,回去磨粉添胶再制成汉瓦骗人钱财,如果有谁认真起来把这些汉瓦拿到仪器上检测,也会报出两千年的数值。

旁边那座小村庄,居然称为汉武帝村,响亮得令人肃然起敬,可想威风八面的汉武大帝在这儿留下的痕迹该有多深了。但这村子不大,不过方圆二三十亩,每户都是前院后屋,凌乱的村道上稀稀疏疏地栽着几株高挺的白杨树,那猪舍鸡圈更是拉拉杂杂随心所欲。何先生注意到庄户人家院里的墙上挂满黄澄澄的玉米,显示着主人淳朴的满足,连门外两只小猪也昏懒地睡着,见到有人观望连眼也不抬的。

忽然,何先生发现猪圈旁边放着一根圆柱形的管筒,脏兮兮地落满草屑和土灰,似与周边的杂物没有差异。何先生直感这应该是件老货,便过去把管筒用劲立起端详。这根陶制管筒,高有一米多,一头稍粗,一头稍细,直径大约四五十公分,满身挤满粗细均匀的绳纹,内径却是光光的。大家都说这和今天城里马路下埋的下水管差不多,何先生也猜测这应该是一节甘泉宫的下水管。如果按管径推算,这甘泉宫的规模是相当宏伟的。这根陶管算不上一件艺术品,却存储着中国建筑史的信息。

有趣的是千年陶管竟然就扔在猪圈边了,足见村里人对古代遗物极不稀罕。他们去敲这家的大门,院门都没锁,推门进去又无人应答。

何先生只好压抑着心情，蹲在猪圈边等待主人回来。终于村道上有了人影，迎上去打问，居然对陶管毫不在意，称那类管子当地挖水渠遇到很多，都敲碎堆到田畔了。原来这个村子千年以来已成习惯了，阡陌劳作遇到陶器喜欢敲碎扔掉。后来这家主人闻讯赶来说，这是上月在村外崖下取土时，从畔上滚出来的，想着可以给猪圈砌墙用就拉回来了，可一头大一头小不好用，你们想要就拿去吧。于是何先生硬塞给他五十块钱，便抬到轿车后备厢里，兴高采烈地返回城里了。

然而，这根陶管确实太大了，放在哪儿都碍眼，遇到朋友问及总要絮叨一遍。开始何先生说起那天的巧遇还口沫四溅，后来就觉得索然无味了，甚至有朋友开玩笑说他买的是下水道，弄得人心里怪怪的，于是便把陶管给一位老画家拉去了。画家在省军区的干休所里，门口有个小院。何先生告诉他这是汉代的陶管，想不到画家对古物痴迷如病，却对这件东西不以为意，几年间见那陶管就在小院角落堆着，任凭风

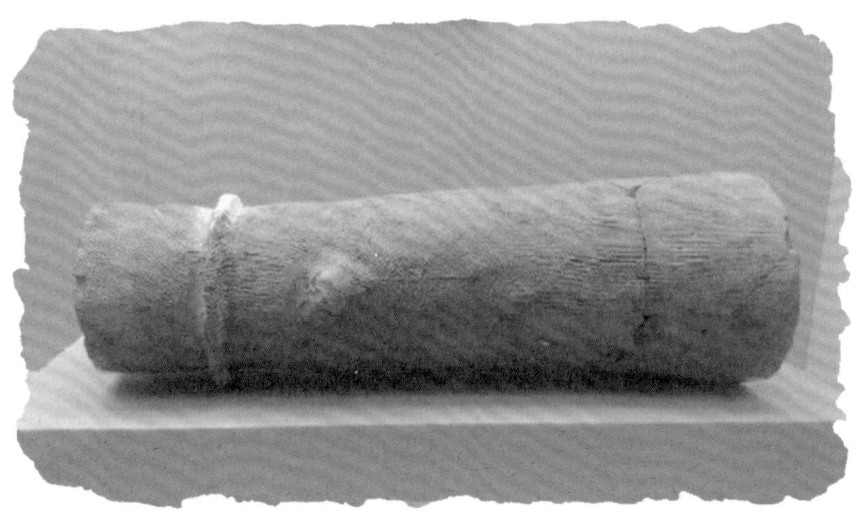

汉陶制排水管

吹雨淋，似乎冲刷出了陶管的本色。

后来，何先生陪外地客人去博物馆参观，令他惊奇的是唐代部分第一件展品就是陶管，器形和外观与他们在汉武帝村讨来的一样，可以此佐证唐长安城的建筑规模。似乎看那古人绘制的长安地图，再瞧这件无语的陶管，是得佩服考古人的逻辑力量，给人带来持久的震撼感受。那时长安城有八十平方公里，人口也过了百万，绝对的国际化大都市啊。这让何先生感到一种莫名的激动，看来那件"土疙瘩"也算个宝贝了，他似乎从那绳纹里看到了古人的优雅，从器形上看到了艺术的韵动。试想可以做个托盘，把陶管竖放上去作为画缸，既古朴又典雅，就可以在家里诠释古代大都市了。

有了这个念头，何先生马上赶往老画家府上，思忖着要搬回去送给博物馆。可是那天走进院门，已不见那根陶管。真没想到画家居然没把陶管当回事，不知哪一天被谁搬走了。何先生说在你家院里放着，你不答应谁敢搬啊。后来老画家看他认真起来便轻描淡写地说，我看着那么大的管子，几次想叫来串门的朋友搬走，可人家瞅瞅都摇头。何先生懊恼地告诉他，博物馆的展品跟那件陶管一模一样，品相还没那根好呢。老画家听罢只好实话实说了，我瞧着堆在院子里碍事，又没个什么用场，就让垃圾车拉走了。

何先生愣怔了，似乎不经意得到的，也容易不经意失去。

2012 年 1 月 4 日于新城

发表于 2012 年第 5 期《人民文学》

古埙之律

看到有音乐人把土埙演奏得那么精彩，就想起家里藏着的那枚黄黄的古埙。

那只古埙在我书架上可有年头了，那还是上世纪的八十年代，我们厂的陶师傅在护城河边开了间陶艺馆，大家便跑去瞧个稀罕。那陶艺馆租用的是护城河南岸新修的一组亭榭，制坯工艺在亭里，烧陶的火炉在外面。看那制坯师傅没怎么动作就做好一件器皿，估摸我们也能烧件自己做的物什，可到临走谁也没能捏出个像样的坯子来。陶师傅怕我们扫兴，便让大家到展台上自己挑件陶艺带回去。

那些陶艺似乎太精细了，整整齐齐摆了几大柜子，每一个都洋溢着古老的灿烂。蓦然,我瞅见角落里有只茶杯上坐着一只鹅蛋人的陶艺,便伸手小心翼翼取出来。陶师傅马上惊奇地说,你眼睛真尖,这可是古埙,五千多年了。我一听便要揣进兜里。他显然不很情愿,反复说那古埙是好不容易"淘"来的样品,他要照样烧一组"古埙"吸引孩子们来。但他见我执拗,便勉强把古埙塞进我衣兜里了。然而,我拿回去却不知有什么用,便严严实实包了几层麻纸,放进抽屉深处了。

后来平凹的《废都》出来了,反复地提到吹埙,社会上有关埙的介绍也就多起来。我这才知道,那古埙真有五六千年的历史,在半坡和河姆渡的新石器遗址都曾发现过,我断定古埙可能是那个年代人类制作的第一种乐器。后来在一个朋友聚会的场合,音乐人随手掏出土埙,吹了两支乐曲。那声音真像是从土里出来的,音律柔和得像细柳吹拂,又低沉得像长风刮过,可以说哪怕缺少音韵修养的人肃穆侧耳,都会感觉到心灵深处的挠动,真似人与神在呢喃交流。稍嫌遗憾的是,如今古埙尚可发现,而那古老的埙乐却没能留传下来,那如泣如诉的曲律都是吹埙人自己创作的。于是,乘着酒劲我吹嘘家藏一个古埙,一帮人眼睛都瞪大瞅我,以为我在说酒话,逼得我只好发誓下次聚会给大家带来看。

回到家,我把那个古埙取出来,一层层剥掉包裹的麻纸,一只圆圆的古埙便暴露在我面

陶埙

前了。说实话以前我还真没好好研究过这个陶艺，圆圆的鹅蛋形状，表面附有一层厚薄不均的泥土，通体呈现土黄色，腰部还有一圈线刻的网纹，似乎用朱砂描过，颜色厚重，韵感十足。有趣的是这个土埙只有五个孔，两两相对，唯一稍大的孔单独在侧。我想起音乐人的埙是九个孔，顶部一个吹奏，前面有六个孔，后面两个孔称之为"黑点"。而这只古埙五个孔显然缺少音阶，是难以吹奏现代旋律的。

我于是告诉了音乐人这只埙的形状，想不到他一听便来了情绪，大喊若是五个孔就对了。那时人类只发现这几个音阶，这五个孔，一个是吹孔，四个是音孔，估计应该是西周以前的乐器。我一听恍然大悟，急忙跑回家把那个古埙恭恭敬敬地放到一只水杯里，置于书架之上，看上去愈发典雅了，似在向人讲述着五千多年前演奏过的曲律。

但我品赏之后，想那音乐人能把土埙吹奏得那么优美，这只古埙吹出的音色应该更有奇异的韵味。但古埙土浆太厚，稍一吹便土沫四溢，我于是把古埙放进清水里洗了，还生怕洗得不彻底，竭力把水从大孔灌进去，从四个小孔溢出来，反复数次才把里面冲干净。只是没料到古埙这么一洗，竟然呈现出奇异颜色，一半是红陶色，一半是黄陶色，腰间的纹路竟显出红黑两种线条来。特别是握在手上凝滑如玉，绵绵光光，愈发地透出远古的精致来。我唇抵埙孔轻轻吹奏，声音也是瓮瓮厚厚呢。

然而，当我把这个惊喜告诉一位懂陶的朋友，他听了一跺脚：你傻了呀，这只古埙所以能认定是西周的，不是有五个孔，那太容易伪造了，而是要根据器形和陶色来判断的。那只古埙所以呈现红黄两色，是五千多年间一半埋在土里变化慢保留了红陶本色，一半露在空气里就慢慢还原黄色了。但关键是要闻到土香味，你这一洗就把五千年历史洗没了，把老东西洗成新东西了！这回我是彻底傻眼了，怎么会干出这等傻事呀。从此，再也不敢在朋友面前吹嘘古埙了，遇到痴迷的音乐人讨要，我就含含糊糊地搪塞，人家还以为我上次真的是酒后吹嘘了。

后来，我参加音乐人在国家大剧院的埙乐晚会，不由得被土埙所营造的气场所震撼，坐在剧场就想还是把那只洗掉古味的埙送人算了，省得人家说我吹牛皮。为证明这个古埙的历史，我请那位懂陶的朋友做了一个礼盒以示郑重。然而那朋友见到古埙，许久才言声：这是一个古埙无可置疑，尽管土香被你洗得彻底，土味不浓了，但是通体一层厚厚的包浆却露出来了，握在手里这么温润，有如美玉在手，说明这是一只被先人用过的古埙。

我于是把这枚古埙又小心地摆回书柜，心想应该征询久未谋面的陶师傅，可否将古埙送给痴迷埙曲的音乐人？

2011 年 12 月 29 日于新城
发表于 2012 年第 5 期《人民文学》

瓦当之图

许多人都纳闷收藏家怎么都喜欢收集那灰头土脸的秦砖汉瓦。

可钻研文学的宋老师感觉喜欢秦砖的人并不多，那汉瓦却实实是个吊人胃口的宝贝。那年画家王西京约他到骊山画屋喝茶，茶几上就堆着一网兜别人送来的瓦当。让他挑一枚，他还略有不屑地让让，那可是赫赫有名的秦砖汉瓦啊。后来顺手拣了枚残缺的瓦当，上有鸟类的纹饰。西京见他手上瓦当似有不舍地说，这块我刚才咋没看见？宋老师纯粹是下意识使然，硬把这枚瓦当拿回了家，又用水刷洗了几遍摆到书柜里，时常看到嵌在圆环里展翅的"朱雀"，像家里藏了个宝贝似的。

后来，考古界的朋友见到那半枚瓦当，惊奇地说这可是件稀缺的"四神"瓦当，宋老师将信将疑找了本瓦当集成的书来看，竟引起了他对瓦当的浓厚兴趣。可能很少有人清楚这瓦当那弧形的长筒为"瓦"，那顶端垂下的圆头为"当"，是为防止雨水侵蚀椽头的古代建筑构件。令很多陕西人自豪的是扶风县西周遗址发现了中国最早的瓦当，而中国最大的一枚瓦当也来自关中。当然瓦当应该是当时豪华建筑的构件，主要用于宫殿神庙类恢宏建筑，黎民百姓的茅屋是绝对受用不起的。现在人们所以迷恋起瓦当来，实在是因为瓦当变幻无穷的图案，那道道柔美的阴阳线刻似乎隐含着古老的寓意和典故，因着那浮雕的生动与平庸，那市场上的价格便也差异万千了。而这枚残缺的瓦当，就是"四神"之一，这让宋老师兴奋得直拍桌子。

后来他竟迷上了瓦当，又跑到一家专门经营瓦当的店铺，想再搜寻流通在这个隐秘角落的稀罕物件。进门就看到柜台正中堆着一组大大小小的半圆瓦当，图形有羊有鹿有虎有树，还有被称为饕餮的怪兽。店主神秘地告诉他这些可都是春秋战国时期的瓦当，那时的纹饰都是些动物和树木，不但历史久远，而且图案生动，存世量可以用凤毛麟角来形容。他问一枚要多少钱啊？对方伸出五根手指，他故意调侃是五十元吗？人家急忙摇头。又问是五百元，又摇头。宋老师大胆问是五千元吗？店主居然不屑地喊叫起来，满西安城都找不到这类瓦当了。记得专家告诉过他，这类瓦当后来演变到汉代就简化成了稀有的"四神"瓦当，使得那青龙、白虎、朱雀、玄武成了守卫四方的神主，如今若能收齐这四枚瓦当足可以大收藏家自居了。

想不到家里那半枚朱雀瓦当还真是个宝贝呢，但这间铺里拥满四壁的大多是铭文瓦当，这些瓦当应该是汉瓦里最令人神迷的类别：有的是吉祥祝愿，有的是建筑名号，似乎琢磨几年瓦当，写篆字想不戴书法家的帽子都难呢。宋老师扭头见有面墙满是"长乐未央"，店主告诉他那"四神"瓦当早已见不到真货了,这类文字瓦当存世量多,一千元就可以成交。后来店主大概看出教书人囊中羞涩便关切地告诉他,你要是想送朋友,可以买些汉代的云纹瓦当,这类陶瓦出土量最大,价格却只是铭文瓦当的十分之一。宋老师想想无奈便花去五百元,买下五个陆续送朋友了。

然而这一送却送出了幽默来,他发现那圆圆的陶面上可以变幻出那么多生动形象,蕴藏着古老深邃的品位。常常有外地朋友来聚餐,但听到教书人要赠送汉代瓦当,便以为自己将见到稀世珍宝,喝起酒来不用劝就多了,满嘴海誓山盟般的醉话。当然他会在朋友离开古城的前一天,将瓦当镶在玻璃框里送去。虽说装框后体积陡增不好携带,但镶进玻璃框还真个漂亮呢,灰蓝的冷色调衬着陶土瓦当,喜得朋友摇着他的手谢个没完,非要把身上所有的钞票翻出来。教书人呵呵笑了,这东西是汉代的绝没问题,但是三秦大地上埋藏的"宝贝"太多了,的的确确不值钱的。

后来,王西京又叫他去骊山画室喝茶,看到画案旁又放着一个塑料袋,用手一提哗啦啦瓦砾响,便调侃这袋里又是谁拿来骗画的瓦当吧!画家笑笑说,想不到"四神"瓦当这么难配,我想用这堆瓦当换回那半块朱雀瓦当。宋老师打开看,里边有八九枚云纹瓦当,便趣说那半块朱雀瓦当可以还你,但这些瓦当还是镶进骊山的边墙好,送给我岂不糟蹋了。画家笑笑实话说了,这云纹瓦当实在是太多了。后来教书人还是依依不舍地把那半枚朱雀瓦当取来还给画家了。

然而,当他把那一袋云纹

云纹瓦当

瓦当拿回家摊到桌上，发觉面前这些修补后的云纹瓦当，已看不出残缺的痕迹了。瓦面虽说已经切去，仅留边沿的绳纹，而当面飘曳的云彩朵朵相牵，围绕在圆圆的空间里，演绎着那个时代的万千变化。可是，妻子嫌这些瓦当堆在桌上太凌乱，有天收拾屋子将这些"宝贝"整整齐齐摆到书柜顶上了。宋老师回家看到那一排灰灰的云纹，有些气恼，又有些趣味，忽然品出些许的味道来，似乎整个书房也悬到云端里了，扰得他夜不能寐。

教书人夜里披衣起床，匆匆记下飘过脑际的片言只语。这类云纹瓦当所以出土量大，绝不仅仅是工艺简单的缘故，应该是那个时代流行思潮在建筑上的反映。尽管那时的诸侯将相，个个都在追逐霸业，但王侯思想里还残留着游牧民族的遗风，喜好生活在牲畜众多与树木繁茂的地方，所以春秋战国的瓦当多以牲畜和树木为题材，寄托着主人的殷殷期望。而岁月演进到汉代，大一统的帝国已经建立，那董仲舒"独尊儒术"神化皇权，竭力把尊与卑割裂开来，使得皇族与黎民拉开了距离，笼罩上了虚无而又神秘的色彩，那统率王土的皇帝便被推到了浩浩渺渺的云端，成了主宰万物的天神化身。

于是依附在建筑椽头的云纹瓦当便应运而生了，小小的团团的云朵，整整齐齐地贴在飞翘的屋檐上，无论多么宏大的建筑似乎悬浮到云端里了，大大满足了宫殿主人驾驭万物的心愿，从此那线条流畅的云纹瓦当便泛滥开来，如今便多得一塌糊涂了。

早晨宋老师出门就昨晚的想法去请教，专家听罢居然拍案击掌：有道理啊，我研究了一辈子古陶，还没听有人这样分析瓦当。

2012 年 1 月 11 日于新城
发表于 2013 年第 8 期《中国作家》

饮酒之器

有位藏家在小东门早市上淘到一只青铜爵,大呼小叫地喊姜先生去欣赏。

进门还没坐定,藏家就从桌上纸盒里拿出一件被卫生纸裹缠得严严实实的器物,待一圈一圈地把纸带解下来,一只二十多厘米高的青铜爵就展现面前了。这爵敞口锥足,口部如心形倒酒槽,一边上翘像张口待哺的小鸟,一边下垂像威猛的老雕;杯身是双曲线的,与细细的三足相连;颈部饰有小鸟变形纹,两两相对神态悠扬,衔起两条长长的冠羽,一条平伸向后,一条折而垂前;腰部的饕餮纹环绕一周,圆目突出威严无比,显示着神秘的力量,与那三锥足上的夔龙纹相伴成趣。

这只爵造型与图案精美绝伦，真似披戴盛装的袅袅舞者，孕育着极动人的韵味。由此可见西周时期的铸造技术已达到一个很高的水准，有些器物今天仿造起来还有难度呢。

姜先生故意逗藏家，你这么急把我叫来，是想送与我吗？对方辩道，什么送你呀，我是看那电视里的古装戏，但有喝酒场面就有爵晃悠，心想喜好收藏这么多年，怎么也要在书架上摆一只像样的爵充充高雅，今天有了收获便是请你小酌欣赏。岂知那姜先生正在写一篇秦汉文章，见这爵陡生好奇，便要借走把玩几日。尽管古人言，君子不夺人之美，但藏家还是没能抵挡住持续的攻势，青铜爵被姜先生借回家去玩赏了。

姜先生尽管没有搞收藏但对古物充满好奇，那日便把爵放在办公室书柜上，稍有空闲便瞄上几眼，即被那造型和文饰所营造出的趣味所倾倒。他为此翻阅了很多专著来琢磨这只爵所隐含的历史信息。似乎涉猎得多了，便迂腐地喜欢刨根问底了。这只爵是当时的酒具无疑，所有专著都这样介绍，但那洋洋洒洒的图录里，标注为春秋时期酒具的青铜器形态迥异，许多器物称谓也还是第一次见到，不翻字典是绝对不知道读音的。

爵

那么林林总总的酒具

在宴席上都扮演了什么角色呢？

遗憾的是翻遍手头著述，几乎找不到有价值的答案，但这个疑问却调动得姜先生异常兴奋。他试图从博物馆展柜里发现线索，又试图从青铜器的著作里找到答案。然而书中仅仅记载青铜器在那个年代就是贵重之物，只有贵族才得享用那形态各异的食器、酒具、水具和兵器，一方面为祭祀之用，一方面也为日常之用。而那酒具品种居然多得令人遐想，似乎那壶、爵、角、斝之类是为酒具可以理解，还有卣、瓿、觯、觚、斗、尊也为酒具，究竟各有什么用途呢？他想，春秋年月礼仪为先，饮酒是件极讲究的事情，必然要制定繁缛的规矩，相应的器物才会随之而生。可他就此请教周围的朋友，却是莫衷一是不甚了了。

于是姜先生急急去拜见考古大家石老，想把门外汉的推论拉拉杂杂倒出来。那西周时期的酒，用今天的尺度估量应该是稠稠的米酒了，度数不会很高，所以古人的酒量也都大得惊人。为此，"隆重"的饮酒仪式便在屋檐下展现出来，首先酒是放在"壶"或"瓿"里的，待要宴请客人，厨人用"斗"将酒盛到"卣"里，再由侍者提到酒席前，给那用膳者一个个斟到"爵"里。那爵在饭几上置于炭火之上，饮用之时，须将酒从"爵"里倒到"杯"中。而那宴会主人则将酒倒入面前的"觚"中，然后才彬彬有礼地相互致意一饮而下，渐渐地皇上才通用了"孤家"之说。

听到姜先生这么一番牵强附会的"论述"，石老居然点点头，问他可知道为什么饮酒如此繁琐？姜先生受到鼓舞便说，那时的酒是米酒，反复倒来会由混沌变得清澈，倒到最后应该就变得透亮了。而那米酒加温饮用才有味道，至今人们饮用米酒还是这样的习惯。

石老随手翻开他主编的一部青铜器概述，指着一张图片问，这些尊也为酒器，被誉为青铜酒具之首，可知用在何处？姜先生顿时口中含混不知所答。石老指着图片教授道，尊是纯粹的祭祀用品，是为献给神灵的盛酒器，所以这些"尊"都制作得精美无比。

正巧那天电视又在播放战国时期的电视剧，两人盯住荧屏，虽说没有出现饮酒的场面，但姜先生已经断定，影视里出现的执爵饮酒应是误导。那时候贵胄们饮酒，爵是用来温酒的，礼让之后倒入杯中掩袖而饮。临走石老一番肯定的话，让姜先生激动得回到家写下好一段颤抖的文字。

后来姜先生把这些告诉藏家，藏家听罢大吃一惊，这么说影视里那些手持爵开怀畅饮的镜头都是笑话啊。姜先生不禁笑从中来，真感谢你的爵，明天就还回去！

2011 年 12 月 28 日于新城

发表于 2013 年第 8 期《中国作家》

箭镞之锐

我以为自己从战国时期的箭头上发现了一个秘密。

那年的冬天,我随考古专家走进一家正待开张的博物馆,里边正在清理,一堆堆陶器瓷器青铜器真真假假混居一堂,似乎走进了布满陷阱和诱惑的鬼市。随便拿起一个就是上百上千年的历史,似乎一下子与历史拉近了距离,似乎总有这样那样的惊喜在冷冷地观望着你。终于专家在一个展柜前站住,翻拣起一堆杂乱的古箭头来,只见锈迹斑斑,有几枚都锈成一块了。我轻轻一捏,竟给掰断了,露出已经锈透的茬口。

专家连忙拦住我说,不要用力,愈往里锈得愈深呢。展览人说这堆箭头是战国时的,埋在土里见潮了,所以锈成这样子。我捏着一枚箭头细柄问专家，这真是战国时期的吗？专家一脸认真，回答没问题，还瞅我一眼说，你若想研究冷兵器可以先借你几枚。我扒拉来扒拉去，挑了五枚品相稍好些的，也算不枉今天来博物馆一趟。

回家以后，我细细瞅那小小箭头却是很有意思的。这箭头又称为矢或镞，早期应该是石质或骨质做成的，是先民们用来狩猎的工具，后来就发展成令人胆寒的兵器了。手上这枚箭头尽管只有四五厘米长，却是显出生动来，箭头呈扁平的燕尾状，尖尖的喙头，后掠的双羽，拖着一根细细的柄。想象这枚青铜箭头拖着长长的箭身在空中飞行，犹如一只飞翔的燕子，义无反顾所向披靡。

也是为了表现"高雅"的情趣，我把五枚箭头镶嵌在办公桌玻璃板下，每天坐到办公桌前便会看到燕形的箭头欲飞前方，感觉遥远的战国透过那箭头穿越时空过来了，"飞翔"的"小燕子"便带给我无尽的战国信息。我正研究古代兵器的发展，仔细与书中图案对比，发觉这五枚箭头符合战国时期燕赵齐楚一带的形制。然而，这个想法又引出了新的疑问，那横扫六国的秦国箭头又是什么形态呢？

我匆匆去问呼专家，他说秦国的箭头是三棱状的，缺少艺术魅力。我心里纳闷了，打仗的兵器要的是杀伤力，怎能追求"艺术魅力"？从此，寻找几枚秦国的箭头就成为我一段时间进出博物馆的动力，每天都想着找到秦国箭头，以满足我渐渐膨胀的好奇。

有趣的是几天后我赶到秦俑馆寻觅，馆长听说我想看看秦国箭头，便从修复间拿出一个托盘，说是一组秦国箭头。我急忙接到手，居然一个个整齐地排列着。拿起一枚细细打量，形制呈三棱状，三面各有一道血槽，喙头格外锋利，轻轻划过手背会留下一道白痕，三个尾翼还有倒钩，可想扎进肉里会很难拔出来的。

但我怀疑这些箭头是否为秦国时期的，因为这堆箭头像是一个模子倒出来的,而且一枚枚乌黑沉稳,只在倒钩处可见星星锈斑,埋在地下两千多年还会这般新?馆长告诉我,这种乌黑色正是青铜器最可靠的颜色,说明那时秦国兵器制造技术先进,铜铁锡的配比更趋合理,提高了箭头的硬度。其实那些锈迹今天很容易捣鼓出来,有人曾仿造过一堆青铜器,埋到土里浇上几泡尿,过上几年翻出来就锈迹斑斑了。

这真是"踏破铁鞋无觅处,得来全不费工夫"。

当晚,我把新借的五枚箭头与燕形箭头分别摆到桌上,似乎就是两军对垒,一边是十万三棱箭头,一边是十万燕形箭头。我品味着两种箭头的魅力,忽然意识到这形制优雅的燕形箭头,工艺简单,模范易铸,稍加磨砺就可成形。如果万箭齐发,犹如群燕扑来会让士兵们胆战心惊。但这种箭从弓上射出必然飘忽,冲击力会减弱,准确性也会受到影响。而那秦国的三棱箭头,虽然工艺复杂,磨砺起来要三面匀称,需要辅

战国箭镞

助夹具才能完成，但这种箭头前冲性好，一跃空中勇往直前，血槽和倒钩更让人胆寒，扎向敌人的任何部位都是极具杀伤力的。

后来我突发奇想找来一枚今天的子弹头，两相比较让人大吃一惊，这三棱箭头的弧线与子弹头的弧线几乎一致，说明早在两千多年前秦国先民就掌握了空气动力学的原理，能最大限度地平衡箭头的速度和力量。我闭眼"穿越"，恍惚觉得两千多年前惨烈的长平之战就在眼前，秦军大将白起率领装备着三棱箭镞的五十万大军与装备着燕形箭镞的五十万赵军对垒于太行山下，双方旌旗在望，鼓角相闻，忽然号令响起，万箭齐发，赵军丢盔卸甲。可能被射杀于马上的赵军统帅赵括临死才明白，五十万赵军所以会一败涂地，箭镞的形制也是个原因呢。

遗憾的是，我翻了许多书籍却没找到有关的记述。后来有人告诉我，出土的秦国青铜剑也比楚国青铜剑长几厘米的。于是我有了一个设定，秦国所以能够横扫六国，装备优势也是一个不可或缺的因素，后来专家听到我这个观点也点头称是。

我于是得意起来，逢到"文化场合"就喜欢云里雾里吹嘘，似乎发现有时候也很偶然。

2011 年 12 月 15 日于新城
发表于 2012 年第 5 期《人民文学》

杂技之俑

很久以来陶器是不被人所重视的，不论是满釉的陶罐陶仓，还是粉彩的陶俑陶马，都难上各家的多宝架。然而近年来鉴宝类节目多起来，什么老物件都稀罕了，陶器便也登堂入室成了收藏的新宠。

王先生那天跟朋友去小东门转悠，走过几溜街铺，手中的袋子还空着，便时不时地调侃几句风凉话。他知道朋友关注的器物都是唐三彩之类，这都是些让他望而却步的玩意儿，但听朋友与摊主们有一句没一句地搭话却能悟出许多灵性来，即使当时不觉得那言语有什么窍道，回来思量却感觉到学问和奥妙。且不管人们对陶器的价值怎么估量，王先生以为这陶俑的大量出现实在是人类发展史上一件值得肯定的事。

在这之前贵族们喜欢用活人陪葬,后来终于"良心"发现,认识到这种"事死如事生"的方式过于残忍,陶俑便应时而生了。而且汉唐以后陶俑越来越生活化,把世态百相都制作成俑,陪伴着主人在另一个世界里开心与忧伤。于是这些千姿百态的陶俑便成了汉唐风尚最生动地再现了,似乎今天认识汉唐生活也可以从具象的陶俑开始。

终于朋友开始关注一件三彩马的开片形状,王先生蓦然发现摊位后面的格架角落,有件一拃多高的杂技俑,便上前取下来。那俑是红陶的,曾经的彩绘在历史的尘封中已经完全褪去,有些部位略透出红红的陶晕来,通体附有斑斑驳驳的土锈。按说这类陶俑市场上挺多的,但这只俑的造型格外生动,是一位女子倒立的姿势,虽说垂下的面部只能看出个轮廓,形体却很有力度,双手撑地,头部前昂,腰部直立,双腿紧绷向后伸展,整个躯体的曲线与今天杂技演员的动作一模一样,生动得让人咋舌。王先生顿时被这只精灵般的倒立俑给吸引住了。但他没有马上打问这只俑的价格,而是像朋友那样,先是随意地指问其他摆件,只把那只陶俑夹在中间轻描淡写地问过,便知道这只陶俑是唐代的,报价仅仅三百元。等到要离开店铺时,他示意朋友就这只杂技俑砍砍价,最后付给摊主一百元提走了事。

回去王先生把这只杂技俑摆到桌上细细品赏,还真有韵味。器物虽小却

杂技俑

反映了唐代雕塑家精湛的技艺，不但线条透着女性的刚与柔，而且倒立的姿态还很轻松。那价值高低就不去论了，仅陶俑的曲线和力量就让他像得到了一件稀世宝贝格外珍重起来，遇到朋友登门就喜欢卖弄地拉住人家欣赏，还生怕人家看不懂，会翻来覆去地告诉人家这件杂技俑绝对是"天下第一"美人。而且会告诉别人，唐代丝绸之路使西域的杂耍风靡一时，受到官宦和百姓们的追捧，于是杂技便成了主人的逗趣之景，由此可见当时杂技艺术的水平。遇到人家质疑这件陶俑的真伪，他会把那陶俑的土斑吹嘘得天花乱坠，必须要让人家相信自己淘到一件经历了千年风雨的珍稀之物。当然王先生害怕人家问他这是从哪儿出土的，这已经无从可考了，只能估计是关中地区，再具体就回答得云里雾里了。讨厌的是朋友们听到王先生只花了一百元，怎么也不相信这件形制优美的陶俑会这么便宜，他于是反复给人家讲这就是运气啊！

但是，天有不测"风云"，几年后王先生收拾拥挤的书柜，一不留神碰倒了书架上的杂技俑，陶俑坠落碎成一地了。他懊恼地把残片收拾到一块儿，可怜陶俑已身首异处，躯体更是碎成八瓣了，而且断茬的朱红色真似血染似的，更给人添了惋惜的情绪。显然这只陶俑在他家的生命结束了，他把这堆泥块般的碎片收到一只塑料袋里，堆放在书桌下边，几次想提出去扔了，省得看见这些残骸搅得人心绪烦乱，但他终是没有这样做。

后来，王先生问过几家店铺，一提出修补这么小的陶俑，都摇头喊叫不值当，修补费会比新买一件都贵，有那工夫到市场上再淘一件不就行了嘛。王先生听着似乎也有道理，把那袋残片扔到一只废纸箱里准备扔掉。可他再跑进小东门，却再也没有见过那么生动的杂技俑。王先生憋不住了，把烦恼告诉朋友。谁知对方一拍巴掌，他有个朋友就是修补陶器的，修补后绝对让你看不出断痕。王先生喜出望外，马上把碎片提到朋友车上，一天天等那陶俑早点返回自己的书架。

终于朋友托人把陶俑补好了，还做了只锦缎盒子。王先生小心拿出来，那修补后的陶俑真就焕发了原来的风采，修补的断痕一点也看不出来，形体和神态还是那样风韵犹存。真佩服人家精妙的手艺，让一堆残片恢复成令人惊叹的艺术品。而且朋友还说有人还看上这只修补的杂技俑了，肯出三千元来买。他有些不信，知道那瓷器一有裂纹，价格就跌到一小半了，这只陶俑都碎成那样，粘到一起还能涨价？朋友煞有介事地笑道，这陶和瓷可不一样，瓷碎了就只有残片的价了，陶碎了修补好是不会掉价的。这只陶俑虽说碎了，正好露出了红陶茬口，明显是唐代"大开门"的老货，这更能鼓动人掏腰包了。

王先生一听心中窃喜，细细地品味那只"劫后余生"的杂技俑，直感觉那艺术的魅力又勃勃地发散开来，撩得人心里一个劲地想唱歌，这真是"破碎"的收获。于是他把这只杂技俑又放回书柜里，每天看那倒立的倩影，心里也就愈发地滋润了。

2012年1月4日于新城
发表于2013年第8期《中国作家》

绳纹之妙

古陶器为何钟情于绳纹而久久不弃呢?我身边这位十三岁的小侄儿,盯着橱窗里的一件陶罐,清澈的眼睛里拥满了疑惑,居然眯成了绳纹状。

记得那年去淳化甘泉宫遗址踏青,就发现过堆得如垃圾般的瓦砾,随意用木棍拨拣,偶尔会发现刀刻木划的痕迹,而最多的还是走向整齐的绳纹。有朋友在旁边佯装内行地说,这些带绳纹的瓦砾肯定都是古陶片。我反问那不带绳纹的就不是古陶片了?的确,那绳纹恐怕是中国古代陶器最常见的纹饰了,几乎在我见过的陶罐、陶瓦、陶管、陶盆上都能看到,有的是横的,有的是竖的,有的笔直,有的弯曲,且都极为整齐,一条紧压一条,密密匝匝地形成了远古的韵味。

我只好认真地对小侄儿讲,我问过好多专家,他们对绳纹究竟何时出现多有分歧。大概早在新石器初期就有发现,后来逐渐多起来,进入朝代更迭便成了纷繁装饰的一个陪衬了。我想,人们对古陶绳纹缺少系统研究,大概是这类纹饰太简单了。试想,远古的制作工艺处于原始状态,可能有人偶尔将泥坯放到麻绳上,烧成的陶器便出现了一层细密的纹饰,不但给烧造的陶器增加了美观,还提高了陶器外表的摩擦感,使用起来舒适了许多,所以受到欢迎就是必然的了。于是这种形态便演变成了一种工艺,工匠们将草绳编成帘子,把毛坯紧紧压上去,等那炉火熊熊烧起来,草帘化为青烟,坯料就凝固了,一个个陶器也就愈发地坚挺生动了。

可是小侄儿眨巴着眼睛似乎对这些解释不甚满足,现在的孩子快要成精了。

我于是又带他走进秦砖汉瓦博物馆寻觅答案。一进门那浓郁的古风

绳纹瓦当

便扑面而来，数以千计的瓦当覆盖了偌大的展厅，一面接一面的展墙，被满满当当的瓦当覆盖着。

我们在里边慢慢徜徉，发现那标注的并不精准的制作时代，很快便能把参观者带入三四千年以前的夏商周时期。古代宫殿鳞次栉比，那瓦当其实就是豪华建筑的构件。只是那瓦经历漫漫几千年没什么变化，弧形瓦面上绳纹顺瓦而下，而当面上千姿百态的花草虫鱼，则颇为生动地反映了时代的风俗和古人的精神追求。秦汉以后，瓦当上出现了篆字，优美的字形可以寻觅无穷的乐趣。

我指给小俚儿，有的瓦当文字是美好的祝愿，有的揭示建筑属性，有的反映一种象征。小俚儿似乎已经忘记绳纹了，仔细在瓦当里搜寻他的姓氏。终于他惊呼起来，找到了一个"白"字。其实那只唐代瓦当依然布满绳纹，我发现几千年来古人始终把绳纹作为陶器的主要"装饰"在延续着。

展馆主人见我们这样关注绳纹，便把一只完整的汉瓦从展柜里取出来，让我们用手触摸瓦面上的绳纹。突然，小俚儿没拿住，"咣当"一声，瓦当一头倒到展台上，众人惊呼起来，展馆所有人都凑过来，可仔细端详竟然没有一点破损。展馆主人竟然镇定地说："瓦当没那么娇气。"而我摸着那些细密的绳纹突然闪过一个念头，便对展馆主人说，绳纹的意义不仅仅是美学追求。

还有什么呢？小俚儿的大眼睛又眯成了绳纹。

我说，大家见过现在贴墙面的瓷砖吧，背面都有一条条横竖平直的棱道，这些棱道和绳纹应该是一个作用，都是为了增加陶器的强度。大家听罢，有人点头，有人没点头。于是我拉着小俚儿走出展览馆对他讲，大概古人哪天烧陶的架子倒了，发现有绳纹的陶器破碎得少，便刻意仿造起来，渐渐成了陶器固定的工艺。

商代绳纹罐

　　小侄儿眼睛忽然睁得很大,悄悄伏在我耳边说他在田野捡到过一块带绳纹的瓦片……

2014 年 8 月 19 日于新城
发表于 2016 年第 9 期《延河》

节约之初

怎么也没想到,落满尘埃的岐山博物馆居然陈列着一件小小的"节约"。

我的确有点儿惊讶,急呼同伴过来欣赏。这个被称为"节约"的西周马车零件,是青铜的,就萎缩在那个歪歪扭扭的玻璃橱窗里,静静地注视着突然的造访者。这般小模样,似曾相识的,怎么会是"节约"呢?老馆长见我脸现疑惑,便拉开柜门把"节约"拿出来递到眼前,似乎很像现在工厂常见的四通结构件,有两寸多长,四个管口,内腔通连。我不得其解又小心放回橱窗端详,似乎有点像战死疆场的勇士,两只手臂高扬着,两腿笔直平躺着,即使被割去了头颅依然保持着昂扬的气势，好像在等待着打扫战场的胜利者来"欣赏"。

听那白发馆长口若悬河地介绍，原来这半个巴掌大的构件，是用来联结马笼头的，古时往往会在马头系上两三对"节约"。我听得懵懵懂懂，几经模拟演示，终于琢磨清楚了。那冷兵器时代的马车属于重型武器装备，大多两匹战马驾一辆战车，为在左冲右突的搏杀中控制住骖马奔跑的方向和速度，人们便用皮绳穿过"节约"织成筒状，牢牢地套住马头，然后再牵出一左一右两条缰绳，握到驭人手上。前进抖绳，减速拉绳，左拐拉左绳，右拐拉右绳。如果驾驭两匹以上的车辆依然如此。

老馆长振振有词道，这个"节约"，原本是节制约束之义。

这般有趣啊，我们走出隐藏在周原村落里的博物馆，便见一片平坦的麦田，微微起伏，一望无垠，可以设想若平原深处几百辆战车呼啦啦冲过来，必是风卷残云，铺天盖地，任何人想阻挡都会被碾成齑粉，顷刻之间整齐的阵营便会被冲得丢盔卸甲溃不成军，敌人闻风丧胆也就是必然的了。

我望着老馆长混浊的眼睛，恍然想起多年前曾在朋友家见过一对这样的青铜件，知道是古代马车上的器物，可不知有何作用，更不知何许名称。我电话告诉朋友那是"节约"，他听罢便回家翻箱倒柜找起来，家人提醒可能孩子拿去了，又急忙敲开孩子家门，一眼就看到书桌上黄亮亮的"节约"。只是两只孔已经砸扁插在台历板上，另两孔朝上，一孔插着红笔，一孔插着蓝笔。

我再见到朋友故弄玄虚地说：古战车上的"节约"作用了得。那时驾车人每只手要操控两条以上的缰绳驭马，若是多马驾辕，手握的缰绳更多，驾驭难度更高。若战车要投入战斗，驭手驾马立在车前，执戈兵士紧贴其后，一旦冲入血肉横飞的战场，车轮滚滚，风驰电掣。显然,这战车能否随心所欲地搏杀于战场,驭手的驾车技术就是关键了。所以有人发明了"节约",将几匹马左边的缰绳统到左"节约"上,右边的缰绳统到右"节约"上,大大降低了驭车的难度,也大大减轻了皮绳疙瘩磨勒马脖的痛苦。我一板一眼地说,千万别小看这个发明,在那烽烟四起的古代可绝对是一项重大的技术革新,一定引起了驭手们振臂欢呼,也一定让马匹们欢喜地抖起了尾巴。

谁知后来朋友又来找我求证,我不假思索告诉他,西周初年的战车可能较商朝战车先进许多,那缔造了西周王朝的武王也许就是凭借着这项创造,在牧野吹响了决战的号角,千乘战车逐鹿中原,一举冲垮了商朝的道道防御。可怜那荒唐的纣王刚刚从"酒池肉林"中钻出来,便哀嚎大势已去,不由得让人扼腕笑叹。

然而,这个建立在猜想基础上的推断,居然纠缠得我神魂颠倒

节 约

不能自已，便又去请教考古专家，为何在商代车马坑里很少发现"节约"？专家告诉我，陕西境内的商代车马坑大都发现过"节约"，只是要比周朝的简陋许多。

我闻声拍腿大呼，这不就说明问题了嘛！西周的车马坑发现的"节约"比商朝的精巧，就说明周人握有青铜冶炼技术的诀窍，提升了战车的越野性能，从而使那周武王横扫商军凯旋，亲驾战车气宇轩昂，环顾旷野指点江山，敢问天下谁主沉浮？

这小小"节约"是这般神奇！可这"节约"怎么演变成今日之义的？尽管朋友已对他当初的"疏忽"懊悔不已，但依然追问不止。我告诉他，古人一定注意到"节约"使驭手节省了气力，后人引申发挥，节约之义便应时而生了。

面对如此聪慧的先人，何人敢不佩服啊！

2014 年 6 月 9 日于新城

发表于 2016 年第 9 期《延河》

管辖之义

当我赶到宝鸡博物馆，看到馆长正摆弄被称为"管辖"的古代车辆构件，就忍不住笑了。

圆圆的、空心的、小茶杯样的西周青铜件，横插着一根食指粗的销子。这是古时套在马车轴上的构件，但表面布满线条流畅的美丽纹饰，细细看去，竟是许多青铜器上常见图案。前后两个强悍的饕餮，龇牙瞪眼，杀气逼人，仿佛要把飞驰而过的军车兵士吞进肚里；旁边排成一溜的小龙穿行在云纹之中，与那龙头状的销子互为呼应，恰似马车在空中跃过，犹如天马行空腾云驾雾。

馆长微笑着问我，对这类马车构件可有"研究"？我不假思索便说，这威猛的纹饰必是为了威猛的目的。在那冷兵器时代,木质车辆便是最精锐的装备了。两军对垒,短兵相接,杀声震天,车辆的坚固程度常常决定着一场战争的胜负。所以,那高速旋转的车轮能否在激烈的搏杀中牢牢控制在车轴上,就是一个简单而又复杂的问题了。为此先人们发明了这个"管辖",将其紧紧套在车轴顶端,再用销子插进车轴,把车轮卡在车轴上。想那古时战场对峙,血腥残酷,惨烈异常,战车是在坑坑洼洼的土地上奔驰追杀,那木质车轮没有弹性,剧烈的颠簸中车辆绝不能散架。小小的"管辖"就忠实地执行了这个严峻的使命。所以,那"管"反映的是其形状,而"辖"则揭示了车辆要害。

馆长笑而追问,可知管辖还有其他功能?

我其实是临时抱佛脚,刚刚阅书知晓一二,这下便被问住了,抓耳

管　辖

挠腮不知其详。馆长故作神秘告诉我,这模样灵巧的"管辖",在那尘土飞扬的战场上还有一个功能,就是杀伤敌人。当然开始一定是个偶然,后来发现在战场上非常实用,便自然流

行开来。我不甚理解,他便振振有词地解释,古时对阵双方是把战车排在前面,号角响起,冲锋陷阵,你冲我撞,摧枯拉朽,突出于战车两侧的坚硬"管辖"若能插进敌方车轮,辐条必碎,车倒马翻;若遇马队兵士围攻,那"管辖"横扫过去,所碰之处必是腿断哀号,再难搏杀。以致"管辖"发展到后来,还延伸出了锋利的刀矛头,每乘战车便有如"装甲切割机"了。

所以古代青铜谓之金,赞誉精锐雄师为金戈铁马,其实就是指被青铜构件武装起来的战车。试想,那牧野之战、朝歌之战、管蔡之战,周王大旗高擎,气势如虹,两军对垒,鼓角相闻,那浩浩荡荡的战车排山倒海般冲往敌营,必然势如破竹所向披靡了。

我听罢解释将信将疑,马上电话询问专家朋友,可见过带刀矛头的"管辖",居然得到了肯定的回答,我不由得向馆长伸出拇指。进而我想,在激烈的古战场上,"管辖"坚守着自己的职责,始终如一,不离不弃,即使车辆倾覆也死死地联结在一起,犹如一个忠诚的卫士。

后人当然喜欢这种品格,便把这个词汇用到了社会学范畴。当然木质车辆退出人们生活以后,管辖的本义就不为世人知晓了,曾经与车辆紧密的关系便被丢到荒郊野外,唯有引申义被人们频繁地使用着。

古代朝野赞叹"管辖"忠于职守值得信赖,文人墨客引而传颂,使得这个词汇堂而皇之地走进了典章文稿,一经流传,竟使得爱蘸墨汁的执笔人扬扬得意起来。

两个字囊括了一个复杂的概念,我不由得为汉字的神妙摇头晃脑起来。

2014 年 6 月 9 日于新城
发表于 2016 年第 9 期《延河》

游思篇

沿着汉水向西,我们会抵达汉中。那汉中的夜极具灵性呢,这块演绎过金戈铁马的古沙场,有着太多太多的传奇,而今又变得愈发年轻了。尤其夜幕降临之后,汉中城便欢快起来,人们从容不迫地拥到江边,寻找着属于自己的恬静和快乐,时不时也会爆出欢歌笑语,五彩的霓虹灯把汉中装饰得有如仙境了。

文安驿之春

那赫赫有名的秦直道,是从咸阳的淳化起步,越过陕北黄土荒漠,直抵内蒙古包头的,想来其间的驿站必定是连结成串的。而这条连结榆林与包头的古道,当然也应该散落许多歇脚之驿站的,遥想当年古道上的兵车和走西口的汉子络绎不绝,马头上的铃铛与赶车人悠扬的信天游,携着古道尘埃飘到驿站的房梁上,带给人们缤纷而迷茫的遐想。但是,川流的凛冽风霜还是把古道驿站砥砺得七零八落,现今人们若真要搜寻古驿只能从当地人的传说和地上的遗存里去考究了。可是,眼前这个文安驿却还顽强地在古道边矗立着,呼唤着久远的风烟和现实的抚摸。

羊肚子手巾三道道蓝，

出门容易回家家难。

走进驿站喝水水，

烂墙撞破我的小嘴嘴……

  这座古驿竟是西魏大统年间所治，如今望去大约占地一百多亩，古时是有城墙围堰的，而今只剩下断壁残垣了。但不知何时竖起的一道浓缩陕北风情的石质牌坊，宽宽阔阔地立在古道北侧，一眼望去就知道里面当是一处古风荡漾的老地方。果然穿过牌坊就见有层层叠叠的窑洞顺坡而造，悄悄张扬着陕北独有的风韵。但那一孔孔窑洞的式样略有差异，有的伸出齐齐的前檐，似将关中民居掖进了黄土崖，有如游牧风俗与农耕文化的精妙融合；有的压嵌着层层石板，粗糙而不失规整，泛着比黄土还硬朗的色泽；有的青石砌就的门脸，敦敦实实一丝不苟，纵横的纹路且把富足展现；有的平地起窑，有意将屋顶盖成拱形，以抒发古驿人对传统民居的执著情感。

  在窑洞群中央座落着一栋魁星楼，只有二层楼高，没有司空见惯的雕梁画栋，也没有斗拱挑檐，只有那朴素的红格方窗与那歇坡灰瓦浑然相依，似在诉说着曾经的难忘。当然，这栋楼阁在这片窑洞里称得上鹤立鸡群了，只是楼里至今还空空荡荡，没有钟馗独占鳌头的塑像，也没有纪念哪位跌入梵界的文曲星之牌位。追问方知，这魁星楼还真是为纪念文安驿明代走出的一位进士而建的，我疑问区区一个进士何至于大兴土木呢？古驿人嘲笑我愚钝，这座小楼当年一竖立就聚起文脉了，上世纪那股上山下乡的风潮能汇聚到这儿，能在古道边演绎一段史诗般的蹉跎岁月，也许就可以从魁星楼里找到答案呢。

  真有这般玄妙？古驿人催促我上崖看看。我将信将疑，仰望后山坡上凸起的一块土峁,竟是披着千年风霜的烽火台。啊,古时烽火台多沿驿道五里一个,白天燃烟,晚上燃火,一簇递进一簇,便把前方的战况传至统帅营帐了,史书上围绕着这类军事设施不知发生过多少令人唏嘘的故事。于是我们沿着一条之字形的羊肠小道爬到土台根下,想瞧瞧古代烽火燃烧的痕迹。可是抬眼再看土峁还有八九米高,且已没有可以攀爬的脚窝了。然而,居高临下,回身眺望,只见古驿南面有条山峪苍龙般蜿蜒纵深,其势空灵遒劲,其形威仪大度,里边可是别有洞天的境界呢。

我恍然明白了,这文安驿附近有四个山村,那峪口两侧是上驿村和下驿村,深处为梁家河村,村村地畔都与文安驿牌坊相连,家家都能攀连上一缕血缘,所以过年闹社火四个村子必须齐齐转过,才能缓口

梁家河知青一号院

气冒支烟。而最让文安驿引以为傲的是,一九六九年乍暖还寒,伴着一阵卡车喇叭声响,荒芜的山沟涌来一群来自北京的知青,燕京的气息直把古老文脉弘扬到一个前所未有的境地,耕读声宏,阡陌绿厚。这群英俊的后生姑娘一头扎进文安驿,高举改天换地的旗帜,上演了一段激情洋溢的活剧。

为解决吃粮难,他们带领村民筑起了这片高原第一道淤地坝,果断拦住了悄悄流失的黄土,造出了近百亩水浇地;为解决吃水难,他们

文安驿夜景

率领大伙打出了一口深水井，让全村人喝上了甘甜，从此收集雨水的地窖便荒废了；为方便做饭取暖，他们琢磨出了一口沼气池，还在旁边墙上绘制了一幅宣传画，手握铅笔的工人与背锄的农民兄弟昂望前方，顿时搅动了穷乡僻壤；后来，这些后生姑娘在这布满沟岔的山村里，住了一年又一年，终于北京向他们招手了。临走那天全村人都拥出来，为把心掏在文安驿的知青们送行，更有好多后生一直陪伴他们走到了延安城。

从此古驿人在脑海里增添了一个念想。村里小麦丰收了会写信告诉他们，麦穗翻浪，丰收在望；村里枣树挂果了会捎话告诉他们，果实甜美，红得鲜艳；谁家箍了新窑娶了媳妇会悄悄告诉他们，喜气盈门，请吃块糖；谁家人生了重病会小心告诉他们，如有好药，乞望健康；村里遭了灾也会告诉他们，灾后重建，旧貌换颜。大家多么期望曾经在这里流过汗水的后生们能回来看看，瞅瞅村里的新窑，瞅瞅崖上的新果，也瞅瞅文安驿的古道热肠。

> 一对对鸭子一对对鹅，
> 一对对毛眼眼瞭大道。
> 千年古堡换上了新衣，
> 好光景落到咱文安驿……

终于在春风拂来的时候，有位知青回来了，整个古驿都为之振奋，树也生芽，花也吐蕾，全村人都涌到崖畔分享着从未有过的快乐，手拍痛了，脚站麻了，谁都想挤上前跟曾经的知青拍张合影。古老驿站轰然焕发出了青春光泽，也隆重呼唤着一个富集陕北特色的文化园区开张。

这就是文安驿的过去和今朝，古韵新风在这个地方得到了崭新诠释，也注定会永远镌刻在文安驿城墙上，浓缩进古朴的魁星楼里。我这时终于明白，古驿人的确聪慧，他们精心挖掘这方土地上的文化遗存，重修古香古色的魁星楼，把上世纪那么多知识青年的风采集中过来，正是要回溯沧桑古道上的历史交响，守望北京知青书写在沟畔上的不朽华章。

是啊，古驿人期待了上百年的梦想如今又伴随着朝阳，开始了更大更大的酝酿……

2015 年 3 月 21 日于新城

发表于 2015 年 6 月 5 日《文艺报》

棣花镇之迷

我发现平凹兄的家乡丹凤棣花镇,居然是一处神妙的地方。

那天我们去棣花镇考察,走进一处正在恢复的宋金古街,大约有二三百米长,两边的门面房相对而立,错落有致地向里延伸,街面尚未油漆,泛着原木的色泽,露着粗茬和年轮,显然修缮工程正在收尾,街道随处可见零零散散的建筑垃圾和房屋构件,杂乱地东一簇西一堆。但是经过主人绘声绘色的描述,我们眼中自然浮现出街道开张以后,铺面林立张灯结彩的繁华来。

我好像突然有了疑问,这条古街为何称为"宋金街"呢?

棣花人的回答让我颇感惊讶,这条街竟始建于一千多年前,当时绍兴十二年在这个名叫棣花的地方，宋金对抗僵持数月，双方久战不胜，宋廷便由秦桧出面，与金兀术进行了"宋金议和"的谈判，从此以棣花旁边的陈家沟河为界，西北归金，东南属宋，也就是说大宋王朝把古商洛一半土地割让给了金人。可是，边界两边的百姓并不理会那些条条框框的限制，提篮小卖天天发生，越界易货随处可见，连那金朝的母鸡也会跑到宋朝抱窝下蛋，宋朝的山羊也会溜到金国寻伴吃草，任谁见了都会感叹无奈。后来商家们看这个地方是管控的模糊地带，又平安无事有钱可赚，便依势搭起了茅屋商棚，宋人在宋界搭，金人在金界搭，从此便形成了一个固定的边境集贸市场，熙熙攘攘，山货云集。似乎商贩们总喜欢朝着对面吆喝，赶集人也总爱去瞅对面的山货，从此这里就日复一日年复一年地热络起来，神妙也就从此开始酝酿了。这让人想起曾经盛行一时的深圳"中英街"，但那中英街可没有这般古老，似乎在国内的文化遗产里大概仅此一例吧。

宋金街

如此妙哉，宋金街可谓天下第一街了。

我于是打问有关这条街的其他遗存？应者摇头。再问古镇可有寺庙护佑？便有人手指宋金街的尽头，隐隐若若有金光闪耀。我顿时来了兴趣，紧走几步来到一座古庙前，只见庙门很小，与乡间大户人家的院门差不多，门楣上有平凹书写的一块小匾"二郎庙"，且漆皮斑驳多有褪色。而庙里正在大兴土木，方的扁的圆的木料和凌乱的沙石，把个小小院落堆得满满当当，几个工匠正手操推刨木锯忙碌着手中的活计，却是不见蓝衣灰衫的出家人。但我忽然感觉这个小庙有点特别，平常进到佛寺里，迎面会是一个大殿，绕过去又是一个大殿，会呈一字形向纵深摊开，感觉愈深愈庄严。但这个小小古庙，迎面竟是两个并列对称的大殿，其实称其为"大殿"，实在是庙里只有这两个并列的殿，竟然都是立在台阶之上，都是砖木结构，都是三间庙堂，廊柱门框规制相似，而且都是面朝大门洞开，站在殿外可见里边供奉的彩塑神像，一边眼光犀利，一边慈眉善目。

再上下细细打量，这两个"大殿"的颜色居然鲜明差异，东边的殿顶铺的是黄色琉璃瓦，正脊雕有二龙戏珠，一头略高一尾略低，斗拱则呈马蹄形，雍容地相踏而来。西边的殿顶则是绿色琉璃瓦，五脊四坡围成歇山转角，飞檐斗拱齐伸茅头，也是一副贵胄的模式。两座大殿竟然这般装束，似与周边的青山绿荫相互衬映，又格外地显出差别来。我想这极可能是宋金街延伸过来的遗迹，那时两边百姓本是一朝人，生生地割裂为两国，但民众的信仰却是一致的。于是当地乡绅在宋金街繁华以后，便修建了这个土地庙，以镇妖辟邪护佑苍生。果然棣花人告诉我，当时这里只建了黄殿，供奉的是秦朝治水成神的李冰次子"李二郎"，祈盼能镇住汉江水患。进入明代以后，棣花人似乎依旧对金人的统治耿耿于怀，便改为供奉杨家将杨二郎的神像了。后来到了清代，棣花人又突发奇想，紧邻黄殿修建了一个供奉三国关羽的绿殿，似乎期盼那关公的神威能镇住盗匪贼寇，给地方一个长久的安宁。

天哪，在黄绿两殿中间，居然还有一方石碑，四四方方，素面朝天，无饰无纹，简朴自然，但正面竟镌刻着"清嘉庆二十年吉日"八个大字。棣花人告诉我，这是一条界碑，昭示着历史曾经在此分而治之，也承载了一段复杂的记忆。我细细琢磨这个碑可谓用心巧妙，用字不多不少，既回避了一段难堪的历史，又有为宋金街立传的意蕴，看来这棣花镇真是陕西一宝呢。我于是大呼小叫起来，这方石碑是古迹还是今人的臆造？棣花人回答，风雨冲刷的痕迹清晰可见，当然是有年头了，他们已准备用玻璃把碑罩起来了。

我想，这棣花古街是一定热闹过的，那时两边的百姓共进一街，你呼我唤，背米而来，携菜而归；又共进一庙，烧香磕头，求神显灵，祈祷丰登。走在街上大家还知晓这边的杂铺属金国，那边的粮店归宋朝，而进到庙里人们便聚合起来，忘我地拜倒在二郎神的膝下，又是烧香又是磕头，想说的话在肚里翻腾了一遍遍，然后才返身回乡，又是放腔山歌，又是扬声花鼓，直震得山溪也哗啦啦地应和起来。

好个其情也融，其景也美矣。

后来宋金合一了，棣花镇的作用就日渐式微了，逐渐演变成商洛山里一个普通的古镇了，曾经的繁华边城也就成了久远的记忆了。但这个记忆在棣花镇顽强地存留下来，一有机会便要表现一番，以至到了清代人们渴望"复古"的想法已难以抑制，又建新殿，又竖石碑，算是把棣花古镇的故事演绎到家了。但是，人们这个善良的愿望并没能应验，岁月的恩泽并没有眷顾这里，棣花镇还是在一天天萎缩，几乎萎缩成商洛山坳里毫无特色的一个村落了。

终于到了二十一世纪，发展的热潮一浪高过一浪，这里又出了个作

二郎庙

家蜚声中国文坛，人们开始重新审视这个小镇，开始谋划宋金边城的复兴。然而，人们深入考古搜寻竟发现这个棣花镇居然古老得一塌糊涂，春秋时就是秦楚交往的必经之路，《诗经》里就有歌颂："棠棣之花，鄂不华华，梵今之人，莫如兄弟"。至今读起那拗口的诗句，依旧让人感觉到温馨无比，从此那"棠棣之花"还成了兄弟情谊的别称了。汉唐时这棣花依旧是官家进京歇脚的驿站，那位把皇家爱情演绎得淋漓尽致的白居易，居然在这儿做过一帘幽梦，禁不住提笔应和浅唱："往恨今愁应不殊，题诗梁下又踟蹰。羡君犹梦见兄弟，我到天明睡亦无。"短短四行绝句算把"友情"渲染到绝地了。后来唐末兵荒马乱，古道无车无人，驿站自然就在人们眼前消失了。至于后来宋金街的繁荣应是那个时代的偶然，唯可惜那个短暂的繁荣随着宋金对峙的结束，也已消弭的只剩蛛丝马迹了。

终于在甲午马年的春季，这里的百姓因循旧迹把宋金街修葺一新，渴望浓重展示八百年前的模样，还营造出一个三千亩的棣花园和典雅的书院，正是：繁花戏拥古木，新瓦笑抚老屋，欢声摇塌旧桥，历史拥抱新生。在那新古镇开张当天，那叫一个人山人海，棣花人准备了一季的鸡蛋、挂面都被吃光了，人潮退去光清理的垃圾就运了十几卡车呢。今天的棣花人是幸福的，他们有繁华的记忆，必然会有如梦的未来。

这棣花镇这般神妙，完全可以凭此做篇大文章的。我卖弄地把想法告诉商洛的朋友，他们竟然早已动了脑筋，要以此为中心打造一个商於古道景区来，吸引人们到这里来探寻棣花镇的古韵新风，也探寻作家成长的秘密。

2015 年 1 月 10 日于丈八沟
发表于 2015 年 1 月 29 日《人民日报》

三秦之歌

> 三秦沃野是一个盛产民歌的迷人地方。
>
> ——作者题记

一

我每每去陕南，总觉得是去青山绿水的地方休闲，尤其是划船来到某个湖心，你会远远听到从水里从林间飘来的歌声，像鸟儿，像银铃，宛啭清纯，细腻悠长，稍不小心男人的春心便被撩动起来，你激我逗，打情骂俏，平时说不出口的荤句就荡漾在悠悠的湖面上了。如果有姑娘蓝衣花裤，或站船头，或藏树下，回眸一笑，嘴里便飞出甜蜜蜜的歌来，刹那间就把人的思绪带入田园般境界了。我于是想闭目养神放松身心，却总有好事者询问我对陕南民歌的看法？我睁眼便说，陕南民歌最大的特点就是歌唱生活！

　　的确，陕南民歌大多是对生活的赞美，是人们从心底流淌出来的生活赞歌，不仅表达爱情真挚幽默，表达生活尤其自然淳朴，听来惬意轻松。正说着就有人唱起了劳动歌谣《过汉川》，"上河那个涨水下河浑，河里那个站的是打鱼人，打下那个大鱼长街卖，打下那个小鱼下酒喝，站在河边打鱼哇，我们众位唱起歌。"有人尚觉不过瘾，高喊来段带色的嘛，于是一段情歌飘起来。"郎在对门唱山歌，姐在房中织绫罗，那个短命死的、发瘟死的、挨刀死的唱的个好哇，唱的奴家脚杷手软、手软脚杷踩不得云板丢不得梭，绫罗不织听山歌呃。"那歌声贴切自然，惟妙惟肖地刻画了坠入情网的姑娘对意中人的思念。似乎在陕南民歌

演唱陕南民歌

中，几乎听不到人们的惆怅和叹息，更多的是人们对生活的憧憬，是劳动情感的流露，所以那一支支曲调，要么委婉细腻，要么轻盈活泼，听来如坠梦里呢。

上得岸来，我们又听有女子在山涧唱歌，但远远望去，歌儿却激起水波涟漪，只听音韵不见倩影。此情此景仿佛就概括了陕南民歌的魅力，陕南秦川，绿水青山，每条涧都是绿水潺潺，每座山都被绿色覆盖。是的，在漫长的农耕时期，大山里的人们生活困顿惆怅，但人们流连于山间，绝没有生命的威胁。当有自然灾害来临，人们可以轻易捕捉到赖以生存的飞禽走兽，可以随意采集到山果野菜；尽管缺少美酒佳肴，简单的生活照样可以在山里延续。所以，置身在这般惬意的环境里，叫人怎能不歌唱？男女怎能不唱歌？人们歌唱这里的山，歌唱这里的水，歌唱这里的风情万物，直把所有听歌人醉倒才歇息呢。这种田园牧歌式的生活，一不小心就会软软陷进去，歌声就会从喉咙里流淌出来，融入青翠的山山水水，将人带入到温柔之乡，也就会忘却了所有的忧愁和烦恼，忘却了生活的艰辛和苦闷。

呵呵，想休闲，去陕南。

二

走进苍茫的陕北，我们听到的信天游就少了轻松婉转的韵味了，那高亢悠长的曲调，总是带着一种苍凉和悲悯。跋涉在陕北的沟壑，人们常常渴望裹着白羊肚手巾的后生，腰系粗粗的麻绳，甩起清脆的叭叭羊鞭，信天游脱口而出飘荡耳畔，那才叫一个享受呢。是的，长久以来人们喜爱陕北民歌，往往会被那悠扬而自由的信天游所传达出的情绪所感染,尤其是那一曲响彻寰宇的《东方红》,更将陕北民歌的旋律带到大江南北的各个角落。而今人们的文化生活丰富起来,经过三十多年各种文艺风潮的洗礼,很多流行的旋律都抛到人们的视线后了,但陕北民歌却以其独有的魅力愈来愈受到群众的喜爱,这实在是陕北民歌的魅力所在啊!那天,一位撰写陕北方言大全的作者与我探讨起陕北民歌的特点,我就直截了当说,陕北民歌最突出的特点是歌唱生命!

君不见置身黄土畔,站在黄河边,或是呼朋唤友酒桌旁,只要那信天游一出口,人们的情绪便立时被带向悠远,带向苦难,带向生离死别。似乎陕北人天生就执着投入,即使谈情说爱,也要爱的死去活来,

唱陕北民歌

使人感觉到强烈的灵肉震撼和魂魄鞭笞；即使是贩粮运货走西口，也都雄赳赳地提升到生命的高度。你听那动人魂魄的《走西口》，不管拉扯哪个版本，都突出了一个共同的特质，就是纠结于生命的磨难，有今没明的那种沉在心底的忧虑，会折磨得你呼吸急促荡气回肠。"哥哥你走西口，小妹妹我有句话儿留，走路走在大路口，人马多来解忧愁。哥哥你走西口，小妹妹我苦在心里头，这一走要走多少时候，盼你也要盼白了头。"听到这段信天游心里只有一个苦了。又比如那脍炙人口的《兰花花》，尽管演绎的是司空见惯的乡间爱情，却爱得你死我活。"三班子吹来两班子打，撒下我情哥哥抬进了周家。前晌你死来后晌我走，拼上性命我往哥哥家里跑。见到哥哥我有说不完的话，咱们俩死活在一搭。"如此坦荡的情怀，常常令人唏嘘不已。而且令人感慨的是，即使是流传在街头巷尾的那些俚语酸曲，也都洋溢着敢爱敢恨的奋不顾身精神，昂扬的生命力量在歌声里得到刻意的彰扬。

我情不自禁哼起了"天上有个神神，地上有个人人……"

这位沉浸在方言里的陕北人，以为我写了一部陕北秧歌剧便喜欢对陕北民歌加以推崇。其实这陕北民歌所以会有这般特征，实在是因为陕北长期以来是一块承载着民族苦难的黄土地。君不见土崖荒坡，戈壁沙漠，一眼苍凉，一旦狂风沙暴，人们被封在家里许久出不了门，吃饭喝水都是困难；一旦旱魃肆虐，干燥的空气都能擦着火，人们连啃树皮的奢望也会被无情剥夺；倘若冬日严寒降袭，蜷缩的躯体在风中颤抖，生命在无奈的痛苦中慢慢流逝。所以人们要走西口，要祈天雨，要唱信天游。如此恶劣的自然环境，人们对生命的渴望在这里演绎得格外精辟，谁都担心上苍的惩罚哪天会降临到自己头顶。所以人们在沙蒿里，在窑洞口，在贩运路上，在热火的灶台旁，喜欢用民歌来排遣时光，用信天游来抗争命运的残酷。所以，那一曲曲爱的旋律，那一声声狂飙般的呼唤，都蕴含着深深的忧虑和惶惑，都饱含着对生命的眷念和珍惜。生长于斯的方言大全作者听闻此言，居然一把将我抱了起来。

是啊，想释怀，去陕北！

三

那天我问一位音乐家：关中民歌的特点应该是咏叹命运？

他略加思索点点头。

谁说不是呢？我们走在关中的土地上，常常会感觉进了一片浓重的撕扯不开的迷雾地带，压迫得你想喊又不敢。有位刚从北京来陕挂职的朋友找我述说，关中这地方太神奇了，浓浓的尘埃，厚厚的封土，永远弥漫着古风雅韵，几乎每一脚下去都能踩到历史，碰到已经沉睡多年的皇亲国戚。你在关中可以轻易见到秦国威武的战车，看到汉朝长安的瓦当，拣到大唐东市的三彩，踢到有明一朝的铜钱。人们说一场大雨就能冲出一个博物馆来，绝对不算夸张的。但是，我告诉他，这样的氛围却不适宜原生态的生长，不论是郊外沃野，还是城间街口，若想采风民歌竟是个困难的奢望。好像关中人的演唱功夫一夜间被褫夺了，你难以在城墙根下听到居民们纵情的宣泄，也难以在田间麦场听到老农们自由的歌唱。只是偶尔在远离城镇的乡间小路上，身背褡裢的老农脚夫会迎着暖洋洋的夕阳，一板一眼地喊上几句秦腔，其音也哑，其调也凉啊。所以，生活在关中这片皇天后土上的人们，似乎一辈辈走来变得愈发循规蹈矩，失去了张扬而放肆的天赋。

音乐家惊讶了：你怎么还研究起音乐了？

什么研究呀！我驱车乡里，东寻西觅，听到的都是不很地道的关中民歌，比如老腔，比如关中道情。然而听的多了，就有了一种感觉，这些貌似原生态的歌儿，不管曲调多么诙谐，也不管歌词多么豪放，其实都在努力抒发一种哲理，都想用民间最质朴的语言倾倒出个真谛，骨子里隐含着那么一股参透世界的情绪。你听那流传在关中城镇的《卖饺子》、《卖面条》、《卖针线》、《卖饸饹》等等走街串巷的吆喝声，几乎都隐隐想阐释什么。那首人们耳熟能详的关中歌谣《大舅二舅歌》，让人在憨笑中清醒："他大舅他二舅都是他舅，高桌子低板凳都是木头。"这话看似平庸，却是在告诫，不论富贵还是贫穷，不论腾达还是没落，本质上都是人。还有那首《远看钟鼓楼》更有一股玄味，让人听着如坠雾里："远看钟鼓楼，近看是木头。木头用了千千万，没用锛子和斧头。"这些词句都隐含着云聚云散的韵味，字里行间体现的都是浓浓的宗教般的参透意识，告诫的是人世间简单而又深奥的哲理。

秦腔自乐班

音乐家听着笑了：有点意思。

其实，这样为关中民歌煽情绝不是我的本意，是因为关中地区是我国周秦汉唐四大朝代的京畿之地，也是历代文人墨客极为重视的治学重镇，商品流通又使得关中历史上繁华昌盛。因此，当年这里的百姓受到的繁文缛节的熏陶更为细致，必须合乎礼数地生活，生怕突然亮嗓破坏了礼俗秩序，也怕哪句唱词引来厌恶和麻烦。所以，久居关中的人们很少会恣意率性地抒发自己的情感，只能拿腔捏调地在街头巷尾哼上几句小曲，即使行走在偏僻的乡间小路上，也只能借助那些刻板的程式来抒发自己的情绪。

所以，历史蹀躞着走来了，那关中民歌在这种市井文化的熏染下，便愈发衰落和萎靡了，当然也就自然丧失了原生态的鲜活魅力，也就很少有人去传承了。如今，我想附庸风雅去找几首地道的关中民歌，竟然也变得十分奢侈，人们能够听到的都是些经过文人墨客斟酌提炼的词曲，一字一句，显得那么沉稳那么精致。

所以，想修身，到关中！

2015 年 1 月 26 日于新城
发表于 2015 年第 3 期《剧本》

九成宫之叹

大概很多人都知道九成宫是隋文帝在麟游建造的一座恢宏的夏宫，最终毁于唐代末年的一次山洪暴发。所以九成宫总能给那些对文化遗产倾注感情的朋友带来温馨的幻想，于是在城里住得乏味了，就渴望能到九成宫遗址去看看，以搜寻历史的痕迹与记忆。

离开福银高速公路，我们拐上一条还算坦荡的朝南的公路，一会儿跃到高处就远远看到一片被绿树簇拥的凹地，似乎上面还弥漫着一层淡淡的薄雾，把那稀疏的农舍和垄田笼罩得若隐若现，路上还不时有精灵的鸟儿冲你叽喳逗你减速，尽管是酷暑时节却凉爽宜人，真有如迈入了桃花源般的超然。终于驶到一条曲曲折折的小路尽头，有一片颇

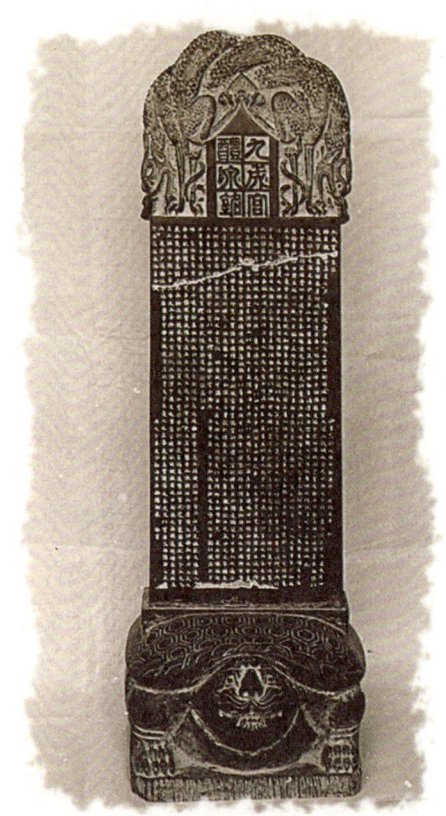

九成宫醴泉铭碑

　　为讲究的青砖古院正在大兴土木,来到门前方知这就是闻名遐迩的"九成宫醴泉铭碑"所在地。有位对当地历史颇有研究的朋友指着那已被玻璃围拢起来的石碑侃侃而述,仿佛是在述说他经历过的少年轶事。

　　这醴泉铭碑在中国书法史上真是了得啊,文由唐代谏官魏征所拟,字由书法大家欧阳询所书，稍有遗憾碑由何人所刻却没能留下记载。由此可见，唐代的人们还没有把雕刻提到应有的艺术地位。虽说碑文记述唐太宗在麟游发现清泉的神话至今已引不起人们的感叹，但此碑当时一立就引来万众欢呼，文人墨客呼朋唤友争睹尊容，达官显贵多以卧榻能藏有此碑拓片为荣。可恶的是，竟有神迷此碑的政要贵胄，为使自己的收藏成为稀世珍品，揭下拓片后便要毁掉石碑上的一个字，使得后人再拓便有了缺憾。所以在当朝便有醴泉碑一字一金之说，说的就是购买此碑拓片缺字越少越贵。

如此一来呈现在我们面前的国宝，已经人为地缺损十一字了，不由地令人扼腕喟叹。而且这通石碑由于经年累月拓打敲磨，字口均显圆润，刀口浅薄的字形便模糊起来，有些字迹更被拓得瘦了形骨，于是便有珍爱醴泉碑者收集原拓，企图模仿原形将那字口深凿几许，以恢复曾经的风采。想那后来的雕刻者面对盛名之下的宝物也是心有余悸的，所以只能战战兢兢地轻凿几下了事，生怕坏了原刻原碑的神韵。尽管如此，我站在石碑前小心翼翼地默读起来，尽管老套的故事已无魅力可言，但我感觉那石碑就像是一位饱学的老者在与自己进行时空对话，不时被那飞扬的潇洒所倾倒，也被那沉稳的笔风所折服。以至我拜别那通大碑几年了，还常常会回味起石碑所透出的神韵，总喜欢在万籁无声夜深人静时，洗手展拓一睹芳容呢。

从那碑亭出来，我们驱车前往四五里外的慈善寺。想来这些佛龛大概是当年为皇室礼佛服务的。盛唐时代唐太宗与武则天都把佛事看得比天高，那时候皇亲国戚们在这里享受清爽与适意之时，更期望佛主能够护佑朝堂事遂人意，所以围绕九成宫的四周，隋唐两朝就整整修建了四处颇具规模的佛家寺院，以敬奉神奇的菩萨施以恩泽，所以这里的香火旺盛不衰，鼎盛之时僧侣多达万人。

然而，今天的慈善寺似乎隐匿在一处山丘的后面，汽车拐进去才恍然发觉到了佛家净地。但环顾四周你会发现这处寺院仅剩下二三个石窟了，石窟外面修建了浅浅的佛堂，略略透出宝殿昔日的繁荣，但由于没有僧人打理便少了些许仙味，只有门口一道孤零零的石碑昭示着这里还是国家级的文物古迹。不过这里的风水确实清静得可以，本来这石崖之上是丰茂的庄稼地，下面是一泓清冽的流水，由北而南地在寺前形成回路又转到东边岩畔深处了。不知何朝何人似乎想在对面石壁上留下痕迹，却又不知为什么只磨出几个平面，没能凿出笔锋的犀利与浪漫，有如百里之外高昂的无字碑在娓娓地述说，先朝在这里曾经发生的丑陋的善良的故事。待走上石窟门外的小坡，远远近近的景物便都落入眼底了，似乎也是有了佛主的佑护，这里的麦穗都长得沉甸甸的，忍不住想拔下几穗来，搓掉麦壳倒进嘴里慢慢嚼着，只一会便香得满口流涎了。

真真遗憾这些先知先觉们在唐代那场山洪袭来时，没能保住九成宫免遭灭顶之灾，这座被尊为隋唐离宫之冠的九成宫，大大小小的殿堂楼阁依山傍水铺排了方圆数十里。而且清康乾时期著名的画家袁耀绘就的《九成宫图》，江山平远气势宏伟，可见清代初叶这里还是留有些九成宫楼阁的。所以当地朋友想劝我们再看看县城四周其余的几处石窟，我却没有一点兴趣了，只问朋友九成宫有那么多宫殿楼阁怎么已看不到一点遗迹呢？那位朋友稍一沉吟便嚷叫起来，有处唐代水井在上世纪末基建时被发现，已被牢牢地保护起来了。我一听来了兴趣便催促朋友快去瞅瞅，期待能从水井里发现九成宫曾经的华章。

我们的车居然开进了县城最繁华的街道，在一扇紧闭的黑漆大门前停下，径直来到一处维护起来的枯井边。啊，这口水井居然保护得如此完美，井面是石砌的八角葵花形，预示着八方来水在这里汇集，井

九成宫水井

壁是用弧形板砖砌成的，隐约可见深深浅浅的青苔，探望井底可见人影荡漾。如此精致的水井啊，想必是皇家御用之水了。朋友说当年旁边这家单位盖楼时发现了这处水井，想不到竟然还是目前最完整的隋唐水井实物，从此，所有描绘唐代水井的绘画和影视都依照这个样子了。然而，我感到奇怪既然这里有了这么重要的发现，周围怎么盖起密密茬茬的水泥板楼呢？

朋友告诉我，这要说来话还不长，是上世纪六九年原县城人多拥挤，就有"神仙"动议将县城从几里外的山梁上迁到这片宝地来。我一听顿感愤然，那他们不知道这儿是赫赫有名的九成宫遗址吗？朋友尴尬地说那时候人都吃不饱，谁还有心思保护历史遗迹啊。而我耿耿于怀的是，六九年动迁，八零年就发现了古井，如果当时能建议停下来另找城址，会给后人留下多少震惊世界的惊奇啊！可以想象有多少宝贵的遗存被推土机和打桩机给摧毁了啊。望着县城里熙熙攘攘的人流，望着仍旧在紧张施工的一排排脚手架，我直感脚下被钢筋水泥重压下的九成宫遗址在抽泣呻吟。的确，那场洪水固然令人憎恶，而视历史遗存为草芥的行为，又怎能不引起后人仰天长叹啊。

　　我不由地拉住朋友说：走，要告诉他们，麟游县城建设愈少对国家对历史贡献愈大！君不见，隋唐年间多少国策在这里酝酿，多少曲折故事在这里演绎，这是一块真正掩埋在历史积埃里的土地啊。且看那大江南北，人家只有一个传说就会大兴土木，炒作得沸沸扬扬，唯恐天下人不晓，而我们的脚下是实实在在的九成宫遗址啊！所以，保护这片被现代建筑挤压下的九成宫遗址，是今天的人们不可推脱的使命啊！而朋友却一脸的尴尬喃喃自辩：这话我咋给人说嘛。

　　我闻言良久，怅然若失……

2011年8月7日于青海湖畔
发表于2012年第10期《美文》

钟山寺之记

记得王安石写过一篇著名的散文《石钟山记》，而我所要描述的这座石钟山，则是另一地景致了。

这座石钟山坐落在子长县安定乡的秀延河边上，几栋青砖砌成的寺院飘荡着久远的香雾，一座挺拔的七层青塔屹立在起伏的山脊上，似与远方延河畔的那座宝塔遥遥相望。虽说是百十米高的山丘，却形如扣地的大钟，敦敦实实，雨打声厚，可能就是因了这寺这塔这山的缘故，使得这道绵绵十几里的沟壑一下笼罩在石佛的气场里了。我们距寺院还有很远的距离，就感觉天清气朗孤傲凛然，连空气似乎都愈发凝重起来。待走到寺院门前，会发现这座寺院风水了得，背靠的是一道连绵不绝的小山脉，面对的是一条哗哗流淌的秀延河，衬以沟壑里满腾腾的绿树青草，行进到此会以为到了江南水乡。

这里的护寺人告诉我们，钟山寺始建于东晋时期，里边的石窟被很多文化人誉为"敦煌第二"。这让我们多少有些诧异，都知晓敦煌是建在一道绵绵的山崖上，成百上千的石窟一个挨着一个，里面琳琅满目的石像与绘画让世界为之惊叹，而在这里抬眼张望绝没有那样的规模啊。

但是走过精雕细琢的牌楼，越过几十道台阶，正殿石窟会有惊奇在等待着你。首先扑入眼帘的是大殿中央三位佛祖的立姿石像，体现了佛祖释迦牟尼修行的三个阶段，从左到右为过去佛、现在佛和将来佛。

钟山石窟外景

细细端详就会发现，这三尊石佛还存在着渐进的变化，首先那过去佛头上的发髻由头巾包裹形似火焰状，现在佛的顶髻已是修成正果的小发卷，而未来佛的发卷则极为规整细密，象征了佛陀超然的觉悟。三尊佛祖的手势也充满禅意，由右手指向上的"施无畏印"，到左手前倾的"说法印"，再到手心向上的"禅定印"，象征佛祖的修炼由智到悟再到无我的过程。

再看那身旁弟子们的神态，线条柔美栩栩如生，眉眼间传递出摄人魂魄的生动，生动得让人感到悲悯与慈祥。尤其是一尊犹如仕女的修行菩萨，让护寺人很是得意呢，虽说断掉了一只手臂却不缺联想，飘逸的服饰衬出婀娜，恬静的脸庞露出微笑，其形其态美丽得如同下凡的仙女。不过，大殿里雕塑得最为生动的是十六尊高浮雕罗汉，或微笑或怒视或沉思或恍然，最叫尔等拍案叫绝的是有尊罗汉已入禅态，耳朵却被一只小狮子咬住了，似痛得侧过头来，却仍用手托住小狮子不忍伤害童趣，让人不由地对古代雕塑家精湛的艺术钦佩不已。

大殿的中央是两根方形的石柱，都是在原石上凿成的，四周皆是手掌大的彩绘小佛像，这些小佛像应该都是释迦牟尼的化身。其实稍加注意你会发现那石壁上的小佛像还隐藏着佛主修炼涅槃的故事，似乎所有的小佛都围绕着释迦牟尼在盘旋飞舞，使得所有人也不由地肃穆起来。我实在惊讶这些彩绘的佛像，虽然历经千年却依然鲜艳如初，显露出雍容妩媚的魅力。护寺人说曾有专家想分析颜料的成分，却几经周折而未果。

当我们走到石佛身后，发现这间石窟虽说每个墙面都刻满浮雕，而靠山的墙面却只能见到几处模模糊糊的轮廓，似乎流水把浮雕腐蚀了，不由地感叹大自然的神秘。这究竟是怎么回事呢，同处一窟怎么会状态迥异呢？仔细琢磨才发现，寺院地处石钟山"前脸"，是一整块厚厚阔阔的青石，仿佛侧盖在沙岩山体上，古代工匠精巧地在青石面凿成了石窟，也就是传说的拓雕艺术。而青石里边是沙岩体，充满渗透性，经年累月的渗水侵蚀，雕像便面目全非了。

有趣的是在大佛前侧石壁上，还刻有孔子和关公的浮雕，据说是明清两代人所为，想来这精美的石窟建成后，后人为着自身的精神需要，是毁掉两尊佛像后重新雕凿而成的。想想如此也好啊，儒释道三教合一，虽在坊间多有传说，但在一座大殿里同檐供奉，确实是不多见的，似乎彰显了中华文化的递进与包容，遗憾的是这两座神像的雕工与前者相比就不在一个等次上了。

寺院有时候会创造一些难解的神秘谶言，护寺人告诉我们，几年前在佛祖弟子阿难的头顶崩落过一块三吨重的巨石，按正常推演这块石头定会砸向阿难的，但人们面前的雕像却毫发无损，石块显然在下落过程中偏离轨迹滚落到阿难基座旁边去了。我恍然注意到，那过去佛的手形恰恰就是化解风险的"施无畏印"啊，手指所向就是石块坠落的方向，早年释迦牟尼用此法保护自身免遭杀戮，以后便是保护佛界僧尼的法宝了。

我问那护寺人这石窟可留下古代雕塑家的信息？没曾想护寺人居然真在莲花座的后面，找到了古代雕塑家的名字：王信。似乎有朋友说过这是一个雕塑家族，他们几代人沿着陕北子午岭开凿了一连串佛窟。我默默咀嚼着这位艺术家的名字，顿时感受到了这些造形家卓越的技能和穿透历史的魅力。中国在很长的历史阶段皇权思想超然，人们对艺术创作几乎不屑一顾，无论多么宏伟的遗迹，几乎无法知晓谁人的倾心之作，而欧洲每处殿堂，都在显著位置把设计者的尊姓大名昭告于众。但是，尽管历史没能给我们留下这位艺术家的其他信息，但这里精美绝伦的雕塑却向我们传递着一千多年前的审美情趣。那位

佛像石雕

雕塑家王信把对佛的认识,对艺术的理解倾注到他的钢錾铁铲上,使得今天的人们无论置身窟里还是站在寺外,都可以与之进行艺术和哲学的对话,也就实现了他生命的不朽。进而,我惊奇地从门口石碑上的开龛题记中看到,这寺院原名为石菩萨堂,最初的住持为"张行者"。我无法考证这所寺院北宋开光时那位张行者的生辰,但我从其名字理解,这位张行者与人们熟悉的西天取经的"孙行者"大概都是奔波于险途的高僧大德。由于唐末以来这里战争频仍,是中原王朝与北方马背民族刀刃之地,尸陈遍野血流飘杵是一定的了。张行者一定是为超度亡灵开龛立寺,也算是一位佛人的善良之举。这当然是我的子长之行最大收获了,使得我们知晓了东晋年间在陕北这块烽火连天的土地上活跃着一位名为王信的雕塑家,他用铁制工具凿出了一个个能够给人们带来心理安慰的艺术形象,而一位名为张行者的北宋高僧则在这石钟山用他微薄的力量演奏了一只只悲悯的梵音,让无数流浪的灵魂得以安息。

然而,这钟山石窟能够历经战火和动乱勉强存留下来,一展华丽而又悲悯的风采，大概真是有些"灵气"的。护寺人煞有介事地说，文革是这千年古寺最大的劫难，曾有一帮人手握利斧想要砸毁寺院，但刚迈进大门，石窟里竟然飞出一条胳膊粗的青蛇，高昂着愤怒的头颅，口吐着血红的信子，怒视进寺来犯者，众人见此一哄而散。后来那些人不甘心又集结过来，途中却遇到一股山洪倾泻，全被堵到秀延河对面的山坡上，只能站在那里望寺兴叹。其实，也正是有了这些传奇，这处宝贵的遗产才能留给后人从容欣赏。遗憾的是县志记载大殿两边曾有十五个石窟的，而今只能看到三个，其它石窟似乎都隐匿在草丛里难见踪迹了。但步出石窟门外，看到两株陕北罕见的菩提树从青石缝里生长出来，在阳光的映照下，绿波粼粼，犹如智慧的佛经真言在抖动，播向人间的都是慈悲之情啊。

走出寺院来到秀延河桥上，清粼粼的河水潺潺地向东流去，隐约可见宝塔飘动的影子。我想这秀延河水应该是最有灵性的，滋润四野八荒，医治心灵创伤，也用持久的热情哺育了一个绿树葱茏的安定乡……

2011年7月15日于城南

发表于2012年第2期《十月》

甘泉宫之考

一

　　大概很少有人会在休闲的时候选择甘泉宫遗址去踏青的。

　　我也没有去过淳化的甘泉宫遗址，只是在汉书的哪个角落见过甘泉宫是在长安城的西北，约一百余里外的一个地方。后来断断续续地看那演绎得眼花缭乱的电视剧《汉武大帝》，便对那神秘的甘泉宫有了点点滴滴的印象。在我的记忆里汉武帝一年有多半时间是在那儿渡过的，甘泉宫似乎是汉朝毫无悬念的政治、经济、军事中心，那里发生过的许多历史故事至今让好事人咀嚼得津津有味。然而能驱动我赶往淳化去寻访遗址的，还是当地一位有志于甘泉宫研究的老者送我的一部《甘泉宫志》。坦白地说我对这些充满学究味的著述鼓不起兴趣，但著书人对我描述起如今那甘泉宫遗址的风韵和沧桑，拨动起我无限的遐想，不由地驱动四轮来到两千年前北方列强做梦也想偷窥的甘泉宫。

汽车离开柏油路走了许久，在一处绵延几百米长的土垒前停下了。同行的向导正是《甘泉宫志》的作者，他指着土垒边一大堆青砖残瓦说，这都是农民从遗址里翻地时刨出来的瓦砾，居然是那么大一堆，足足有几百立方。旁边那道土垒，居然是疑为林光殿的基础，似乎保存得很完整，周长有一两千米。我们一跃上到一米多高的土台上，里边全都是果树和庄稼，郁郁葱葱，齐齐整整，仿佛在暗示着逝去的繁华和喧嚣，隐约可以从那树影婆娑中感受到历史的吵杂和一代枭雄决胜千里的号角。很多人可能不知道，当年汉武大帝征战西域的重要决策大都是在这里形成的，一道道金灿灿的令牌也是从这里发出的。我们在土台上极目远眺，这座已被岁月的沧桑磨去了尊严的建筑群实际上是一座孤傲的城池。史载，当年甘泉宫仅次于长安未央宫，"周围十九里一百二十步，有宫十二有台十一"。然而昔日的恢宏早已荡然无存了，偌大的甘泉宫遗址如今已经看不到任何裸露的建筑了，只有这些垃圾状的秦砖汉瓦和高高低低的台基，昭示着一代伟人恒久的辉煌和不朽。

当然，最能撩动我们心弦的，是至今在这一片片错落无序的田野里常常会有农家挖到珍稀的瓦当，早在上世纪七八十年代就有神秘的外地人来这里收购不止，那可是甘泉宫最有价值的实物资料了，如今这里的老百姓都知道那些圆圆的瓦片可是值钱呢。我们的向导早年在县文化馆工作时就在这附近的村里收过百姓交来的朱雀、玄武、青龙、白虎这四灵瓦当，尤为珍贵的是还收到过一枚"龙"形瓦当，可谓是尊为孤品的稀世珍宝。如今那些瓦当有的在县博物馆的仓库里，偶尔有专家路过捡起来会感叹几句，有的就成为省城历史博物馆的宝物了。我们怀着探幽的心情也在那瓦砾堆拨拉起来，希望能有带图形的瓦块拨出来，着实说带有绳纹的瓦块比比皆是，偶有残缺的瓦当残角翻出也是不见字形和图案。我知道当今有好作伪者，悄悄将这里的瓦块捡回去磨成粉状，再倒进模具翻出的瓦当即使不用刻意作旧，你就是再用现代的仪器检测也是两千多年前的数据。这些瓦块其实就是文物应该妥善保管的，可是三秦大地也是遗存太多的缘故，多少上等级的文物都无人顾及，何况这类杂乱的碎砖烂瓦呢。

离这片瓦砾堆不远有座四方锥型的土丘，随行人告诉我那就是汉武帝的宠妃钩弋夫人的墓。我不由地"啊"了一声，这座土丘完全是人为堆砌的样子，像只倒扣的量斗，足有三十多米高，丘顶恍惚有几棵小树，四面则青草萋萋，颇有几分哀怨和凄凉。那位出身卑贱的钩弋夫人似乎就是为汉武帝而降生的，传说丽质娇美的民女自幼残疾双手卷曲，奇妙的是汉武帝狩猎途中偶碰残手，拳曲的手指居然伸展开来了，进宫后居然还奇迹般的怀胎十四月诞下太子，成就为后来的汉昭帝。想那威风八面的汉武大帝每每到甘泉宫来巡幸，抛下长安城里满院的嫔妃只带一位钩弋夫人，可谓是三千宠爱在一身了。然而这样一位可能"母仪天下"的功勋夫人，没有能享受到皇太后的殊荣，汉武帝在行将就木之时，唯恐以后妇壮帝弱扰乱朝纲，竟然找了点鸡毛小事就将爱妃逼死于甘泉宫内。好像历史上没听到这位夫人多少劣迹，这位被"幸福"笼罩的夫人恐怕到死也不明白"为什么"会有这般遭遇！

处于高高的土丘之下，不时有凉凉的春风拂过，似感觉那夫人飘逸的长裙曳过，又似一声声哀号穿越九霄在云间游荡。其实夫人即使没有萌生干政之心，大汉天子为政权长治久安，生生冤枉几个忠诚的臣妾也是常有的事。耐人寻味的是无情的岁月摆布了一个苦涩的玩笑，历史的硝烟早已散尽了，无论是满目遗痕的甘泉宫，还是失却踪影的云阳城，无论是气吞山河的汉武大帝，还是能征善谋的将相良臣，都已被岁月的风尘磨去了棱角和威风，唯有这钩弋夫人孤苦伶仃地厮守在这座土包里哀鸣不已，也令今日所有来这里的踏青者唏嘘不已。

二

在经过一个有二三十户人家的小小村落后，迎面有一处陡峭的高台突兀在面前，细细端祥不远处还有一高台遥遥相对，两处高台只剩下

钩弋夫人墓

二十多米高的残垣。据考这就是当年汉武帝每次西征祭天的通天台。有文献说台高三十五丈，汉制一尺约合今四分之一米，那就有七十多米高了，古时的土木结构能建到如此高度绝非易事。可想象四周是深深浅浅的沟壑，独独这儿是个圆顶的平峁，一步一步由下而上登临台顶，犹如走上一座巍峨的神坛，远远近近的丘岭尽在脚底，当山风拂须龙袍飘起，纵是个儒弱者也会斗胆冲天的，何况是天之骄子的汉武大帝。遥想当年的出征仪式，放眼山下更是气势了得，旌旗在望，鼓角相闻，千军涌动，万马奔腾，向天再借五百年的气概油然而生，那可是一副多么令人陶醉的场面啊。

出征前的祭天仪式实质上就是鼓舞士气的战前动员，古今中外都要隆重举行或宗教或民俗的仪式，以慑敌胆，以壮军威，直把那将士们鼓动得每个毛孔都散发出血气，大军就要沿着一条古老而又著名的道路出征了。向导指着一条深宽均有二十多米的鸿沟说，这就是当年秦始皇所建秦直道的起始处。什么？我们眼瞅着那条在大地上裂开的一道长长的沟缝不由地楞怔了。这怎么会是秦直道呢？在上中学的时候就知道了，当年秦朝大将蒙恬修造的秦直道相当于今天的高速公路，蜿蜒在崇山峻岭之间，越过高原伸进大漠，最后直达内蒙古包头的孟家湾。这条大道在汉武帝时又加修缮成了当年征战匈奴的生命线，大汉的版图也许就是靠了这条大道而拓展的，至今在许多向北的山脊上还隐约可见大道的痕迹，在陕北途经地至今老百姓还称之为"皇上路"。只是这么一条著名的通疆大道怎么会成为深沟呢？听向导有板有眼地一解释就明白了。秦直道是用石灰沙石筑就的，因为道路较为平坦，那雨水也就顺那大道汩汩流下，当这座神秘的古堡失去效用后，大道必然失修排水不畅，雨水也就恃无忌惮地在路面上横行起来，久而久之就冲成了今日的大沟。那大道正对的是甘泉宫城堡的北门，中国古代城池的北门习惯称之为玄武门。我想这是因了秦始皇统一以后，历朝的威胁主要是来自北方，所以有意用那张牙舞爪龟蛇状的玄武来威慑外敌。而征伐大军班师回朝是一定要从城南的朱雀门进入的，因为那是象征吉祥的"凯旋门"。

此时三月风又悄然刮起，远处的高台后边忽然腾起一道黄尘，似有一列骑兵追袭而来。我沿着秦直道的边楞慢慢往上走，心想苍海桑田尚要上亿年演变呢，而不息的风尘犹如利刃快斧，悠悠两千年就让世界上第一条"高速公路"变成了一道杂草丛生的深沟。我忽然意识到，这秦直道应该也是一把双刃剑啊，攻敌容易，敌袭也易，所以脚下这座古堡绝不会是一处政治与经济中心，而只是一处军事指挥要塞，任何读过兵书的政治家都不会冒险把统治权力的中心摆在易受攻击的位置。尽管史载汉武帝一年中有二百多天在这里生活，我忖那是他作为最高统治者来这里督战的，他要在这"通天台"上指挥前方将士攻城夺寨，也督促各地的粮草缴纳进贡，一代天骄之所以对甘泉宫偏爱有加，完全是为了便于在前敌指挥部里督军与运筹！

怎么样？迷人的发现也许就在这经意与不经意之间。

三

我为这个突如其来的想法激动得摩拳擦掌，陶醉的感觉顿时在身体里弥漫开来，也使我们的游春平添了意外的精彩。随后的行程当然也就沿着这个思绪信马游疆起来，半日下来居然牵强附会了许多支持的佐证。

其一，我指着那座在春风里哀怨不已的丘陵说，汉武帝在位二十二年,来甘泉宫有七十五次,却只带了钩弋夫人一位嫔妃和寥寥几位大臣,可见他明白这里是风险四伏的军事指挥中心,满朝文武和后宫佳丽不易随行侍奉,以免遇有敌方袭扰难以抽身,所以在甘泉宫要决策的主要是战役方面的议题,偶尔也会召见几位外番使节,但有关政权社稷方面的旨意还是要回长安城召集百官去商议的。

其二,我断言甘泉宫里十二座大殿必有一两个是军事议事场所,有人不解凭什么这么武断?向导点头示意在当地人已经发现的珍稀瓦当中,还真有几块"尉"字与"卫"字瓦当,这说明那些宫殿不论名称如何高贵典雅,其功能与级别在设计的时候就确定了,毫无疑问古堡是当年的军事指挥重心,是将领们会商战事的决策总部。

其三,我判断这里既然是军事重镇,又是通疆大道的始点就必然会有粮仓在此。我话音刚落,随行的考古专家便讲史料记载,汉时曾昭告天下,各州府上缴的粮食可直接递解淳化,而且徭役也可变通折为粮食。向导又补充此地陆续发现过不少"仓"字瓦当,可见朝廷的粮仓在此。传说这里的粮仓之大可供全国人半年食用,显然正是那充裕的粟米能沿着秦直道源源北上,才保证了前方大军驰骋疆场捍卫江山。

其四,我估计这甘泉宫所在的淳化应有兵器制作的场所。遥想当年尽管是冷兵器时代,要保证前方的征战,没有足够的士兵和刀箭供应是不可想象的。而从这里运往西域前线的兵器若从各地解来,如遇民乱必会成为朝廷的一大隐患,最妥善便捷的方法是从各地汇集来工匠,就地制作以供军队之需。可是我的这个自以为得意的假设,引来的是专家与向导的一阵沉默。因为在他们的印象里尽管每年都有刀箭戈矛出土,但这方圆几十里还没听说有古代冶炼场所的发现。显然如果找不到冶炼的遗迹,将甘泉宫视为军事重镇的观点就会大打折扣。我于是执拗地跑遍了遗址区的边边角角,几乎想去那称为"上林苑"的狩猎场去转转了,然而遗憾地是纵行几十里一无所获,显然我的观点可能要颠覆了。

　　但见那日头沉沉西落,霞光把沟沟坎坎染得分外妖娆,使人有了一种虚幻的感觉。我格外地失望,不由地对着通天台吼了一嗓子以排遣郁闷,忽见那地毯般的麦丛中冒出了两尊石器。待走近了细细观察,那尊石鼓估计有些年头了,传说光武帝曾经手舞足蹈地擂响过这尊石鼓,遗憾的是清代闲人在上面刻了些无聊的文字,已看不出有什么额外的价值。而那尊石熊猫甚是奇妙,与那霍去病墓前的雕塑毫不逊色,是将一块天然石头稍加雕凿而成的,浑身竟有许多圆圆的斑块,一爪抱肚,一爪挠肩,憨态可拘,极富灵性。站在那有些抽象意味的艺术品面前,任何一位有些品味的欣赏者都会执掌叫绝,都会向两千多年

熊猫石雕

前艺术家的创作顿首致意。据说西安曾有收藏家瞄上这件文物，出价百万元准备抬走装饰自家的庭院。然而这两块石头可是镇村之宝呢，贫瘠的小村落虽然刚刚脱离了温饱，但在那百万金钱的诱惑下竟毫不动摇，不禁令我等游春人肃然起敬。可是我发现石雕在旷野里风吹雨淋没有成为文物贩子的囊中之物，却已被无知人毁坏了，石熊的一只耳朵已经砸毁，竟然还是一块新痕。我于是急急地把向导唤来，要为两个石雕各修一个保护的铁笼，此言出口心里才添了些许安慰。

然而，走过几座山岭向导与我们分手时，随意指着远处山崖上一排洞穴说，那儿是隋代的石窟遗迹。那隋朝时间不长但其雕塑却在历史上颇有地位，只是由于规模太小加之洞里的佛像已经破败而被石块封闭了。有意思的是石窟下边是一条汩汩流淌的河道，石窟奇巧地建在那半山崖上，想那河道不论怎么泛滥，洪水也漫不到上面的。我问路过的牧羊老汉这河水流到哪儿去了。答曰，流到渭河去了，大概算是渭河的一条支流。又问这河叫什么？答曰，冶河。我眼前一亮，追问：冶炼的冶吗？答曰：是啊！

我有些疲倦的身体顿时来了精神，这儿不是没有冶炼的遗址吗，何以称为"冶"河呢？我又问这儿历史上可有大块的炼碴出土，牧羊人告诉我，六七十年代这儿修路时曾挖出过大量的炭碴和铁碴，有的一块有几百公斤呢，最后砸碎铺了马路。我闻之大喜，真是踏破铁鞋无觅处，这儿可能就是汉代修造兵器的作坊遗址。我本想让当地人帮着找寻几块铁碴的，老人却是无奈地摇摇头。

但我已经知足了，好似意外地捡到了一件价值连城的宝物，喜滋滋地驾车朝回走，回到城里有意拜见了几位考古专家，将我的点点收获一一道来，皆认为有理有据自圆其说，鼓励我写一篇田野考察的论文。天哪，这考古可是门大学问，我断然不敢涉猎，但让我欣喜不已的是，稍加留意便增加了一点饭桌上的谈资,也可谓是一次幸运的踏春之旅了。

2006年3月7日匆匆于曲江池畔
2009年春节修改于城南宁静书屋
发表于2009年第5期《美文》
入选2009年第15期《新华文摘》

古貌之变

近日,京城来了些北漂多年的老陕朋友,我陪他们去游览,一路上的话题可就收不住了。

一、曲江湖畔

曲江,唐代的时候这里是宴饮歌舞的地方,每年科举殿试开榜,这里便集聚了天下英才饮酒猜拳,一直要喝到来年的。如果饮者榜上有名,甚至可以赊账吃喝,免费划船放歌,可见这里古风之浓郁。

但是近代以来这里日渐荒凉了，有位北漂做电影的先生当年与我改稿相识，我们经常从大雁塔旁边的小路进入后边的麦田谈论构思和梦想。那时候的大雁塔被一圈的民舍挤在一个狭小的空间里，曲江就是一片被荒芜的农田和垃圾相拥的土地，你就是在这里转悠一天也难找到任何历史的遗迹，更别说寻觅曲江池畔的酒肆和歌女了，唯有的欣慰只能在书中搜寻一下古老的喧闹。

然而，那天我带着他们沿着曲江南湖漫步，这些见多识广的北漂人一个个惊呆了，杂陋的村舍不见了，崛起了一片片美轮美奂的新颖建筑，连绵的垃圾场不见了，展现在眼前的是一片碧水荡漾的湖泊。一个城市有了水就有了灵气，这绿汪汪的湖面把昔日曲江的印象一扫而光，使人直感到历史和现代的交融与熏染。他们不停地赞叹，西安人居然能把长安城的遗址保护和利用巧妙结合，形成了集艺术与休闲为一体的风景长廊，徜徉在昔日的古城墙边，抬眼可见高士骑马归来浅吟低唱，低眉可望彩船游来如梦随行，若闭上眼睛耳畔便涌满大唐歌韵，似可听到李白的乐府，杜甫的律诗，白居易的长歌……那是今人与古人的

曲江池夜景

对话，不知不觉润物无声，真真一个绝妙的手笔啊！

晚上，在古风荡漾的大唐芙蓉园散步，大家更是一阵又一阵的惊讶，那巧夺天工的仿古设计，那五彩缤纷的舞动灯柱，那精致曲折的幽径长廊，把个园林衬映得迷人而又华丽，似乎凝聚了盛唐时期的全部艺术。呵呵，置身此处，可眺杨贵妃的霓裳羽衣曼妙轻盈，可品陆羽南北茶道的妙语细论，可登紫云楼追逐美景赏心悦目，可叹进士榜上有名狂欢饮酒……

二、大明宫遗址

我把客人领到大明宫遗址公园，客人中有几位曾是"道北"的常客，他们发现这里以前密密麻麻的棚户区不见了，呈现出一大片被绿树包裹的公园，正巧有晓雾飘来，树朦胧，楼朦胧，一切都飘飘渺渺的，平添了些许的仙气。

其实，这大明宫在唐代就名噪一时，是唐太宗为父亲修造的内宫，富丽堂皇令时人赞誉不绝，文人墨客留下不少赞美诗句。虽然眼前只是一片刚刚整理出来的遗迹，但雍容的气势还是把客人给震住了，他们怎么也没想到曾经的一片拥挤肮脏的棚户区，会建成这样一个考古与休闲融合的主题公园。

那遗址南面恢复起来的丹凤门，有五个门道，宽宽敞敞地展现着曾经的魅力，当年宫门直对的丹凤大街宽有一百七十多米，那气势之壮阔就可想了。那片挖掘成台基的含元殿充分利用了龙首塬的地势，雄踞高地，视野开阔，当年是可俯瞰整个长安城的。"千宫望长安，万国拜含元"，就形容了当时宫城的巍峨。还有一处宽阔的宫殿基础，是为恢宏的麟德殿，那是大明宫内最大的建筑，是与君臣们议事的朝堂，有时也作为皇家的宗教道场。

为让大家有更直观的印象，我引他们来到微缩景区，那宽敞的大殿居然只占了小小的位置，这让大家对大明宫昔日的恢宏浮想联翩。当然，这些北漂人知晓这里发生过的许多唏嘘往事，但是久远的故事只有建设起这片遗址公园，才能让世人凝神追思，让孩童绽放自己的笑脸，让人们在历史的小道上流连忘返。

三、唐延大道

唐长安的西南城墙竟坐落在今日的唐延大道上的。

这条大道设计得独具匠心，为给人以深沉的印象，浓密的绿荫树下，将古城墙用等距排列的立石界定出来，外侧的护城河稍微下凹，铺满星星点点的鹅卵石，绿草野花伴生其间，城墙遗风点缀其上。而且还在延平门遗址修建了象征意义的五孔城门。那门洞当然很小，只有一米多高，只是一个微缩的城门，却可以调动人们的追忆畅想，车马啸啸，人流如潮。最为精彩的是北端的小广场了，地面竟用花岗岩铺成了唐代长安城地图，每块石板上都刻有一个当年街坊的名字，还时不时会有喷泉从里边涌出来。几位北漂人在地图上寻找着自己居住过的街坊，纷纷叫嚷了解长安可以从这里开始呢。

我记得上大学时，有老师给我们讲授长安城，常常自得地说千万不要小看了长安城，内容多的可以讲授两学期呢。老师喜欢挂在嘴边的话，今天的明代城墙只是唐代城墙的十分之一，那时长安城南边到今天的丈八路，东边则把兴庆公园都包裹进来了。可当年说话时这些地方还是村落和庄稼地，想不到经过建设者的努力，西安早已将长安的轮廓抛到后面，如今的西安市又是唐长安城的数十倍了。

大家注意到，这唐延大道两侧近几年崛起的幢幢高楼，不但伟岸挺拔，楼与楼还有可观的间距，从哪个角度都可见湛蓝的天空，使得这条大道看上去疏朗而又舒适，更把大路衬托得壮阔无比。而且每幢大楼好像就是件现代建筑艺术品，蕴含着蓬勃的生命力，在竭力用自己的风采装扮着这座古老而又年青的城市。特别是到了晚上，两侧大楼华灯闪烁，楼下汽车穿梭，形成了两条对流灯带，把个唐延路辉映得舒适而又繁华，恰如今日的西安与历史的长安在隔空对话。

四、古道新路

我说，这张罩在三秦大地上的丝路网络是悄悄铺好的。

以前人们从西安去安康，常常颠簸得散了骨架，而今两个小时就舒舒服服抵达了。这条高速路没有悬浮在山涧，而是钻进大山肚子穿行而过，那条隧道是亚洲第一长隧。细心的建设者为避免司机长时间隧道行驶身心疲惫，隔一段便用颜料绘出一片蓝天白云，驶近了还以为穿出了隧道，却又驶入"新"的隧道，只给心灵留下了一段轻松。如今这条长隧已经成为吸引游客的一个亮点了，好像参观过兵马俑，没有穿越这条隧道就像没来过陕西一样遗憾了。

那西安到榆林的高速公路，是一条与秦直道平行的大道。这条路的神奇在于榆林路段是建在松软的毛乌素沙漠上的，可车辆行驶上面却没有松软感，还能经受日晒雨淋的考验。偶尔那新路会与古道接近，似乎崭新的柏油路在以今天的成就，与金戈铁马的秦直道悄悄拥抱，其中的情趣给了喜好考究的人们偌大的想象。

　　那西安到汉中的高速公路,犹如一条银链将历史和现实连接起来,一个故事连着一个故事,两汉三国的历史人物争相亮相,很容易在路畔找到或深或浅的遗韵。看吧,透过悬崖绝壁和浓密的绿树,可见"明修栈道,暗渡陈仓"的痕迹,可想当年刘邦修造栈道的艰难;思绪顺栈道远行,会碰到出使西域的张骞途经家乡时留下的缕缕眷恋,让人对丝路艰辛倍加感叹;深入山脉深处,会看到一代枭雄曹操书写的两个流芳千古的"衮雪",且让时下书法家们羞愧不已;拐过一段山崖,当会瞥见张飞、关羽牵马挥鞭,居然是与大熊猫和朱鹮在忘我地嬉闹,使人顿时忘却喝退十万雄兵的威武;待穿过最后的隧道,还会驶上诸

高速公路

葛亮六出祁山东征曹魏的车辙，羽扇纶巾的优雅便越逼越近了……

行驶在这样的高速路上，就像在轻松阅读厚厚的史书。

五、陕北的绿

几乎在所有人的想象里，那陕北应该是一望无际的黄土高坡，是风沙迷漫的纵横沟壑。有位老艺人曾经在青年时去过陕北采风，他怎么也想不到陕北能生出成片成片的绿色，能将黄腾腾的戈壁沙漠完全遮住。他们赞叹这绝对是一个奇迹，是人类与大自然拼搏后取得的一个令人惊奇的胜利。多少年了，我们歌陕北的黄土，唱陕北的大风，其实渗透到陕北歌谣骨子里的多是无奈和彷徨，是人们无助的呐喊啊！

如今退耕还林的壮举，悄悄把绿播撒到这片神奇的土地上，谁也没有料想到，几年下来绿色就成条成块成规模了。一位细心的画家说，陕北的绿，跟哪儿的绿都不一样的，绿得可人，绿得鲜嫩，绿得迷醉。他本来是背着画板去陕北写生的，却一路上被绿迷住了，速写没能画多少，照相机里却储存了一大堆绿色。这种绿，他称之为陕北绿。那绿，在阳光下闪着莹莹的翡翠色，薄雾里发散着绿宝石的幽光，雨水中更洋溢着生命的蓬勃，任谁置身其间都会被感染的。更为神奇的是，即使在乌黑的夜里也会泛出浅浅银色，引得人们总以为是天上的星辰给予的生命恩泽。

这种绿还充满了变化，从陕北的红碱淖开始，那绿你牵我拉勾连成片，低低矮矮的灌木丛将黄土沙石悄悄地护佑在绿的身下，就像调皮的小姑娘在努力隐藏着自己的秘密，羞羞答答地展示着自己的美丽；而走近延安那绿就浓密起来了，条条沟壑都被成片的绿色所遮盖，就像一位待嫁的姑娘将自己用衣裙装扮得严严实实，只把青春和朝气洋溢在脸上，让所有的人都心生羡慕和梦想；而过了延安那绿便浓郁起来，就像到了秦岭脚下，满眼里都是苍翠，整个山峦大地就像是位美丽的新娘，犹如浑然一体的绿色宝石，已找不到一点点的瑕疵，只是在静静地期待着人们欣赏。

其实陕北的绿，是生命的歌唱。朱自清那篇描写"绿"的散文，把个绿刻画得淡雅超然，然而那种绿是小家碧玉式的。陕北的绿是一种

红碱淖

生命的绿，是一种苍茫的绿，是母亲的绿啊！这种绿泛润着母亲般的宽厚，实实地罩在了本来贫瘠的陕北土地上，也将生命和希望赠与了这片大地上劳作的百姓们。

六、陕南的夜

陕南的夜是甜丝丝的，走到哪里都会有清凉的甜腻沁人心脾，而且这几年陕南人开始经营起夜了，已经将那羞赧的夜幕静悄悄地拉开来，露出了姣人的面容，使得游人们踏进这片山地就能会心微笑，就会在山边水边流连忘返。

丹江边上的商洛，打出了"秦岭最美是商洛"的招牌，可把陕南各市的百姓妒忌得摇头晃脑了，其实谁不说咱家乡好啊。不过商洛的夜，的确是美滋滋的，离开热闹的城区，沿丹江岸边漫步，可见一排排高低错落的大楼拔地而起，点缀其间的灯饰把整个城市的轮廓展现动人。那感觉真的就像一群美丽的少男少女，有的脸上盖着曼纱穿着彩裙，有的赤着臂膀举着谷穗，蹑手蹑脚地向你悄悄走来，没有喧嚣，没有嬉闹，耳畔犹闻少年的呢喃和蟋蟀的鸣叫。这种夜，美得静谧，美得纯粹，美得都不敢高声随意，生怕惊跑了羞赧的夜光。

沿着一条公路便到了汉江边的安康，那里进入夜晚就像新的一天刚刚开始，安澜塔高耸而挺拔，汉江岸灯带连绵，衬映着两条别样的酒肆茶座小街。于是，人们从各个角落走出来汇聚这里，几乎每间茶馆都会传来自娱的歌声，唱祖国，唱安康。有时还会表演安康的花鼓戏，舞台仅仅一张八仙桌，演员在桌上边歌边舞，让人把心都提到了嗓子眼，正与江中游弋的彩船相映成趣，把个水岸安康点缀得彩色一般，置身其间那白天的任何烦躁都会一点点地挥去,把花花绿绿的汉江两岸映染得有如神话一般了。

　　沿着汉水向西,我们会抵达汉中。那汉中的夜极具灵性呢,这块演绎过金戈铁马的古沙场,有着太多太多的传奇,而今又变得愈发年青了。尤其夜幕降临之后,汉中城便欢快起来,人们从容不迫地涌到江边,寻找着属于自己的恬静和快乐,时不时也会爆出欢歌笑语,五彩的霓虹灯且把汉中装饰得有如仙境了。然而,汉江边上最让人着迷的是,宽阔的江面会升起排排喷泉,那几百只跃动的水柱随着音乐鼓点,摇着摆着,拉着扭着,时而摸星,时而探月,舞之蹈之,歌之唱之,拨

汉中夜景

动着汉水之滨激情的音符。有人将之誉为"水上芭蕾",我以为那是极贴切的呢。那喷泉有时温柔流畅,似从天上飘然而落;有时洋溢着热情,不断地与夜空相吻;有时高昂起蓬勃的力量,把整个汉江都搅动起来,这群灵动的水上"演员"尽情地用她们柔美而又野性的躯体,把对汉江的祝福传递出来,成了汉江上一道独特而靓丽的美景。

陕南的夜,朦胧而又醉人呢!

2012 年 7 月 25 日于城南

发表于 2012 年 9 月 5 日《人民日报》

后记 | Afterword

我想起写这些所谓的文化散文,也就是最近几年的偏好。

这几年分管的工作驱使我对文物考古关注起来,我认识到"让收藏在禁宫里的文物、陈列在广阔大地上的遗产、书写在古籍里的文字都活起来"绝不是空泛的说辞,而是需要落实的黄钟大吕。那一处处风雨剥蚀的历史遗存,那一个个土坑里发掘出来的稀世珍宝,那一桩桩惊世发现背后的故事,都承载着厚重的人类文明,常常给人以深刻的启迪。尤其是参与和探寻文物发掘的过程,自己偶然的疑问获得了专家肯定,心里便激动难抑了。

我的认识角度与考古专家们是有些许差别的,这些差别扩充了对文化遗存的认识空间,也使得自己在观赏这些遗存的时候,会获得历史的滋养,实在是一种别样的享受。这里略举三四:

那年为申报世界文化遗产发掘了长安天坛,我发现那土质坛体所以能够完美保存至今,是因了曾经覆盖其上的那层厚土,想想当年的覆土过程实在悲壮得难以平复，使人对长安人竭力保护遗迹的拳拳之心感慨不已；去年文物部门发掘开元宰相韩休墓，我在欣赏那些唐墓壁画时，想到这韩休乃是绝世珍宝《五牛图》的作者韩滉之父，如能在壁画上发现天才的笔意，那会是一个惊世发现。在分析石峁古城和统万城马面的间距变化后，发现了冷兵器时期投射装备威力的演进，其间隐藏着多少兵戈铁马的壮举；在参览法门寺地宫珍宝时，我感觉这么多的珍宝集中藏于地下，历史上怎么没有被盗掘，难道一千多年真没有被人发现过？沿疑问探寻下去，竟发现历史上曾多次被发现，却没人敢冒天下之大不韪去偷掘，其中蕴含的力量震撼至极；在收集三秦民歌的时候，我发现关中、陕北、陕南民歌饶有趣味的差异：那陕南民歌是歌颂生活之乐，陕北民歌是歌唱生命之韵，关中民歌是感叹命运之调，如此概括似可体会到这些民歌令人唏嘘的精髓。

　　当然，要深刻了解附着在这些遗存上的美，必须对其历史的沿革和背景有所认识，我几乎抛弃了所有爱好，翻书寻古，畅游史海，感受着中华文明的博大精深，丰厚了我浅薄的积累，便想与大家分享自己的收获。我以为古人热衷"文以载道"，散文是应给人以启迪的，哪怕有那么一点点思想触动，也是难能可贵的。那一处处古迹一个个文物，蕴含的历史信息和故事令人流连忘返，但考古人面对那些凝固的遗存，似乎习惯于就物论道，如果加以综合考量，常常会发现萦绕在文物上的缤纷色彩，糅合这些零零星星的内容，会有生动的人文价值在等待发掘。若就此细细梳理，当可滋润自己的个人素养，也可以提供治国理政的智慧，让人在阅读中享受历史，也消费历史馈赠的惬意。因此，这些感受便激励我不断地走近这些文化遗存，以抒发一个当代人对历史的思索。

我首先围绕工作内容梳理感受，写了石鼓山上的珍宝迭现，写了药王山上的千金要方，写了延安文艺家的生动往事，写了仙游寺承载的不朽传奇……想不到这些文字见诸报端，竟获得意想不到的反响。这的确是一种激励，我几乎成了习惯，每天晚上一坐到写字台前，脑海便开始朝这个方向游动。而且由于我的经历使然，当我把历史的、社会的、文化的、工业的、军事的知识交融相错，总能捕获到意外的认识。一旦以文学的字符铺陈开来，便有了惊喜，让我不断地品尝到文字的魅力，如此说来这本小书也是自己工作的一个总结。

当然，我能把这些拙文汇集成册，实在是凝结着很多人心血的，感谢《人民日报》《光明日报》《中国作家》《人民文学》《美文》《剧本》等报刊登载拙作，激励我笔耕不辍，使之形成了这么一种所谓的系列。也感谢文学家李敬泽、熊召政、周明在我创作路程中，给予的具体的有价值的指导评价。感谢评论家吴义勤过目拙文予以斧正，留下了令我感动的真情厚意。

也就是说，是工作让我收获了文学和友情。

2015 年 11 月 27 日于宁静书屋

再版后记

出版社准备再版这本小书了，我心里还是挺欣慰的，在纸质书日渐低迷的今天，能有点读者也是难得。

为使作品能够集中反映大秦之道的蕴涵，这次再版我删掉了有关外地的五篇拙作，增加了去年来写的四篇怀古散文，以便此集能更集中地聚焦在三秦大地上。

为阅读方便，文章大致按时间顺序排列。第一辑《汲古篇》，以历史文化遗产为对象；第二辑《仰止篇》，以历史人物为对象；第三辑《雅鉴篇》，以有趣的文物为对象；第四辑《游思篇》，是以前发表的旧稿和游历品味。这些篇章的顺序基本是以描写对象的年代排列的。

由于我分管过这方面的工作，了解历史遗存背后更多的故事，加之阅历的缘故，便促成了自己许多有意思的发现。尽管这些所谓发现可能有争议，但我时常为这些发现激动不已，便小心翼翼融进了文章里，期盼能对读者认识和欣赏历史文化有所裨益，从而在游览这些文化遗迹时能产生一点愉悦。

2018 年 8 月 25 日于高压氧舱